영화처럼 산다면야

영화처럼 산다면야
ⓒ 동선 ⓒ 이연

초판 1쇄 발행 | 2024.6.28
지은이 | 동선 · 이연

기획 편집 | 전미경
펴낸이 | 정세영
본문 디자인 | 디자인글로
본문 표지 그림 | ⓒ 동선

펴낸곳 | 위시라이프
등록 | 2013.8.12 /제2013-000045호
주소 | 서울 강서구 양천로30길 46
전화 | 070-8862-9632
이메일 | wishlife00@naver.com
ISBN | 979-11-93563-069
정가 | 22,000원

영화처럼
산다면야

동선 • 이연 지음

위시라이프

어떻게든, 넘어가겠죠

김진해 : 경희대 선생 《말끝이 당신이다》 저자

저는 '평균치'의 사람입니다(평균에도 미치지 못합니다. 그거나 저거나 매한가지지만). 이런 말을 하는 걸 보면 저는 늘 어떤 기준에 사로잡혀 있다는 뜻이 되겠군요. 평균 언저리 어디쯤에 있을 때 느끼는 안전함 같은, 경계선의 불길함과 불온함을 회피할 수 있을 것 같은. 특출난 것도 없고 내세울 취향도 딱히 없이, 눈앞에 닥친 일에 허덕거리며 사는, 살아가는, 살아내는 사람 정도입니다.

게다가 위선적이죠. 뭔가를 놓치지 않으려 부여잡고 있고, 부여잡고 있는 걸 들키지 않으려고 잡고 있지 않은 척. 평균치의 '선생'이 그렇듯이, 몸보다는 머리가 더 빨리 돌아가고, 혀를 더 쉽게 놀리고, 몸을 낮춰 세상의 등고선을 따라가기보다는 미끈한 말을 무기 삼아 공중에 둥둥 뜬 채 세상을 부유할 뿐입니다.

그래서인지 추천하는 글을 쓰기가 무척 힘들고 더디더군요. 두 저자에 비해 제 삶이 갖는 이 진부함과 상투성에 부끄러운 마음이 앞서더군요. 막대기의 양쪽 끝처럼 먼 거리감. 뭔 말을 보태지?

이를테면 이런 겁니다. 두 사람은 '넘어간' 사람들입니다. 한 사람은 암환자, 한 사람은 이민자. 한 사람은 시간을 넘어갔고, 한 사람은 공간을 넘어갔습니다. 저는 아무것도 넘어가지 못한 사람입니다. 이연 님은 죽음을 대면하면서 삶의 문제를 넘어갔습니다. 시간을 뛰어넘은 것이죠. 초연한 것도 연연해하는 것도 아닌, 현재에 집중하고 만끽하려고 하는. 내일은 아무도 모르는 것이니. 저도 어릴 때부터 죽음이 가장 큰 문제였습니다. 도무지 해결이 안 됩니다. 이연 님의 이야기를 들으며 왜 해결되지 않는지 알겠더군요. 죽기 싫어. 안 죽을 수는 없을까. 여전히 정신 못 차린 거죠. 철부지처럼 구경꾼처럼 살고 있습니다. '뭉개고 산다'는 게 맞는 말일 겁니다. 이러니 삶을 밑바닥부터 뒤엎어 버리지도 못하죠. '흘러가는 대로' 가 본다는 게 무슨 뜻인지 알 수가 없죠. 귀하고 그럴듯해 보이는 것들이 실은 하찮고 거추장스러운 것일 뿐이라는 걸 알 수가 없죠. 사소한 것들을 남다르게 보는 눈을 가질 수가 없죠.

동선 님은 한국이라는 공간을 벗어났습니다. 저도 예전부터 한국이 싫었습니다. 능력주의, 속물주의, 물신주의, 불평등, 무례함. 그런데도 월경(越境)과 이민을 상상해 보지 않았습니다. 선을 넘어가지 못했습니다. '지금 여기서' 어떻게든 뭔가를 해보자는 마음 정도로 버티고 있습니다. 그에겐 폭우가 쏟아지는 지리산 밤길로 자신을 밀어넣은 무엇이 있었겠죠. 뭔가를 감행하는 용기. 그게 자포자기든, 투신이든 자신을 '던져본' 사람만이 알게 된 이치가 있을 겁니다. 어딜 가든 사는 건 마찬가지. 어떻게든 살아내긴 하겠지. 하지만 예전과는 달라진 자신!

책 <영화처럼 산다면야>는 이연 님과 동선 님이 영화를 매개로 주고받은 글을 모은 책입니다. 두 사람은 어릴 때부터 영화광입니다만, 이 책에서 영화는 삶의 이야기를 부르는 길라잡이 역할을 합니다. 영화로 시작하지만 어느덧 두 사람의 묵직한 이야기로 우리를 이끕니다. 두 사람의 이야기가 예사롭지 않은 건 삶을 대하는 두 사람의 태도와 시선이 남다르기 때문입니다. 초월과 집착, 밀어냄과 끌어당김, 솟아오름과 가라앉음, 신성과 악마성, 자기의 내적 분열을 회피하지 않고 내 속의 다중성을 옹호합니다.

이를 위해 이 두 사람이 택한 전략은 기억입니다. 망각이 편할 텐데, 기억의 편에 서기로 했습니다. 이 우주에서 그걸 아는 사람은 나밖에 없다는 책임감마저 느껴집니다. 놓치지 않으려는 기억, 곱씹어 단물이 배어나는 기억, 삶의 실마리. 그 기억은 그저 낭만적인 추억이거나 넋두리가 아닙니다. 글 속에 소리가 들리고 냄새가 나고 입에 씹히기도 합니다. 두 사람이 맡은 냄새, 감촉, 맛, 그리고 타인과의 인연이 어떻게 삶과 닿아 있고 삶을 밀고 나가는 힘이자 변곡점이 되는지를 탁월하게 보여줍니다.

세월호 참사가 난 지 4년, 한국에서도 조금씩 기억이 옅어지던 2018년 봄. 이민자 동선 님은 캐나다 밴쿠버 도심 아트갤러리 앞 광장에서 '잊지 않겠습니다'라는 손팻말을 들고 있었습니다. 아이러니하죠. 힘겨워, 잊고 싶어, '시즌2'를 꿈꾸며 떠난 나라에서 벌어진 참사를 떠나온 사람이 더 집요하게 기억하고 있다니요. 그의 심장엔 어떤 문장이 새겨져 있을까요. 한 문장은 아닐 겁니다. 여러 모순된 문장이 켜켜이 박혀 서로가 서로를 향해 말을 걸고 있겠죠.

두 사람의 영화 읽기는 거창한 이론에 기대지 않습니다. 자신들의 삶, 가느다란 기억을 매개로 영화를 해석합니다. 영화 이야기와 저자의 삶을 식탁 위에 나란히 올려놓습니다. 앞서거니 뒷서거니 하며. 그렇다면 우리도 그럴 수 있지 않을까요? 영화로 내 삶이 두터워지는 경험 말입니다. 우리가 영화를 보는 건, 아니 다른 어떤 것이든 그것은 내 삶을 겨누고 내 안으로 되돌아온다는 걸 말해줍니다.

'넘어가다'라는 말에는 두 가지 뜻이 있더군요. '담장이 넘어간다'고 할 때는 '쓰러진다'는 뜻이지만, '담장을 넘어간다'고 하면 '지나간다, 타넘는다'는 뜻이 됩니다. 죽음 앞에 우리 삶은 넘어갈 수밖에 없습니다. 피할 수 없죠. 운명입니다. 하지만 죽음 앞에서 죽음을 넘어갈 수도 있을 겁니다. 어떻게 해야 죽음을 넘어갈 수 있을까요? 한나 아렌트는 인간이 가진 가장 인간적인 능력이 타인과 함께 뭔가를 '새롭게 시작하는 능력'이라고 하더군요. 뭔가를 새롭게 시작한다는 건 새로운 일일 수도 있지만, 새로운 시선을 갖는 것일 수도 있습니다. 저자들은 '글쓰기'로 새롭게 시작하는 능력을 보여주었습니다. 글쓰기는 우리에게 '낯선' 나를 보여줄 겁니다. 전에 없던 시선을 선물하고 자유를 실현하는 삶으로 이끌 겁니다. 이러다 보면, 삶도 어떻게든 넘어가겠죠. 삶 너머에 뭐가 있을진 모르겠지만.

700년을 땅속에서 잠자던 아라 홍련 씨앗.
딱 맞는 햇살과 물기, 바람을 만나야 깨어날 거야.
그 고집 그 낯가림을 닮아 죽음과도 같은 흰 잠에 빠진 어떤 욕망.
욕망의 숨바꼭질. 눈먼 기다림.

'차라리 글쓰기가 방학 숙제 같은 거였으면 좋겠다는 생각을 한다.'
(동선, ≪방학 숙제≫ 첫 문장.)

이 한 문장에 눈 뜬 늦된 욕망.
욕망의 표백(表白).

'영화 글 쓰고 싶어.'

작정했으면 딛지 못했을 이 땅, 못 내렸을 뿌리.
계획도 뭣도 없이 떠밀려 와보니 이 자리.

처음 씨앗을 품고 올라탄 바람등
어떤 연꽃과도 닮지 않은 아라 홍련 자태와 빛깔.
처음 피어 올린 꽃봉오리.
하이얗게 여름빛 질릴 때까지
꽃잎 지는 속도로 꽃등의 마음으로 흘러갈
나는, 여름.

저어기, 부는 바람.

   * 이 책에 실린 내 이야기가 당신 그늘로 숨어든 아라 홍련, 수줍
어 굼뜬 그 씨앗 위로 쏟아지는 햇살이고 바람이고 빗방울이었으
면…. 어느 날, 당신이 켤지도 모를 달고 나른한 기지개, 그 풋내 나
는 붉은 움트림을 꿈꾸며 썼습니다. 이 방학이, 이 여름이 끝나지 않
았으면 좋겠습니다.

　내뱉어진 말의 무게를 느끼기 시작할 무렵부터 소통을 하는 것이 두려웠어요. 블로그도 검색이 안 되도록 했고 한국에서 일어나는 사건에 대해선 가급적 의견을 줄이려고 했었죠. 그렇더라도 가끔은 폭발하듯 으르렁거리거나 조곤조곤 논리적으로 반박을 하고 싶기도 했지만, 그것마저 누군가에게 닿기를 원해서 그랬던 건 아니었고, 그냥 내 감정을 추스르려고 했던 거였어요. 이라크 파병을 결정한 대통령에게도, 비정규직을 지원하는 파업 투표를 부결시킨 대기업 노조에게도 너무나 화가 나서 참을 수 없었거든요. 하지만 결국, 그것보다 더 화가 나는 건 내 글이 생산되는 방식, 소비되는 방식이었죠. 따뜻한 방에 편히 앉아서 턱을 괸 채 컴퓨터 화면을 보고 있는 내가, 차가운 바다에서 어이없이 죽어간 사람들에 대한 애도의 글을 쓸 자격이 있는가. 그 사회가 싫다고 진즉에 떠난 내가, 그 사회 시스템에 대해서 속상하다는 글을 쓸 자격이 있는가, 하는 의문은 제 머리와 어깨를 끊임없이 키보드 뒤로 밀쳐냈거든요.

　다른 사람은 어땠는지 모르겠지만, 영화 <조커 (2019)>에서 제가 가장 뜨끔했던 장면은 바로 '채플린'의 <모던타임즈 (1936)>를 극장 관람하는 장면이었어요. 휘황찬란한 극장에서 연미복을 멋지게 빼입은 신사들이 모여 껄껄껄 웃으면서 영화를 감상하는 장면. 산업

자본주의 사회에서 인간성이 말살되고, 노동자가 기계부품처럼 취급받던 상황을 풍자했던 작품이었지만, 정작 그 영화를 즐길 수 있는 사람들은 시간적, 경제적 여유로 문화 소양을 쌓은 부르주아들밖에 없었던 거예요. 냉난방 잘 되는 편안한 극장 의자에 앉아서, 노동자와 떠돌이로 분한 채플린의 슬랩스틱을 보고 웃고 즐기고 있었던 거죠. 공산주의자로 몰려 미국에서 추방당하기 한참 전에 개봉한 영화라서 채플린 자신도 이런 상황을 목격했을 법한데, 과연 그가 그때 어떤 생각을 했을까 궁금해요.

저도 그래요. 나이만 먹은 사람으로서, 글 쓴다고 깝죽대는 사람으로서, 너무 부끄럽고, 너무 무력함을 느껴요. 뭘 어떻게든 하고 싶은데, 아무것도 할 수 없어서 답답해요. 그 와중에 밥은 또 왜 이리 많이 처먹는 것 같은지, 웃기는 상황이 되면 뭘 또 그렇게 크게 처웃는지, 뒤통수에 난 여드름 하나가 왜 세상에서 제일 신경이 쓰이는지 모르겠어요. 지금 쓰는 이 글도, 그냥 징징대면서 나 하나 위로하는 것 외에 도무지 무슨 의미가 있는지 모르겠어요.

우리 지금,

잘하고 있는 거 맞나요?

차례

박쥐 (2009)

살고

THE READER

Ⅰ제작사Ⅰ미라쥬 엔터프라이즈, 튜디오 바벨스베르크
Ⅰ감독Ⅰ스티븐 달드리
Ⅰ원작Ⅰ베른하르트 슐링크《더 리더》
Ⅰ각본Ⅰ데이빗 헤어, 베른하르트 슐링크
Ⅰ출연Ⅰ케이트 윈슬렛, 랄프 파인즈
Ⅰ수입·배급Ⅰ누리 픽처스

더 리더 : 책 읽어주는 남자

밑줄만 – 이연

....

자각약 (自覺藥) – 동선

→◂ 전범 재판정에서 피의자와 법대생으로 마주친, 한때 연인이었던 마이클과 한나. 오래 전, 어린 마이클의 몸을 씻겨주고 책을 읽어주던 그의 목소리에 귀 기울이고 자전거를 타고 들판을 함께 내달리던 한나. 재판 진행 과정에서 나치 강제 수용소 감시원이던 한나의 비밀을 뒤늦게 알아차린 마이클. 한때 사랑했던 연인을 위해 마이클은 뭘 할 수 있고, 해야 할까. 혹은 하면 안 될까.

밑줄만 - 이연

　　⋮
　　⋮⋯⋯ **자각약 (自覺藥)** - 동선

곤경에 처한 사람을 모른 척 한 적 있나요?

⋯ 전 있어요.

어스름한 늦여름, 아파트 화단에서 들려오는 매미 울음소리.

저 울음소리. 꼭 젊은 날 부르짖던 구호 같네. 들릴락 말락⋯ 흐
릿하고 뭉그러진 게. 어느 동네 어느 시대에나 꼭 있는 미친 년놈.
소문만으로도 오금 지리게 하는. 대학교 2학년 때였나, 학교에 돌
던 이상한 소문. 야, 조심해. 남자친구를 우리 학교 여학생한테 뺏긴
어떤 미친년이 학교 근처에 나타나서 그 여학생이랑 닮은 여자만
보면 머리끄덩이를 잡아챈대. 별 미친년이 다 있다. 까르르. 고막이
튕겨낸 친구들 웃음소리. 그 미친년이랑 마주치면 어떡하지. 겁 많
고 소심해서 미어캣처럼 두리번두리번.

정현이랑 학교 끝나고 집에 가던 그 날은 햇살이 좋았어요. 학교
정문을 나와 삼거리에서 지하철역으로 가는 좁은 인도엔 여리고도

짱짱한 햇살. 낮은 상가가 쭉 이어진 그 길은 가게에서 내놓은 물건까지 진열돼 있어서 두어 명이 나란히 걷기에도 비좁았어요. 햇살을 가르는 실바람. 그 길을 정현이랑 팔짱을 끼고 나란히, 마주 오는 사람을 피해 앞서거니 뒤서거니, 걸었어요. 그 길 끝에선가. 마주 오는 여자랑 눈이 마주쳤어요. 저 여자 흰자위… 눈빛, 좀 이상하지 않아? 혼자 생각만 했나, 아니면 정현이한테 말했나. 그 여자가 가까이 오나 싶더니 다짜고짜 정현이 머리끄덩일 확 잡아챘어요.

"너지? 니 년이지?"

심장이 빨리 뛰나 싶었는데, 달리고 있었어요. 미친년한테 머리채를 잡힌 정현이를 두고서.

"이연아! 이연아!"

쿠궁쿠궁. 얼마 달리지도 않았는데 툭, 끊어질 것 같은 심장. 공기를 베고 날아와 고막에 꽂힌 정현이 목소리. 이연아! 이연아! 뒤를 돌아보니 스포트라이트처럼 좁아터진 인도 한복판으로 와르르 쏟아지는 햇살. 찌푸려지는 눈살 좌우로 왔다 갔다 하는 미친년 몸뚱아리. 그년 손아귀에 잡혀 같은 방향, 같은 리듬으로 움직이는 정현이 머리채. 헝클어져 나부끼는 정현이 머리카락, 팔뚝으로 떨어져 있는 정현이 가방. 덜렁덜렁, 그 리드미컬한 흔들림. 양손으로 미친년 손을 잡고 그 사이로 두 눈을 치뜨고 날 보는 정현이 두 눈. 그 눈빛에 담긴 비명. 맞다. 정현이! 그 잠깐 사이, 정현이한테 갈까, 이대로 모른 척 버스 정류장으로 달아날까 고민했어요. 무서워서. 그런데 그날, 어쩌면 저는 무의식적으로 달아난 게 아니라 의식적으로 도망쳤을지도 몰라요. 겁이 많아서가 아니라 **비겁해서**.

"이연아! 이연아!"

갈퀴 같은 정현이 목소리. 심장을 긁는. 어, 그래, 정현아. 달려가서 미친년 손가락을 떼어냈어요. 하나 또 하나… 그러려고 했어요. 이제껏 한 번도 내본 적 없는 짐승 울음 소릴 목울대 밖으로 밀어내면서.

"얘 그 여자 아니에요! 그 여자 아니라구요! 이거 놔요! 이 손 놓으라구요!"

그날따라 햇살은 왜 그리 좋은지. 좁아터진 인도에 다니는 사람은 왜 그리 많은지. 이연아, 그날 왜 날 두고 갔어?

학교 앞에 있던 서점, 홍문당이랑 지평. 홍문당은 주로 교재랑 인문 서적을, 지평은 사회과학 서적을. 하루는 홍문당을, 하루는 지평을 들락거리며 보낸 대학 시절. 매일 아침 등굣길이면 깔딱 고개 지나 손글씨 대자보 앞에 삼삼오오 서 있는 학생들. 하루가 멀다하고 열리던 노천극장 집회, 강의실에 앉아서도 들리던 그때 그 구호랑 노랫소리, 북소리. 주말이면 선배들이랑 빈 강의실에서 하던 '스터디.' 강의 시간표도 같이 짜고 밥도 같이 먹고 동아리 활동도 같이하고 '스터디'도 같이 하고 집에 갈 때도 같이 간 대학 시절 단짝 가인이. 밥은 주로 가던 학교 앞 칼국수 집. 가인이는 칼국수, 저는 떡라면. 너 이렇게 라면만 먹으면 죽어서도 안 썩어. 라면에 방부제가 얼마나 많이 들어가는지 알기나 해? 흐흐흐. 안 썩으면 좋은 거 아냐? 언젠가는 학생회의실에 가방을 두고 노천극장에서 열린 공연 구경하다 문리대 현관이 잠기는 바람에 선배한테 차비만 빌려

집에 간 적도. 가방 없이 집에 가는 게 뭐 그리 재밌다고 걸을 적마다, 낄낄낄. 2학년 여름이었나. 직장 다니는 언니랑 같이 살던 가인이 자취방이 집회 장소랑 가까워서 걔 집에서 놀다 간 전대협 집회. 가방은? 이따 와서 가져가지, 뭐. 학교 안에서 시작한 단단한 집회는 어느 순간 모래알처럼 흩어지고. 짭새한테 완전히 포위됐어, 밖에서 만나자. 산발적으로 시위한대. 우왕좌왕하다 학교 밖으로 나왔는데, 갑자기 가인이가 소리쳤어요.

"이연아, 뛰어!"

어? 가인이가 뛰길래 덩달아 달리다 휙, 돌아보니 전경이 손에 닿을 듯 바짝. 빨라지는 심장 고동. 감각을 잃고 풀어지는 다리. 그때 저만치 앞에 달리는 가인이 양옆으로 전경들이 골목에서 물살 가르듯, 촤악. 대체 어딨다가? 가인이 양 겨드랑이에 전경들이 손을 넣나 싶더니 납작 들어 올리는데… 가인이 몸이 와이어줄에 매달린 액션배우처럼 부우웅. 가인아… 저는 가인이가 잡혀가는 걸 보고 어, 할 새도 없이 몸을 확 틀어서 다른 길로 달렸어요. 죽기 살기로. 조금 전까지만 해도 흐느적흐느적 지멋대로 움직이던 두 다리, 가슴팍을 찢을 듯 뛰던 심장. 그런데 어디서 그런 힘이 솟았는지. 내가 이렇게 상황 판단이 빠른 사람이었나. 반사 신경이었을까요? 눈물 콧물에 번들번들 미끄덩거리는 얼굴. 가인이가 날 봤을까? 봤으면 어떡하지? 나중에 만나면 뭐라고 하지? 뛰면서도 머릴 굴리고 있는 꼬락서니라니. 아, 정말 재수 없어서.

"이연아!"

"강호 선배! 어떡해요. 가인이가, 지금, 전경한테…."

"어. 그래? 명수도 잡히고 성수랑 희철이도."

"선배. 가인이가, 내 앞에서, 방금…"

"일단 어디 좀 들어가자."

어깨를 두드리는 강호 선배.

"어딜요? 산발적으로 시위한다면서요?"

"어, 그래. 상황 좀 보고."

무슨 상황을 봐요. 지금 가인이가… 근처 호프집으로 날 데리고 들어간 강호 선배. 조금 있으니 테이블 위에 강호 선배가 주문한 갓 튀긴 치킨이랑 하얀 무, 눈처럼 하얀 거품이 내려앉은 맥주 500cc 두 잔이. 입을 꼭 다물고 맥주잔 표면에 방울방울 맺히는 물방울을, 그 물방울이 맥주잔을 타고 내려와 탁자 위에 그리는 무늬만 물끄러미. 고갤 들어 어둑한 호프집 안을 훑다가 본 가게 유리문. 얼룩덜룩한 전경들 그림자. 먹잇감을 찾아 헤매는 하이에나들. 지금 가인이는 어딨을까? 어디로 가는 중일까? 잡혀가면서 날 봤을까? 도망가는 내 뒷모습을? 그 꼬락서니를? 나중에 자길 두고 어떻게 도망칠 수 있냐고 물으면 뭐라고 하지? 아무것도 먹을 수가 없었어요. 맥주 한 모금도. 치킨 한 조각도. 침조차 삼킬 수가 없었어요. 어이없이 끝난 그날 그 시위. 대문을 열고 계단 난간을 잡고 올라가 현관문을 열고 들어서는 제 몰골이 어땠을지. 거실 TV 뉴스에서 나오던 그날 시위 장면. 전쟁이라도 난 듯, 왕왕. 아래위로 나를 훑는 아부지.

"전화 받아. 가인이 언니라는데."

밤 열두 시가 넘은 시각. 빼꼼히 열린 안방 방문. 내 목소리를 향해 열린 세상 모든 귀. 조여오는 가슴, 막힌 목구멍.

"여보세요…"

"이연이니?"

"네…"

"니 가방이 우리 집에 있던데. 혹시 우리 가인이랑 지금 같이 있니?"

"… 아니요."

"그래? 그럼 우리 가인이 지금 어딨는지 아니?"

그날 제가 뭐라고 대답했는지 모르겠어요. 사실과 둘러댐, 그 사이에서 맞춤한 말을 고르지 않았을까. 다음날 풀려난 가인이한테서는 그 어떤 말도 듣지 못했어요. 지금까지도. 전처럼 강의도 같이 듣고 밥도 같이 먹고 집에 갈 때도 같이 갔지만, 그날 그 시위 다음날부턴 '스터디'에서도 집회에서도 볼 수 없던 가인이. 졸업하고도 쭉 얼굴을 볼 수 있었던 건 우리 중 누구도 그날에 대해선 입을 열지 않아서 그랬을까요? 어쩌면 우린 썩은 콩 같은 그날을 골라냈는지도 모르겠어요. 마음에 앉은 환한 서로의 얼굴을 더 오래, 가까이서 보려고.

너 나 할 것 없이 취업 준비로 정신없던 대학 4학년. 속만 썩이던 막내딸이 드디어 맘잡고 취업 준비하는 줄 알고 새벽마다 학교에 데려다준 아부지. 그 까맣고도 푸른 새벽, 도서관 한 귀퉁이에서 하라는 공부는 안 하고 읽던 책. 손에 잡히는 대로. 김수영을 읽고 최인훈을 읽고 황석영을 읽고 조세희를 읽고 알베르 카뮈를 읽고. 장 그르니에를 장정일을 백석을 김승옥을 볼프강 보르헤르트를 잉게보르크 바흐만을 사무엘 베케트를 토마스 만을 버지니아 울프를 장 폴 사르트르를 기형도를 김현을. 자 대고 밑줄 그으면서. 좍좍.

얼마 전, 다시 읽은 《동물농장》. 평화로운 시대에 살았으면 화려한 책이나 단순 묘사 위주의 책을 썼고 정치적 충성이 어느 쪽에 있는지 모르고 살았을 거라던 작가 조지 오웰이 한 말. 우리처럼 소란한 세월을 살면서 이런 문제들을 회피할 수 있다고 생각한다면 그건 넌센스이다. 지난 10년을 통틀어 내가 가장 하고 싶었던 것은 정치적 글쓰기를 예술이 되게 하는 일이었다. 앎은 뭘까요? 88올림픽이나 씨랜드 참사, 성수대교와 삼풍백화점 붕괴, IMF, 용산 참사와 세월호 침몰 사건, 이태원 참사. 역사의 한 장인 이런 일을 두고 우리는 이미 지나간 과거만 역사라고 착각하는 건 아닐까요? 지금 우리가 역사의 한 장을 통과하는 줄은 모르고. 어쩌면 '지금'이 조지 오웰이 말한 그 '소란한 세월'인데, 태평성대 만난 듯 먹고 마시고 힐링하면서 음풍농월하고 있는 건 아닌지. 이 영화 속 한나처럼, 어느 날 재판정에 세워진 나는 무죄 선고를 받을 수 있으려나. 그만큼 바르게, 당당하게 살고 있나 … 잘 모르겠어요. 앎과 엮인 삶. 앎에 따라 달라지는 삶의 길과 지평. 역사를 그다지 좋아하지 않은 건 거시적인 데다 영웅 서사에만 치우친 학창 시절 배운 역사 교육 탓. 일제강점기나 6·25 전쟁통에도 사랑은 싹트고 사소한 일로 토라지고 수치심에 얼굴이 붉어지기도 했을 텐데, 그런 얘긴 없고 맨 세상을 쥐락펴락하는 사람들 얘기 아니면 기득권층 얘기. 내가 보고 싶고 만지고 싶은 건 날 닮은 이들의 불뚝거리는 근육과 보들보들한 맨살. 허구한 날 지지고 볶는 그렇고 그런 얘기. 영화 <더 리더 : 책 읽어주는 남자> 속 한나랑 마이클처럼.

　그나저나, 저는 언제까지 골방에 처박혀 밑줄만 그으려는지. 쪼잔하게.

　　세상에는 악의와 무지가 공기처럼 퍼져 있습니다. 악의와 무지는 덧신처럼 어느 순간 우리에게 덧씌워지는 겁니다. 그건 자신도 모르는 순간 벗겨지기도 하며 누군가 다가와 벗겨주기도 합니다. 평생 신고 사는 사람도 있을 겁니다.
　　- 금정연/정지돈, ≪문학의 기쁨≫ 중에서.

자각약 (自覺藥) - 동선

혹시 ≪로봇찌빠≫ 기억하세요?

한국의 7~80년대에는 어린이 잡지가 많았죠. 1964년에 창간
한 ≪새소년≫을 필두로 '육영재단'의 ≪어깨동무≫나 ≪보물섬≫
도 있었구요. ≪소년중앙≫은 따로 별책부록에 만화를 연재했었는
데 신문수의 ≪로봇찌빠≫도 거기에 있었습니다. 평범하거나 경
쟁에 뒤처진 아이가 미래 혹은 외계에서 방문한 로봇의 도움을 받
아 모험을 한다는 이야기는 마치 ≪도라에몽≫과도 비슷하지만 우
리와 친근하면서도 신기한 에피소드 때문이었는지 오랫동안 인기
가 있었어요. 그중 어떤 에피소드에서는 '찌빠'와 '팔팔이'가 타임
머신을 타고 먼 미래로 여행을 가는 장면이 있었는데요, 기대와는
달리 원시인처럼 털가죽 옷을 입은 사람이 멧돼지 사냥을 하고 있
는 걸 마주치게 됩니다. 그래서 처음에는 타임머신이 고장나 미래
가 아니라 과거로 간 게 아닐까 생각을 했었죠. 그런데 그 멧돼지

사냥은 돌도끼로 하는 것이 아니라 '자각약(自覺藥)'을 멧돼지한테 먹인 후, 스스로 하등 생물이라는 걸 깨닫게 해서 자살을 유도하는 것이었어요.

멧돼지가 진정 호모 사피엔스보다 하등한 것인지, 혹은 스스로 자각을 할 수 있는 생물을 인간이 영양 섭취를 위해 사냥하는 행위가 과연 도덕적으로 온당한 일인가에 대해서는 일단 논의를 유보하기로 해요. 저런 방법의 사냥이 과연 돌도끼를 이용한 사냥보다 덜 잔인한 일인가라는 의문도 마찬가지이구요. 저 에피소드가 아니더라도 지금의 기준으로 봤을 때 80년대 어린이 잡지에서는 성차별이나 인종차별적인 요소에서 경악스러운 장면이 많았으니까요. 하지만 저 당시 어린이 만화에서 '자각(自覺)'이라는 행동이 얼마나 품격 있고 진보적인 행동인지 보여주는 건 매우 인상적이었습니다. 어쩌면 '자각'과 '수치심', '쪽팔림', '염치'야말로 인간이 인간답게 살아가도록 하는 가장 중요한 소양일지도 모르겠어요. 꼭 범죄를 저지르지 않는다 하더라도 사회적 합의나 도덕을 어길 때에도 응분의 불이익이 존재하잖아요. 법적 처벌은 아니지만 사회적으로 지탄을 받는다든지 따돌림을 당하는 등 타인의 협력을 못 받는 암묵적인 형벌이 존재한다는 거죠. 그리고 이런 규범들은 성장기 교육이나 사회화를 통해 숙지되면서, 이후 사람이 자기 행동을 검열하도록 만듭니다. 흔히 얘기하는 '양심'이라는 게 대표적인 예가 될 거예요. 다시 말해서, 인간이 자신의 잘못을 자각해서 스스로 부끄러워하고 양심의 고통을 얻게 되는 일은 '집단 구성', '커뮤니케이션', '규칙', '교육' 등 여타 다른 동물과는 구별되는 호모 사피엔스의 특징이 총합되어 나오는 현상이라 말할 수 있겠습니다.

영화 속에서 글을 읽지 못했던 한나는 아마도 기본적인 의무교육도 못 마쳤으리라 짐작이 됩니다. 1825년에 이미 초등교육을 의무로 정한 프로이센 독일의 경우 1870년대에 97%가 넘는 아동들이 초등교육을 받을 수 있었다니까, 한나가 자신의 문맹을 얼마나 부끄러워했을지 이해는 가죠. 그래도 타고난 성실성과 친절함 덕분인지 직장에서 종종 인정을 받고 승진 기회를 제공받기도 했어요. 자신의 약점을 들키기 싫어 매번 달아나긴 했지만요. 이런 한나가 아우슈비츠에서 일하는 동안 자신이 맡고 있었던 임무를 어떤 확신을 가지고 수행했으리라 생각하기는 어렵습니다. 수용자들에게 친절했지만 수용소의 인구밀도를 줄이기 위해 (수용자들을) 가스실로 보낸 일은, 마치 유기 동물 보호소 보육환경을 유지하기 위해 끝까지 입양이 안 되는 동물들을 안락사시키는 행위와 같다고 생각한 것이겠죠.

무지(無知)는 죄인가요? 요즘 세상에 말 한마디 잘못하면 인터넷 댓글의 집중포화를 당하는 경우가 많지만 사실 무지를 잘못이라고 하긴 좀 그렇습니다. 법 적용에 있어서도 범죄 사실에 대해 인식을 못 하는 심신상실 상태의 금치산자는 면책이 되잖아요. 때문에, 국가 입장에서도 기초적인 사회 질서와 윤리에 대해 가르치는 초등, 중등교육을 의무화한 것이겠죠. 그렇다면 용기가 없는 것은 어떤가요? 이 역시 그것 자체로 잘못이라고 하긴 힘들 거예요. 모든 사람은 각각 어느 부분에 있어서 어느 정도만큼은 겁쟁이니까. 그래서 용기를 못 내는 것은 종종 쉽게 공감받고 용서를 받기도 합니다. 실제로 많은 거짓말과 비밀, 나아가서 범죄들이 용기가 없어서 발생한다고 하더라도 말이죠.

한나는 '무지'했지만 그렇다고 죄를 면제받기엔 자신의 약점을 공개할 '용기'가 부족했었죠. 한나에게 있어서 자신의 약점을 감추기 위해 거짓 증언을 하고 결과를 덤터기 쓰는 건 크게 새로운 일은 아니었을지도 몰라요. 망신을 당하느니 차라리 감옥에 가겠다는 것은 그녀의 선택이었을 겁니다. 반면 마이클의 태도는 처음부터 끝까지 비겁합니다. 그는 자신이 한나의 누명을 벗겨줄 유일한 사람임을 자각하고 있었지만 아무런 행동도 취하지 않았어요. 만일 그가 한나의 결심을 존중해 주는 차원에서 침묵했다고 하더라도 그건 직접 한나를 만나서 대화해 본 후 결정할 문제였던 것이지 얼굴도 보지 않고 그냥 달아날 일은 아니었죠. 아마도 전 국민이 주목하고 있는 세기의 재판에서 반인륜 범죄의 용의자와 부적절한 관계였음이 밝혀질까봐 두려워서 도망쳤던 것으로 추정만 됩니다. 한나가 원한다면 법정 증언을 해야 했을 테니까요. 자신이 하고 있는 일에 대해 정확히 자각하지 못한 채 교회의 문을 걸어 잠근 한나와, 사회적 지탄을 회피하기 위해 법정 증언을 포기한 마이클 중 누가 더 나쁜가요? 원작 소설과는 다르게, 영화에서는 마이클이 딸에게 모든 걸 고백하고 참회하는 장면으로 이야기를 마치게 되는 걸 보면 감독의 해석은 짐작이 갑니다. 사실 그냥 참회로 끝날 일은 아니죠. 의도적인 방임을 통해 타인의 자유를 박탈하는 데 참여를 한 셈이니까요. 면회 신청을 하고도 그냥 돌아서는 마이클의 모습에서, 삼풍백화점의 부실공사나 세월호의 불법 변경을 방관한 공무원의 모습이 보였다면 너무 억측일까요?

　글을 깨우치고, 전쟁범죄에 관한 책을 읽고 나서 모든 사실관계를 파악하게 된 한나는 자신을 심판하게 됩니다. 현실에서 도망치려고 했던 것이 아니라 자신이 저지른 잘못을 스스로 깨닫고 스스로 단죄하는 행동이었던 거죠. 한나가 목을 맬 때 '책'을 발 디딤대로 사용하는 것은 매우 의미심장했어요. 80년대 ≪로봇찌빠≫에서 나왔던 '자각약'이 '문자'와 '책'이라는 형태로 이 영화에 다시 등장한 느낌이었습니다. 어쩌면 책은 사람이 부끄러움을 느낄 수 있도록, 사람이 사람답게 살 수 있도록 하는 가장 중요한 빨간약일지도 몰라요. 그렇다고 해서 한나의 최종 선택을 지지하는 건 아니에요. 한나 자신에게는 사형이 스스로에게 내릴 수 있는 가장 정당한 판결이라고 생각되었을지도 모르겠지만, 죽음으로써 죄를 갚는다는 생각은 여전히 안타깝습니다. 어떻게든 살아서 자신의 죗값을 상쇄할 수 있는 뭔가를 했어야 했다고 생각해요. 그동안 한국 사회에서 사과나 죗값을 피해 자결을 선택한 몇몇 정치인의 죽음이 연상되어서 그런지, 무척 아쉽고 아쉽더라구요. 그렇더라 하더라도, "그땐 어쩔 수 없었어. 너도 알잖아? 그땐 다 그러고 살았어"라면서 염치도 없이 시대탓만 하는 대부분의 가해자들보다는 꼿꼿한 선택이라고 생각이 들지만요.

　우리는 언제까지나 가해자는 시대탓을 하고, 그걸 못 잊는 피해자에게 "뒤끝이 길다"라며 핀잔을 주는 문화에서 벗어나게 될까요?

한동안은 무리일지도 모르겠습니다. 디킨스의 ≪올리버 트위스트≫가 1800년대 초반을 배경으로 하고 있는데, 이 즈음 영국에서는 9세 이하 아동의 노동을 전면 금지하고 16세까지는 하루 12시간 이내로 제한하는 '공장법(1833)'이 이미 시행되고 있었어요. 1850년대 '공장법'에서는 성인 남성의 근로시간도 주 60시간으로 제한하게 되었죠. 한국은 1980년대까지 10대 여성 노동자들이 '타이밍'을 먹으면서 미싱을 돌렸잖아요. 공장에서 여공들을 성추행하고, 교실에서 학생들을 잔인하게 구타하고, 부자들의 낙수효과로 서민들이 먹고 산다는 공식, 그래서 서민들은 부자들에게 복종해야 하는 게 당연했던 사회에서 살았던 사람들이 아직 투표권을 가지고 있어요. 지금 사회 윤리 기준을 적용해서 그들을 처벌해야 한다는 말을 하는 게 아니라, 너무나 급박한 사회 문화 전환을 겪었기 때문에 사회 내부의 가치관 충돌이 어쩌면 당연하다는 말을 하는 거죠. 이러니 '과거에 저지른 행위가 당시 기준에서는 위법이 아니라고 할지라도, 현재 사회적 합의에 어긋날 경우에는 그 일을 반성해야 한다'라는 상식이 통하는 사회가 될 때까지는 아직 더 시간이 걸리지 않을까 싶어요. 그렇다면, 최소한 국가 차원에서, 미성년자들에게 제공하는 것처럼, 1940~1980년대를 살아온 노인들에게도 '의무교육'이 있어야 되지 않을까요? 그들이 국가 경제 발전에 크게 공헌한 것은 분명한 사실이지만, 그 덕분에 사회 윤리기준이 더 성숙하고 더 첨예해졌다는 걸 알려드려야 하지 않을까요?

　그렇게 의무교육이라는 자각약이라도 드리지 않으면, 마음 불편한 책은 절대 안 읽을 것 아니에요. 힐링 타령만 하고 말이죠.

Pelle Erobreren

정복자 펠레

리셋 버튼 - 동선

도망가자(feat. 선우정아) - 이연

| 제작사 | SF 스튜디오
| 감독 | 빌레 아우구스트
| 원작 | 마르틴 안데르센 넥쇠 《정복자 펠레》
| 각본 | 빌레 아우구스트
| 출연 | 막스 폰 쉬도프, 펠레 흐베네고르
| 수입·배급 | 동아수출공사

➻ 안정된 일자리와 평범한 일상을 꿈꾸며 고향 스웨덴을 떠나 아들 펠레와 덴마크에 도착한 아버지 라쎄. 그러나 스웨덴과 별반 다르지 않은 덴마크의 열악한 노동 환경과 처우, 빛도 보이지 않는 어두운 나날. 있던 자리에 머물려는 라쎄. 더 큰 세상을 향해 뻗어 나가려는 호기심 많은 펠레. 그들 각자, 혹은 더불어 뿌리 내릴 맞춤한 땅은 어디일까.'

리셋 버튼 - 동선

도망가자 (feat. 선우정아) - 이연

캐나다 가면, 뭐, 거기라고 다를 것 같아? 거기도 사람 사는 동네야. 다 똑같아. 말 안 통하는 건 어떡할 거야? 인종차별은 어떡할 거고. 게다가 교민사회는 여기보다 더 더러울 텐데. 외국 가면 한국 사람 무조건 조심해야 해.

그렇게 많은 덕담을 받고 떠난 건 아니었습니다. 대개는 저런 악담을 주로 받게 되죠. 그런데 악담이 되었든 염려나 걱정이 되었든 이미 이민 신청하고 비자까지 받은 사람 마음을 돌리진 못해요. 사실 저렇게 악담을 하는 사람도 그걸 모를 리 있나요. 그냥, 누군가가 자기 곁을 떠나는 것이 무척 섭섭해서 나오는 감정의 서툰 표현이었을 겁니다. 그걸 그냥 아무 말 없이 안아주고 나도 헤어져서 아쉽다고 했다면 좋았을 텐데, 그때 당시, 그러니까 한국의 모든 것이 싫어서 떠나지만 동시에 앞날이 무척이나 막막했을 때는 저도 왠지 심통이 나더군요. 새로운 사회에 그렇게 큰 기대하지 않는다고.

그냥 비교적 내가 조금 더 견디기 쉬운 지옥을 선택하는 것뿐이라고 대꾸했죠. 심하게는 당신 같은 사람들 때문에 이민 가는 거라고 내뱉기도 하고.

한국이 싫었어요. 사람들의 욕망이 차고 넘쳐서, 그 냄새 때문에 숨이 턱턱 막혀서, 모두가 스타팅 라인에서 잔뜩 긴장한 채 출발 신호만 하염없이 기다리는 모습이 보기 안쓰러워서, 그리고 욕망을 포기하는 사람들을 패배자, 혹은 정신분열로 몰아붙이는 사회 분위기가 어이없어서. 알아요, 그럼에도 불구하고 하루하루를 충실하게, 자기 자신에게 당당하게 살아가는 사람들은 그때도, 지금도 많다는걸. 어쩌면 그때 제게도 그런 선택의 여지는 있었을 거예요. 그렇다면 도대체 왜 이민을 선택하게 된 걸까요? 내 소신을 꼿꼿하게 지켜갈 자신이 없어서? 그냥 그런 비겁함의 소산이었을까요? 요즘 들어 그런 생각을 많이 하게 됩니다. 과연 내가 가족과 모든 인연 모든 경력을 다 버리고 이민을 선택한 진짜 이유가 뭐였는지. 그냥 리셋 버튼이 아니었나 생각도 들어요.

솔직히, 이민 비자를 받고 나서 망설였던 순간이 없지는 않았습니다. 아니, 망설였다기보다는 그냥 좀 얍삽했죠. 여태껏 한국 사회에 불평만 하면서도 온몸을 던져 사회를 바꿔보려 하지도 않아놓고, 그제야 마치 애국자인 척하는 꼬라지라니. 이제 와서 왜 대구 지하철 참사나 미군 장갑차 사건에 대해 그렇게 분노하는 척하는 거였는지. <데드맨 워킹>을 보고 '집단적으로 행해지는 범죄에 가담하지 않고 도망치는 것도 용기'라는 걸 진정 느꼈다면 그냥 그렇게 도망자라는 자의식을 가지고 평생 살 것이지, 왜 뒤늦게 한국 사회문제에 대해 고민하는 척하는 건지. 도망치는 것에 당당했다면 이제 와서 사회 연대에 관심이 있는 것처럼 행동하는 건 위선 아닌지… 하면서 말이죠. 나라와, 가족과, 친구들을 버리는 내 선택을 어떻게 하면 정당화할 수 있을지, 어떻게 하면 멋지게 탈주하는 것처럼 보일 수 있을지, 마지막까지 고민했던 것 같아요.

리셋 버튼을 누른다고 해서 인생이 더 나아질 거라는 보장은 물론 없죠. 그리고 그때 내가 겪고 있는 고통이 나 자신에서 비롯된 거라는 걸 알았다면 버튼을 쉽게 누르지 못했을 거예요. 주로 남 탓을 했기에 저와 아내는 주저없이 버튼을 누를 수 있었지 않았나 싶어요. 요즘은 초등학교 6학년 정도 되면 '이생망'이라고 한다죠. 이번 생은 이미 망했다고. 저흰 20대 후반이 되어 그걸 알았어요. 이대로 가다간 평생 좌절하고 분노하면서 살겠구나, 하고. 아무튼 그땐, 어떻게든 벗어나고만 싶었어요. 당장 새로운 땅에서 굶어 죽는 일이 있더라도, 맨땅에 헤딩은 여기나 거기나 마찬가지일 테니. 그게 바로 '이민병'의 대표 증상이라는 것도 알았었지만.

그렇더라도 새 땅에 대한 기대가 아예 없었던 건 아니었어요. 당연히 기대가 있죠. 왜, 자기 보호 본능이라고, 사람은 자신의 선택에 대해서도 보호하고 정당화하려고 하잖아요. 특히 이민처럼 자기 인생을 뒤흔드는 커다란 결정에 있어서는 더욱더. 결코 자신이 잘못된 삶을 선택한 것이 아니라고 끊임없이 이유를 만들고 스스로를 설득하려 들거든요. 그래서 그게 사실이든 아니든, 옳든 그르든 간에, 새로운 사회에 정착을 원하는 사람들은 각자 자신만의 기대가 있습니다. 한국에서 가져간 돈이면 그 나라에서 하녀를 두 명 두고 살 수 있다는 기대도 있고, 푸른 자연 속에서 여유 있는 삶을 즐길 수 있다는 기대도, 영화 속 펠레처럼 아이는 일을 안 하고 하루 종일 놀 수 있다는 기대도 있겠죠. 제 기대는요? 그냥 좀더 예의가 있었으면 했던 것 같아요. 좀더 오래 살았다는 이유로, 직위가 높다는 이유로, 돈이 많다는 이유로, 이제껏 그래 왔다는 이유로 함부로 하는, 그런 문화에 가장 많이 삐쳐 있었나 봐요. 범죄라고까지 생각했거든요. 그런데 한국에서 나이가 들고 지위가 올라가면서 나도 모르게 그런 범죄에 가담하게 되는 것 같더군요. 그래서 캐나다에서는 그 기대가 충족되었냐구요? 그걸, 잘, 모르겠어요. 어쩌면, 그런 걸 잘 못 느낀다는 것 자체가 어느 정도 만족하면서 사는 것일지도 모르고, 어쩌면 모든 걸 잊어버리고 어느덧 기득권자 입장에 서게 된 걸지도 모르죠.

사실 이민만으로 상황이 극적으로 변할 수는 없을 거라는 걸 미리 알고 있었을지도 모르겠어요. 출국 전에는 누구나 그럴듯하게 가지고 있던 계획이, 막상 새로운 땅에 떨어지면 무용지물이 되는 경우가 많습니다. 덴마크에 막 도착한 라쎄처럼 말이에요. 밴쿠버 역시, 아예 오자마자 현지 대학에서 공부부터 하지 않는 한, 자신이 생각한 대로 되는 일은 거의 없어요. 많은 1세대 이민자들이 현지에 도착한 후 일 년 정도 지나면 식품 위생 관리 자격증 (Food Safe Certification)을 따는 건 무척 의미심장한 현상이죠. 먹고 살려면 식당에라도 취직을 해야 한다는 현실을 깨닫는 지점이거든요. 다른 이민자 집에 식사 초대를 받을 때에도 이민자들끼리는 음식에 대한 최고의 찬사를 이렇게 표현했어요. "우와~ 이 메뉴로 식당 차리시면 되겠어요." 당장 고정된 수입을 만들어 마음의 안정을 찾는 일이 지상 최대의 과제라는 걸 같이 공감하지 않는다면 이런 인사가 나올 수 없을 겁니다.

영화 속 라쎄나 펠레가 고국 스웨덴을 생각하거나 이민을 후회하는 장면 같은 건 잘 나오지 않잖아요. 친구와 동료들에게 괴롭힘을 당하는 펠레에게, 힘없는 아비가 스웨덴산 산딸기 씨앗을 보여주며 서러움을 달래주는 정도죠. 스웨덴 해안에서 펠레 부자가 정착한 덴마크 섬 보른홀름까지 47킬로밖에 떨어져 있지 않다고 하니 맘만 먹으면 고국 소식을 찾아 들을 수도 있었을 것 같은데, 라쎄의 입장에서는 돌아가더라도 먹고 살기 힘든 건 마찬가지여서 그런 건지는 모르겠습니다. 저 역시 후회를 한 적은 없어요. 워낙 뒤끝이 길어 한 번 삐친 나라에 미련이 없어서 그런 걸 수도 있고, 아니면 라쎄처럼 한국에 돌아간다고 하더라도 먹고 살 길이 막막해서 그랬을지도 모르겠습니다. 그것도 아니면 그냥, 저나 아내나 인간이 워낙 자존심만 세서 그런 걸 수도 있구요. 후회하는 순간 너무나 비참해질 것 같아서. 뻔뻔하게도 다른 사람들한테는 남들과 비교하면서 살지 말라고 잘난 체하지만, 저 스스로는 제가 사는 사회를 다른 사회와 - 특히 한국 사회와 - 끊임없이 비교하는 일로 자신의 비참한 처지를 잊으려고 했을지도 모르겠어요. 만일 누군가가, 한국 사회에 대한 제 관심을 "자신의 선택을 정당화하려고 한국 사회에 대해 지적질하는 거 아니냐? 그걸 또 마치 '모국을 걱정하는 거룩한 재외

동포의 충정'인 양 채색하는 거 아니냐?"라고 따져 묻는다면 딱 잘라서 부정할 수 있었을까요? 사실 8천 킬로 떨어진 곳에서 소파에 편안히 앉아서 하는 조국 걱정이 얼마나 그 진정성을 인정받을 수 있겠어요? 저 자신조차도 내 진정성을 믿기 힘든데.

총 4부작인 마르틴 안데르센 넥쇠의 원작 소설에서는 펠레의 미국행이 거친 풍랑 때문에 실패로 끝났다고 합니다. 이후, 코펜하겐으로 건너가 힘든 수련공 생활을 거쳐 노동운동가로 성장한다고 하죠. 펠레가 정복해야 하는 세상은 바다 건너에 있는 것이 아니라, 펠레가 살고, 사랑하고, 땀 흘리며 노동하는 바로 그곳에 있었던 거였어요. 제가 영화만 보지 않고 원작 소설을 4부까지 읽었다면, 그래도 여전히 이민을 선택했을까요? 아니면 스웨덴 출신 펠레가 덴마크 노동환경 개선에 헌신했듯이, 저 역시 이민을 왔으면 캐나다 사회의 약자와 노동자 권리를 위해 고민을 해야 하는 걸까요? 모르겠습니다. 그런데 왜 전 아직도 제가 스스로 선택하고 20년 넘게 살고 있는 캐나다 사회보다 한국 사회가 더 신경이 쓰이는 걸까요? 식민지 시대에 캐나다 기숙학교에서 저지른 만행 - 원주민 아이들을 감금, 세뇌, 성폭행을 넘어 수백 명의 주검까지 - 을 보고는 그렇게까지 슬프고 분노하지 않았었는데, 아직도 대한민국 산업현장에서 매일매일 다치고 죽는 노동자나 연수생들을 보면, 왜 이리 화를 참을 수 없는지.

한국인이라는 게, 그리고 한국인이 아니라는 게,
이렇게까지 불편하고 부끄러울 수가 없어요.

리셋 버튼 - 동선

도망가자 (feat. 선우정아) - 이연

감각의 실핏줄을 타고 펼쳐지는 때묻은 한 장면.

달리는 열차 바퀴 소리. 두 뺨 위로 선을 긋고 내달리는 바람. 매캐한 기름 냄새. 쉭쉭, 바람을 달고 멀어지는 사람들. 단내 나는 달음박질. 행여 놓칠 새라 꼭 그러쥔 엄마 손가락 몇 개. 고새 손바닥에 밴 땀. 그 냄새. 어릴 적 명절이면 동이 트기도 전에 일어나 버스를 타고 간 청량리역. 버스에서 내리자마자 열차까지 달리기. 지금까지도 가슴 언저리에 남은 그때 뛰던 그 심박동. 어둑한 새벽 거리를 달리던 사람들, 그들 옷차림. 서서히 밝아오던 동쪽 하늘, 역 주변에서 들리던 소리, 그때 맡았던 냄새. 그 난리통에도 엄마는 명절 기분 내려고 그랬나. 딱히 조르지 않아도 한복을 입혔어요. 알록달록 화안한. 사르락사르락. 좋으면서도 달릴 때면 어찌나 신경 쓰이던지. 이쁜 때때옷 다 망가지겠어.

어느 해인가. 달리다 그만 놓쳐버린 아부지. 엄마랑 우리 세 남매만 덩그러니. 일단 타자. 열차에 올라 자리를 잡고 아부지를 찾아 나선 우리. 왔다 갔다 하는 사람들로 정신없는 비좁은 열차 통로. 저기, 아부지. 아부지! 어디 갔었어? 자리 다 잡아놨는데. 버럭 화부터 내는 아부지. 어깨를 툭툭 밀치고 지나가는 사람들. 고개를 툭, 떨구는데 꽉 조여 있어야 할 아부지 바지 밑단이 할랑할랑. 천천히 고개를 들었더니 바지 허리춤을 꽉 잡은 아부지 손. 어? 따라와. 짐을 챙겨서 아부지를 따라 졸졸. 사람들을 헤치고 아부지가 잡아놨다는 자리에 가보니 아부지 대님이랑 허리띠가 얌전하고 반듯하게, 쫙 펼쳐서. 아! 아부지가 자릴 비운 틈에 대님을 슬쩍 치우고 앉은 약삭빠른 어떤 사람. 자리 구석에 구겨진 대님이. 아부지 얼굴은 금세 또 붉으락푸르락. 어떤 표상처럼 새겨진 그때 비둘기호 열차 좌석에 얌전히 놓여 있던 아부지 대님이랑 허리띠. 뭔 짓을 해서라도 우릴 지켜줄 사람, 아부지. 비단처럼 단단하고 질기고 반듯한. 그리고 빛나는.

차만 생기면 고생 끝날 줄 알았더니 그것도 아니대요. 지금처럼 교통방송이나 내비게이션이 있는 것도 아니고 도로 사정이 좋은 것도 아니어서 귀성 차들로 오도 가도 못 하는 도로. 숨이 턱 끝까지 차게 뛰는 거나 오줌통이 꽉 차서 동동거리는 거나 도긴개긴. 국도였나. 낮은 상가가 이어진 읍내 길을 가다 서다. 앗, 급브레이크. 후다닥 차 문을 열고 내리는 아부지. 왜 그래? 뭐에 부딪혔나? 옆에 있던 언니 말로는 보조석 앞쪽에 어린애가 부딪힌 것 같다고. 창문으로 내다보니 차 앞쪽에서 허리를 굽혔다 일어난 아부지 손에 딸려오는 어린애 팔. 마른 장작개비 같은 팔. 뒤이어 보이는 벌겋게 상기된 아이 얼굴이. 아홉 살이나 됐을라나. 차 범퍼에 살짝 부딪치고는 놀라서 그 자리에 주저앉았다는 아이. 다행히 속도가 느려서 다친 데는 없어 뵈는데 몸 여기저기를 살피던 아부지가 괜찮냐니까 집에 가겠다고. 아이를 앞장세우고 따라가는 아부지 굽은 어깨.

"이 아이 어머니 되세요? 아이가 방금 제 차에 부딪혀서 데리고 왔는데요…."

방에서 나온 여자가 아이랑 아부지를 번갈아 봤대요.

"아, 또요?"

짜증 섞인 목소리. 그 여자는 그런 일이 다반사였는지 괜찮다며 그만 가보랬대요. 그 다음에 어떻게 됐더라. 그 뒤로 아부지가 두어 번 더 아이 집에 들렀다는 얘길 들은 것도 같고요. 그때 '단단하고 질기고 반듯한'에 간 실금. 뭐랄까. 아부지도 놀라고 당황하고 허둥지둥하네. 정의나 바름과는 무관한 어떤 실금. 그러다 그 일이 생겼어요.

그날도 귀성길. 설풋 든 잠. 정신 차려보니 멈춘 우리 차 옆으로 서 있는 경찰관. 창문을 반쯤 내리고 경찰관이랑 얘기하고 있는 아부지. 무슨 일이야? 평소 알던 어른들하곤 달리 뾰족하면서 딱딱한 경찰관. 겁이 나면서도 못마땅한 그 표정. 고 쪼그만 게. 왜 울 아부지한테 저렇게 말해? 그때 아부지가 갑자기 지갑을 찾더니 돈을 꺼내서 반으로 접어 경찰관한테 줬어요. 싹 변하는 경찰관 눈빛.

"지금 뭐 하시는 겁니까?"

얼른 지갑에 다시 돈을 넣는 아부지. 접힌 걸 펴지도 않고. 지갑에 돈을 넣으려고 고개를 살짝 돌린 아부지 얼굴. 일그러진 아부지 입매. 못 본 척했어요. 보지 말걸. 그걸 보는 바람에 깨진 '단단하고 질기고 반듯한.' 아부지는, 아부지도, 그래, 아부지도… 그런 거야.

영화 <정복자 펠레>가 보여준 어린 시절, 하루하루 허물어지던 어떤 표상을 덤덤히 받아들이던 그 시절 속 어린 나. 영화 속 펠레도, 나도 알아요. 알았을 거예요. 어떤 일이 있어도 절대 주저앉거나 넘어지지 않을 줄 알았던 아부지도 알고 보면 철없고 겁 많고 때로 비굴하다는걸. 그걸 알았대서 서글프진 않았어요. 원망하거나 부정하거나 밀어내지도. 그저 떨어져 나왔달까. 그때가 열서너 살이었으니 딱 적당했어요. 미국행 배에 올라탄 펠레처럼.

누구나 한 번쯤 꿈꾸는 도망. 백지에서 다시 시작하고픈 욕망. 어느 한 시절 저도, 아니, 지금도 꿈꾸고 욕망해요. 네, 알아요. 한심하고 우습다는 거. 언제 죽을지 모를 암 환자가 도망가고 싶은 것도 모자라 싹 다 지우고 새로 시작하고 싶다니. 절망의 막다른 골목에선 뭘 해야 하나. 할 수 있을까. 절망의 밑바닥은 솟구침. 그때의 솟구침은 무른 희망을 뺀 여문 도움닫기. 사람들은 건강하기만 해라, 살아만 있어라, 숨만 쉬라던데… 내키지 않던 산송장 같은 삶. 다시 산다면, 살아도 죽은 삶이 아닌 죽어도 산 삶. 매일 아침 신생아로 눈 뜨고 매일 밤 시체로 눈 감는, 싹 다 태운 텅 빔. 죽을 때까지 연애. 나무랑 꽃이랑 햇살이랑 바람이랑 구름이랑 비랑 달이랑… 살아 숨 쉬는 그 모든 것과… 그리 살래요. 동선 님 말마따나 이미 벌어진 일 앞에서 우린 타인은 물론이거니와 자신을 설득하려고 그럴 싸한 이유를 만들어요. 암에 걸리고요? 암을 감추고 동정을 밀어내고 불행을 행복인 척 탈바꿈하느라 진이 다 빠졌어요. 어느 날, 그러고 있는 제가 한심하기 짝이 없는 데다 그 모든 짓이 같잖더라고요. 동선 님은 정말 한국이 싫어서, 한국 사람들이 싫어서 떠났나요? 저는 싹 다 갈아엎고 도망치고 싶은 맘은 굴뚝같아도 뭣 때문에, 무엇으로부터 달아나려는지… 몰랐어요. 모르겠더라고요.

절 닮아 낯가림 심한 둘째 지연이. 환경이 바뀔 적이면 적응하느라 애는 애대로, 엄마인 나는 나대로 애를 먹어서 그 애 초등학교 4학년 때 이사 오면서 단단히 다진 각오. 근데 웬걸요. 아이는 학교 갈 적마다 여전한 배앓이에도 걱정보다 수월하게 적응했어요. 전학 오기 전엔 있는 듯 없는 듯 매사 쭈뼛대던 아이가 일단 손부터 들고 보는 아이로. 한 발짝 내디딘 발걸음. 동선 님이 말한 삶의 리셋. 어쩌면 그때 그 애 삶이 리셋되지 않았나. 그 아이 열네 살에 시작한 암 투병. 떨어져 나가기 딱 적당한 나이. 서서히 놓은 아이 손. 내 품을 떠나 너만의 세상을 찾아 떠나. 아름다운 항구에 닻을 내리면 다행이고 거센 폭풍우를 만나 난파돼도 어쩔 수 없어. 어떤 일이 벌어진대도 그건 오롯이 니 삶이야. 아들 펠레를 떠나보내는 아버지 라쎄 얼굴 위로 오버랩된 몇 년 전 내 얼굴… 그제야 알았어요. 그때 내 맘이 사족이었단 걸. 정작 도망치고 싶었던 건 나였단 걸. 내가 도망치고 싶었던 건 어떤 장소나 어떤 대상, 어떤 상황이 아니었단 걸. 나는 나로부터 도망치고 싶었단 걸. 그리고 바로 알았어요. 죽기 전엔 그럴 수 없겠구나. 죽음이 아니라면 싸움. 유연함과 묵직함을 장착한 나와의 투쟁.

동선 님은 영화 <정복자 펠레>가 실은 4부작 소설이라며 원작 소설에선 코펜하겐으로 건너간 펠레가 노동운동가로 성공한다면서 펠레가 정복할 세상은, 펠레가 살고 사랑하고 땀 흘리며 노동하는 바로 그곳이랬어요. 소설을 끝까지 읽었더라도 이민을 선택했을까, 동선 님 마음에 일어난 궁금증. 이왕 이민을 선택했으니 펠레처럼 캐나다에서라도 노동환경 개선을 위해 뭐라도 해야 하지 않나, 동선 님의 오랜 고민. 근데, 동선 님. 영화 <정복자 펠레>에서 펠레가 '정복하고' '구한' 게 세상이었나요? 그가 진정코 구하려던 게 세상이었냐구요? 제가 보기에 그가 정복하고 구하고, 구하려던 건 **자기 자신**으로 보이던데요. 발 딛고 선 땅이 미국이든 코펜하겐이든, 그런 것쯤이야 아무래도 상관없는, 자신을 정복한 진정한 정복자, 펠레. 그러니 동선 님. 당신이 캐나다에 있든 한국에 있든… 그건 중요하지 않을지도 몰라요. 진창에 빠질 뻔한 자기 삶을 구하려고 몸부림치고 사회로부터 소외된 약자와 노동자 권리를 위해 고민하고 있는 당신, 동선 님. 그뿐인가요. 무려 20년 전에 떠나와 놓고도 당신이 나고 자란 이 땅에 두고 온, 하루하루 속 끓이고 복작대며 살아가는 이들이 신경 쓰여 죽겠는, 그렇게나 다정하고도 사랑스러운 당신.

어느 철학자의 말. 진리는 멀리서 오는 서사. '거리'가 있을 때 더 잘 보인다. 동선 님과 우리 사이의 물리적 거리. 당신이 거기 있어서 여기 있는 우리가 더 잘 보이는 걸지도 모르겠어요. 고마워요. 잊지 않고 계속 보고 있어서. 그 먼 데서도.

한때 한국인이었고, 지금도 뼛속까지 한국인인 당신. ⋯ 자랑스러워요.

나는 혼자서 아무것도 가진 것 없이 어느 낯선 도시에 도착하는 걸 몹시도 원했었다. 나는 겸허하게, 그리고 가난하게 살고 싶었는지도 모르겠다. 그렇다면 무엇보다도 비밀을 간직할 수 있을 것이다.
- 장 그르니에, ≪섬≫ 중에서.

동선 : 아… 시큼뜨뜨미지근한 디젤 냄새 ㅋㅋㅋ

이연 : 디젤은 왜애?

동선 : 비둘기 호, 수인선 협궤열차를 타면 항상 그런 냄새 나잖아요. 불연소된 디젤에서 나오는 황 냄새에, 사람들이 까먹는 계란냄새까지. 아, 멀미하느라 기억도 안 나겠구나.

이연 : 기차는 멀미 안 했어요. 희한하게. 기타치고 노래 부르는 대학생 오빠들 구경하느라 그랬는가.

藍色大門

| 제작사 | 트라이그램 필름, 아크라이트 필름
| 감독 | 이치옌
| 각본 | 뢰건용, 이치옌
| 출연 | 계륜미, 진백림
| 수입·배급 | 오드

남색대문

이 여름 끝자락엔 - 이연

(평생) 성장통 - 동선

→ 휘어지지도 끊어지지도 않고 직진하는 빛. 그 성질을 닮은 마음. 아무것도 아니나 꿈과 가능성으로 꽉 찬 열일곱 살 세 아이. 단짝 친구 위에전을 바라보는 커로우 마음, 커로우의 비밀을 알면서도 그 애한테로만 뻗어 나가는 시하오 마음. "아무것도 보이지 않아." 온통 깜깜한 열일곱 살 마음, 마음들. 언제쯤이면 보일까? 어느 계절이면? 이 여름빛이 희미해지는… 그때쯤?

이 여름 끝자락엔 - 이연

...... (평생) 성장통 - 동선

"이름이 뭐야?"

옆 분단 같은 줄에 앉은 아이. 팔짱을 끼고서 책상에 기댄 상체. 고개를 돌리고 날 보던 유난히 까맣던 눈동자. 호기심보단 짙은 당당함. 책상 왼쪽 고리에 걸린 가방 지퍼를 열어 손에 잡히는 공책 한 권을 꺼내 오른손 집게손가락으로 짚은 공책 맨 앞장에 적힌 내 이름. 고갤 돌리지 않고도 느껴지던 그 애 눈길. 공책이랑 날 번갈 아 보는.

"니 이름이 이연이야?"

끄덕끄덕.

그날을 되짚을 적마다 화끈한 얼굴. 제 이름 하나 말하지 못해서 공책을 디민 날 그 애는 어떻게 생각했을까. 그때 왜 그랬지. 그 애 한테서 뿜어져 나오는 어떤… 아우라에 기가 죽었나? 이제껏 내가 알던 세상하고는 다른 기운에 죽은 풀. 한 번도 본 적 없고 만져본

52

적 없는 희고 매끄러운 그 애 뺨에서 새어 나오던 빛깔. 아니면, 부끄러웠나? 뭐가? 열네 살. 견고한 가족의 엮임. 느슨해진 꼬임을 뚫고 떨어져 나온 조각 하나. 미끌미끌 쉬이 풀어져 쏙쏙 빠져나가고 풀풀 날아댕기고… 몽글몽글 생기던 비눗방울 비밀. 그 투명한 터짐. 모든 꿈이 허락된 풋사과. 그 애가 이름을 물었을 때 벗겨지는 기분이었어요. 한 올 한 올. 그러다… 실오라기 하나 걸치지 않고, 홀라당. 왜인지는 몰라도… 그랬어요. 지금도 잊히지 않아요. 이름이 뭐야? 어수선한 교실에서 빛처럼 날아오던 목소리. 흔하디흔한 그 질문. 팔짱을 끼고 책상에 비스듬히 기댄 몸. 당돌한 눈빛. 막 열네 살이 되던 그 봄날. 덩어리에서 이제 막 떨어져 나온 조각의 설익은 두근거림과 복면 쓴 불안. 교실 창문 틈새로 들어오던 뾰족한 아침 공기. 니가 이연이구나. 박하향 웃음. 벌어진 그 애 윗입술 아래로 보이던 덧니 두 개. 그 애 어깨 너머 운동장으로 떨어지던 부신 봄 햇살.

중학교를 배정받은 그해 겨울 시행된 두발 자율화. 1년 뒤엔 교복 자율화. 안방에서 뉴스를 보다가 지른 야호, 환호성에 묻힌 엄마 말. 고작 1년 입을 교복을 사는 건 돈 낭비야. 며칠 뒤 마당발인 엄마가 구해온 교복. 여기저기 뜯고 꿰매 잘록한 허리라인, 닳고 닳아 반들반들한 치마. 이건 날라리가 입던 교복 같아… 엄마가 교복 위에 입으라며 사준 외투를 입고 거울 앞에 서서 반들반들한 엉덩이가 가려지나 확인하고 또 확인하고. 이만하면 괜찮으려나.

1학년 담임 선생님은 갓 결혼해서 신혼이라던 '지'씨 성을 가진 체육 교과 선생님. 체육 시간이면 운동장에 4열 종대로 모여 '좌향 좌' '우향우' '뒤로 돌아' 구령에 맞춰 반복 또 반복한 제식 훈련. 이 건 왜 하는 거야? 몰라. 일주일에 한 번은 무용실에서 연습용 토슈 즈를 신고 교실 이쪽 끝에서 저쪽 끝까지 투 스텝으로 뛰어다니고. 시원시원한 이목구비에 물결처럼 굽실거리는 머리칼, 야리야리한 몸매에 가려진 담임 선생님의 무자비함과 몰상식함. 아직 여물지 도 않은 열네 살 여자애 머리를 후려지는 도구로 재사용된 출석부. 빳빳하고 두꺼운 우리 반 출석부의 못난 쓸모. 퍽, 퍽. 푹푹 꺾이는 고개. 휙휙, 돌아가는 머리통. 딱 한 명만. 내 이름을 묻던 우리 반 반장, 연아. 웃을 때 벌어진 윗입술 아래로 덧니 두 개가 이쁘던. 사 각 교실에 묶인 **봉오리**들. 폭력에 찢기고 으깨져 눈 감은 비명. 공 포로 언 그 시간.

어떤 판단도 허락하지 않던 담임의 매. 담임은 늘, 언제나, 매번 시켜놓고는 아니라고 잡아떼거나, 자기가 해놓고도 반장한테 뒤집 어씌우고는 출석부를 집어 들었어요. 퍽, 퍽. 맞으면서 눈을 감지도, 피하지도 않던 연아, 그 애. 내 말이 맞아, 틀려? 내가 그랬어, 안 그 랬어? 연아는 잘못하지 않은 일에 대해선 빌지 않았어요. 기면 기고 아닌 건 아닌 아이. 퍽, 퍽. 우리 반 아이들이 모두 보는 앞에서, 거의 매일, 머리통이 휙휙, 돌아가게 맞던 우리 반 반장, 김연아.

그 봄날. 그 애는 여드름 하나 없는 뽀얀 뺨에 분홍빛 오리털 파 카를 걸치고 나이키 로고가 박힌 눈처럼 흰 운동화를 신고 다녔어 요. 창피해. 처음으로 내가 입은 옷이랑 내가 신은 신발, 내 등에 멘

가방을 보게 해준 그 애 차림. 그리고 나라는 사람을 들여다보게 해준 그 애 행동거지랑 말투, 웃음, 그리고 찡그림. 못 가진 부끄러움. 피기도 전에 집어먹은 겁. 딱히 뭘 잘못해서가 아니라 덜 가짐과 뒷걸음질에서 오는 감정. 그걸 들켰을 때의 당혹감. 볕 잘 드는 양지 아이, 연아. 공부도 잘하고 사교적인 데다 춤까지 잘 춰서 쉬는 시간이면 교실 뒤에서 마이클 잭슨의 문 워크를 추던 그 애. 까르르까르르. 허공에 그려지던 웃음 음표들. 나는 축축하고 어둡고 고요한 그늘로 숨어드는 응달 아이. 거기 들어가서야 맘이 놓이고 숨이 쉬어지는. 하아. 그런 내가 어쩌다 그 애랑 단짝이 됐을까. 집에 가는 길에 우연히 만났나.

그땐 '쥐잡기 운동' 같은 게 있었어요. 전국적으로 동시에 쥐약을 배포해서 쥐를 잡던. 학교 끝나고 집에 가다 보면 근처 아파트 단지에 예사로 쌓여있던 쥐 사체 더미. 우연히 그 애를 만난 날도 여느 날처럼 아파트 단지를 지나 천변을 따라 걷다가 징검다리를 건너 주택가로 들어오는, 그 길을 따라 걸었을 거예요. 우리는 주택가로 들어서고 거기 어디쯤에서 헤어지지 않았을까. 걸어오는 내내 담임 욕을 하던 연아. 미친년. 쌍년. 개 같은 년. 나는 고갤 숙이고 발맞춰 걸으면서 듣기만. 차마 같이 욕을 할 수는 없어서 오는 길에 봤던 쥐 사체 더미를 떠올리면서. 연아가 미친년, 그러면 죽은 쥐새끼 한 마리를. 연아가 쌍년, 그러면 또 죽은 쥐새끼 한 마리를. 연아가 개 같은 년, 그러면 이번에도 죽은 쥐새끼 한 마리를. 그러면서.

어느 날 다른 교과 선생님이 출석을 다 부르고 출석부를 덮으면서.

"니네 반 출석부는 왜 이렇게 흐물거리니?"

출석부가 흐물흐물해지게 맞았으니까요. 맞고 나서는 욕을 하고. 버러지 같은 년. 쥐새끼. 죽일 년. 쥐새끼. 그날도 등나무 아래 벤치에서 연아를 기다렸어요. 집에 같이 가려고. 방송반에서 틀어준 클래식 음악이 울려 퍼지는 운동장. 화한 바람. 운동장에 번지는 샛노란 오후 햇살. 저기, 건물 현관 앞에서 실내화를 갈아 신은 연아가 걸어오는 게 보였어요. 가까이 다가온 연아. 방송반에서 틀어준 클래식 음악을 따라 흥얼거리는 그 애.

"너 이 곡 알아?"

놀라서 물었어요.

"어."

"우와. 너 클래식도 들어?"

"아빠가 자주 들어서 알아."

"그래?"

"… 우리 아빠 불쌍해."

너무 급작스러운 말이라 물어보지 못한 이유. 한참 뒤에야 본 늘 햇살 속에 사는 줄 알았던 연아 뺨 밑에 진 그늘. 흔한 가정 폭력 밑에 자란 흔한 응어리. 흔한 억눌림을 뚫고 솟은 흔한 앙갚음. 흔한 꺾임 아래 이빨을 감춘 흔한 분노. 공포 위에 곰팡이처럼 번진 불안. 감각을 마비시키고 존재를 삼킨 어둠의 장막. 생전 처음 맛보는 비린 맛. 니 옆에 있을게. 어.

영화 <남색대문>에서 만난 커로우. 남자를 좋아하는지, 여자를 좋아하는지 알고 싶은 열일곱 살 여자애의 쉼 없는 질문. 그 답답한 눈망울.

"나랑 키스하고 싶어?"

이보다 에로틱하고 애달픈 질문이 또 있을까요…

당신은 당신을 다 아나요? 저는 이 나이에도 매일 새로운 구석을 발견하는 재미로 사는데요. 어디에 이런 게 숨어 있었지? 새로 만난 나와의 반가운 악수. 나랑 키스하고 싶어? 그 애가 그렇게 물을 때마다 눈물이 나대요. 얼마나 모르겠으면, 얼마나 알고 싶으면, 저렇게 묻나. 오죽 답답하고 겁나면. 동성애를 다룬 영화는 많아요. 어떤 영화는 아름답게. 어떤 영화는 처절하게. 어떤 영화는 더하거나 빼지 않고, 있는 그대로. 그런데 자신이 어떤 성(性)을 좋아하는지 몰라 어리둥절한 이야기는 처음이라… 가슴 언저리에 뻐근함이. 자신을 부정하지도 받아들이지도 못하고, 그 틈에 끼여 헤매 도는 그 애를 보고 있자니. 내가 나를 믿지 못하는 것만큼 괴로운 게 또 있을까요. 내가 여자를 좋아하는지 남자를 좋아하는지 알아봐야겠다, 맘먹고 일어서는 마음은 수영을 좋아하는지 뜨개질을 좋아하는지 알아봐야겠다는 거랑은 차원이 다르잖아요. 다르지 않나요? 성적 지향은 취향이 아닌 한 존재의 본질. 할큄이 아닌 얼싸안음으로. 손가락질이 아닌 팔 두름으로. 침 뱉음이 아닌 손 내밈으로.

제가 다닌 중학교에선 시험이 끝나면 교무실 앞 복도에 전교 등수를 적은 종이를 붙였어요. 복도 창문이랑 천장 사이에 등수랑 이름이 빼곡하게 적힌 엄청 기다란 종이를. 그 종이가 붙는 날이면 쉬는 시간에 아이들이 그 복도로 달려가 고개를 쳐들고 자기 이름을 찾았어요. 그날이면 약속하지 않아도 복도에서 만난 우리. 학년이 올라가고 반이 달라져도. 종이에 이름이 보이지 않거나 지난번보다 뒤쪽에 있으면 고개를 숙이고 복도 끝자락, 화장실 옆벽으로 가서 등을 기대고 서는 연아. 다음 수업 종이 칠 때까지 우린 거기, 그렇게 서 있었어요. 아무 말 없이.

영화의 시작과 끝에, 커로우가 똑같이 한 말.
"아무것도 안 보여."
당신은 보여요? 1년 후, 3년 후. 그리고 5년 후 당신이 어디서 뭘 하고 있을지. 전… 안 보여요. 눈을 감아도, 떠도 까맣기만. 말기 암 환자인 저한테 1년, 3년 그리고 5년은 수백 년 수천 년 수만 년이랑 맞먹는 시간이라. 그렇더라도 아주 끈을 놓진 않을래요. 일 없이 쏘다니기만 했다는 커로우한테 시하오가 한 말. 뭐 하나 제대로 해놓은 게 없어 봬도 남은 게 있지 않을까? 그 남은 게 우릴 어른으로 성장시킬 거야. 그래요. 지금은 아무것도 보이질 않아 깜깜해도 이 계절이 끝나갈 즈음엔 분명 남은 게 있을 거예요. 우릴 성장시킬 무언가가. 이 여름 끝자락엔.

연아랑 제가 지나온 **그때 그 여름처럼.**

너에게는 내가 잘 어울린다
우리는 손을 잡고 어둠을 헤엄치고 빛 속을 걷는다
- 진은영, ≪어울린다≫ 중에서.

도망가자 (feat. 선우정아) - 이영

(평생)성장통 - 동선

　친하게 지내던 부부가 있었어요. 남자 마이크는 아내의 예전 직장 동료였고, 고전영화에 대한 해박한 지식과 소수자 인권에 대한 감수성, 흙수저 출신으로서의 공감대, 그리고 뭣보다 개그코드가 잘 맞았어요. 그러다 보니 그의 아내 헤일리까지 포함해서 넷이서 같이 어울렸죠. 여름이면 수제 맥주 200병을 같이 양조해서 나눠 먹기도 하고, 추수감사절이나 크리스마스처럼 가족이 생각나는 명절에는 집에 초청하기도 하고요. 모여서 영화를 같이 보거나, 게임을 같이 하기도 하고, 우쿨렐레 합주를 하기도 하고 말이죠.

　그날도 아마 크리스마스 즈음해서 같이 저녁식사를 하던 때였던 것 같아요. 뭐 특별하게 근사한 요리를 준비한 건 아니지만, 그래도 파티 분위기가 좀 나도록 푸짐해 보이는 음식들을 차려두고 와인과 맥주를 같이 나누면서 즐거운 시간을 보냈죠. 그리고 슬슬 자리를 정리하려고 하는데 마이크가 그러는 거예요. 할 말이 있다고 하더니, 요즘 성전환(Transgendering) 중이라고. 바로 직전까지 실없는 농담에 낄낄거리고 있던 터라 갑작스러운 국면 전환이 이해가 가지 않았죠. 옆에 있는 헤일리의 눈치를 봤더니 아직 표정에 웃음이 가시지 않았더라구요. 그래서 같이 하하하 웃고 있는데… 뭔가 대화가 이어지지 않는 거예요. 왜 그런 거 있잖아요. 상대방이 내 반응을 살피고 있는 느낌. 내가 뭔가 말을 꺼내야지 이야기가 이어질 것 같은 느낌. 그래서 어렵게 입을 떼었어요. "정말… 이야? 언제부터?" 하면서.

마이크의 얘기로는 벌써 몇 년 간 고민을 해왔다고 하더라구요. 마흔이 넘고 갱년기가 오면서 자신이 종종 걷잡을 수 없는 분노에 사로잡힐 때가 많았다고. 그러면서 어릴 적에 그렇게나 증오했었던 폭력적인 아버지의 모습을 닮아가는 자신을 발견할 때가 많았다고. <람보>와 <코만도>로 대표되는 80년대에 성장기를 보낸 사람으로서, 사회에서 '남성'에게 가지는 어떤 기대 - 많은 사건이나 관계를 물리력으로 척척 해결하는 마초성 - 를 이제 내던져버리고 싶다고 하면서 말이죠. 그래서 여성이 되기로 했다더라구요.

이성적으로는 "친구야… 정말 대단하다. 네 용기가 정말 존경스럽다" 뭐 이런 식으로 응원과 격려를 해줘야 한다는 생각이 들었지만 쉽게 되질 않았어요. '이 새끼랑 우리 마누라가 나중에 수영장에서 같은 탈의실을 쓰겠구나'라는 걱정이 먼저 들지 않았다면 거짓말이겠지만, 그보다 그토록 친했던 친구가 갑자기 결별 선언을 한다는 느낌을 받았거든요. 말로는 "넌 어떤 성별을 가지고 있더라도 영원히 내 친구 마이크일 거야"라고 할 수 있을지 몰라도, 당사자가 지난 과거의 자신과 결별을 선언하고 새로운 자신으로 다시 태어나려고 했을 때 상대를 '변함없는 내 친구'로 규정하려는 것이 과연 상대에 대한 온당한 예의인지 대답을 찾기 힘들었죠. 내가 이민을 간다고 선언했을 때도, 한 쪽에서는 응원을, 다른 한 쪽에서는 악담을 퍼부었던 친구들이 있었는데, 그래도 가장 진실된 감정이라고 느꼈던 건 서운함이었거든요. 그래서 일단 먼저, 상대를 이해하려고 노력했어요. 내가 지금 가지고 있는 혼란함과 상실감을, 마이크는 그동안 몇 배의 크기로 몇 년 동안 고민을 해왔겠구나, 하면서요. 그리고 헤일리에게 물었죠. 그녀는 어떤지, 둘은 앞으로도 계속 함께 할 것인지. 그랬더니 헤일리는 웃으면서, 동시에 단호하게 말하더군요. "아니. 그럴 순 없지. 난 레즈비언이 될 생각이 없어." 결국은 크리스마스 선물로 친구들의 결별선언을 듣게 된 셈이었어요. 아놔… 무슨 미국 시트콤에나 나오던 상황이 바로 우리집 식탁에서 벌어지다니.

어릴 적을 되돌아보면 가장 큰 걱정은 어떤 어른이 될지였잖아요. "넌 꿈이 뭐니?"라고 묻던 많은 어른들이 기대하던 대답처럼 장래의 직업에 관한 걱정도 있었고, 여기에 당연스럽게 관련되는 대학입시 걱정, 어떤 배우자와 어떤 가정을 꾸릴지, 아이는 몇을 갖고, 어느 지역에 삶의 터전을 마련할지에 관한 걱정도 있었죠. 매일매일이 너무 순식간에 지나가서 이대로 그냥 의미 없이 시간이 지나간다면 제대로 된 어른이 될 수 있을지, 그야말로 안달복달했습니다. 당시 제 주변에 성 정체성으로 고민하던 친구가 아무도 없었다고 해서 아예 존재하지 않았다는 건 아닐 거예요. 사회에서 인정받는 성 역할의 외투가 자신에게 맞지 않아서 남몰래 고민하던 친구들이 있었더라도 당시의 고민은 그냥 고민으로만 무력하게 끝났을 가능성이 무척 높죠. 해외와는 달리 당시 한국에서의 성소수자는 그들을 옹호하거나 비난하는 사람들도 없이 사회적으로 아예 존재하지도 않았으니까요. 군대나 감옥에서처럼 일군의 동성 집단에서 행해지는 성폭력의 한 형태 정도로만 생각되었었죠.

물론 자신의 성 정체성(Gender Identity)이나 성적 지향성(Sexual Orientation)을 청소년기에 반드시 결정해야 하는 건 아닐 거예요. 오히려 청소년기에 인생의 너무나 많은 걸 결정지으라고 강요받고 있잖아요. 동시에 청소년 자신들도 뭔가 자기 색깔을 분명히 갖는 것이 좀더 어른스러워 보인다는 생각도 합니다. 자신에게 어울리는 퍼스널 칼라나 헤어스타일 등 패션에 관련된 것뿐만 아니라, 삶이나 사회에 대해 뚜렷한 가치관을 가지고 있는 게 멋져 보이는 시기이기도 하니까요. 영화 <런던 프라이드>에서 '브롬리'가 새로운 성적 지향성을 발견한 것을 철없는 아이의 순간적 일탈로 단정 짓던 엄마의 말이, 단지 자식을 무시하는 나쁜 부모의 전형이라고 보기에는 무리가 있다는 거죠. 어른이 된다는 건 어쩌면, 나 자신과 나를 둘러싼 세계에 대한 굳건한 확신이 매번 흔들리는 과정일 수도 있으니까요. "그럴 줄 알았다. 실연당했구나. 매일 만두 먹던 그 애니?"라고 심드렁하게 말하던 커로우의 엄마 역시, 자신과 자신을 둘러싼 세계가 언제나 온전할 것이라는 믿음이 수십 수백 번 붕괴된 경험을 가진 어른의 반응이었다고 생각해요.

그래서 커로우는 결국 동성애자로서 자신의 성적 지향을 결정하게 될까요? 그건 중요하지 않을지도 몰라요. 영화는 그저, 뭔가가 결정되어야 한다는 강박에 빠진 청소년기의 불안과 고민, 보답 없는 노력 등을 담담하게 그려내고 있으니까요. 하지만 이후 30년 후에 돌아보면 그 당시엔 불안과 고민이 이제 막 시작되었을 때였을 뿐, 성과가 눈에 보이지 않는 것 때문에 느끼는 불안은 인생을 거쳐 계속된다는 걸 알게 되겠죠. 마찬가지로 자신이 어떤 사람인지 계속 새롭게 발견하는 것도 살아가는 내내 계속됩니다. 단지, 만일 일시적인 착오나 실수로 인한 자아 규정이 있었다면, 그런 실수는 청소년기에 벌어지는 것이 타격이 적긴 할 거예요. 그게 사회적 관계가 비교적 단순한 청소년기의 축복이겠죠. 마음껏 시도하고 마음껏 실패할 수 있는 권리. 하지만 사람은 평생을 거쳐 성장하잖아요. 예순이 되고 일흔이 되어도, 인간은 계속 새로운 걸 발견하고 배우게 됩니다. 그래야 하고요. 마흔이 넘어서 성 정체성을 결정한 친구 마이크의 선택을 진심으로 지지하거나 비난하는 건 여전히 제 능력 밖의 일이라고 생각합니다. 친구 부부의 이혼을 바라보는 안타까운 일이지만 당사자들이 더더욱 힘겨운 시간을 이겨내고 있다는 생각이 먼저 들었으니까요. 단지, 그가 지금 어떤 선택을 한다고 하더라도, 그게 자신의 평생을 결정짓는 거라는 부담은 없었으면 해요. 우리가 사는 이 사회가 그 정도의 여유와 유연성은 있어야 한다고 생각합니다.

*   *

무슨 농담을 꺼내더라도 성소수자에 대한 공격으로 받아들여질 수 있을지 모른다고 생각하니까 왠지 분위기가 무척 서먹서먹해졌죠. 그냥 담담하게, 그동안 절친으로 지냈던 상대 커플의 결별을 아쉬워하는 수밖에 없었어요. 마이크에게 앞으로의 계획을 물었던 것도, 그게 진심으로 궁금해서라기보다는 그냥 무척 혼란스러운 상황에서 내 생각을 정리할 시간이 필요해서였을 거예요. 마이크는 벌써 법적 절차를 어느 정도 마쳤고 직장 의료보험으로 호르몬 치료를 받기 시작했다고 했어요. "리암 니슨과 같이 근사했던 네 목소리가 그리워질 거야"라는 말로 그에게 아쉬움을 전했더니 그냥 계면쩍은 웃음으로 넘기더군요. 그러면서 나름 성소수자 농담을 하며 분위기를 바꾸려 하더라구요. 오랫동안 따로 살아왔던 자신의 아버지를 만나 본인의 상황을 말했더니 피식피식 빈정대기만 했다는 거예요.

"쳇. 그럼, 뭐. 넌, 그 뭐냐, 그… 게이가 되겠다는 거냐?"

성소수자를 긍정하는 담론은 거의 반세기 동안 이루어지고 있지만 아직 많은 서구인들에게도 낯선 개념이에요. 80년대 초만 해도 성소수자들을 레즈비언과 게이로만 나누고 있었으니, 이곳에서 나고 자란 백인 캐네디언이라 하더라도 트랜스젠더와 동성애자를 혼동하는 경우는 아직도 많죠. 게다가 자고 일어나면 새로운 성소수자 개념이 또 생겨나는 판국이라서, 이제는 '2SLGBTQIA'* 뒤에 '+'를 붙여서 앞으로도 더 확장될 수 있다는 걸 예고하고 있거든요. 때문에 성소수자들에게는 시스젠더*들의 이런 오해 역시 무척 익숙한 상황입니다. 그렇더라도 자식의 큰 결심을 빈정대기만 하는 아버지가 못마땅했었나 봐요. 친구 마이크는 이렇게 대답했답니다.

"아뇨. 엄밀하게 말하자면… 난 레즈비언이 되려고 하는 거예요."

---

* 시스젠더 (Cisgender : 출생시 부여된 생물학적 성정체성과 정신적 성정체성이 동일한 사람) 이성애자와 구분해서 말하는 이른바 성소수자들 그룹을 부르는 명칭은 현재 '2SLGBTQIA+'로, 다음과 같은 성소수자들을 포함합니다 : 2Spirit, Lesbian, Gay, Bisexual, Transgender, Queer, Questioning, Intersex, Asexual, + Pansexual, + Agender, + Gender Queer, + Bigender, + Gender Variant, + Pangender. 앞으로 이런 성소수자들이 별도의 명칭으로 따로 구분되지 않고 부모에게 부여받거나 자신이 선택한 이름으로, 각자의 존엄성을 가진 하나의 인간으로 불리길 기대합니다.

박쥐

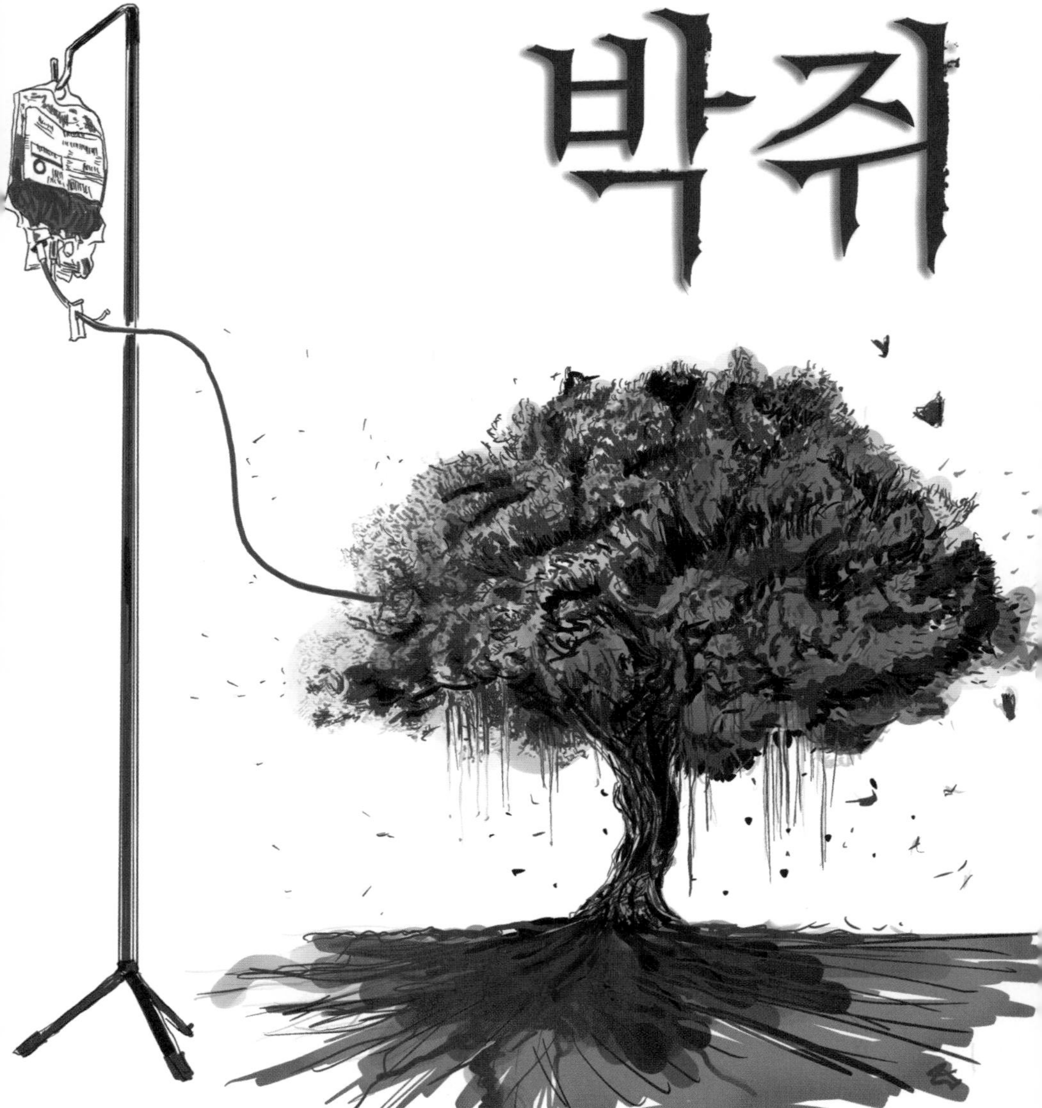

박쥐

우주의 조화 - 동선

우주는 혼돈 - 이연

| 제작사 | 모호 필름
| 감독 | 박찬욱
| 원작 | 에밀 졸라 《테레즈 라켕》
| 각본 | 박찬욱, 정서경
| 출연 | 송강호, 김옥빈
| 배급 | CJ 엔터테인먼트

➛ 어느 날, 뱀파이어가 된 신부 상현. 피를 향한 욕구와 살인 충동을 누르는 신앙 사이에서 괴로워하다 만나게 된 어릴 적 친구 강우의 아내 태주. 뱀파이어가 된 상현한테서 뿜어져 나오는 묘한 매력에 끌린 태주는 그의 욕망의 대상이 되어 그 둘은 아찔한 사랑에 빠지는데… 모든 쾌락의 이름이 된 그들의 사랑은 어디서, 어떻게 끝날까? 끝이 나기는 할까?

우주의 조화 - 동선

:······ 우주는 혼돈 - 이연

　예전에 대형마트 컴퓨터 매장에서 일할 때였습니다. 밴쿠버의 경우 대표적인 혁신 기업이나 대규모 제조업 없이 주로 호텔, 식당 등 관광산업이나 소매업으로 도시경제가 돌아가거든요. 그래서 어린 학생들이나 사회 초년생들이 고객 서비스업으로 첫 직장을 시작하는 것이 보편적입니다. 그날도 점심 식사를 마치고 젊은 동료들과 얘기를 나누고 있었는데,

　헤더 : 요. 동선. 점심 뭘 먹었어?

　나 : 음… 회사 앞 KFC에서 데일리 스페셜 치킨버거 사 먹었지.

　헤더 : 오우. 안 돼. KFC 나쁜 회사야. 닭들한테 나쁜 짓을 하거든.

　이민 초창기, 정말 하루하루 버티기 바쁘고 매달 카드값 돌려 막느라 정신없던 때였던지라, 서구사회에서 자란 아이들이 가지고 있는 사회의식과 마주치는 게 처음이었고 무척 신선했습니다. 그래서 짓궂지만 캐물었죠.

나 : 엥? 그래? KFC가 어떻게 닭들한테 나쁜 짓을 하는데?

그랬더니 옆에서 한참 가만히 서있던 다른 친구가 한마디를 내뱉는 거예요.

피터 : 닭들을 죽여.

느닷없는 공격에 그만 빵 터져서 매장이 떠나가라 깔깔 웃고 말았지 뭐예요. 물론 피터도 헤더가 하고 싶었던 얘기가 뭔지 알았을 겁니다. 그리고 조금이라도 위생적이고 자연 친화적으로 사육된 고기를 먹자는 걸 폄하하거나 조롱할 의도도 없었고, 그냥 농담 한마디로 무료함을 달래 보려는 의도였겠죠. 그래도 저렇게 오래전 에피소드가 계속 기억나는 건, 아직도 종종 인간이 (동물이든 식물이든) 다른 생명을 섭취해 가면서 자신의 생명을 유지하는 것이 온당한 일인지 의문이 들 때가 있어서예요. 물론 알죠. 우주의 모든 생명들은 다른 생명을 얻고 또 자기 생명을 나눠주면서 자연계를 유지한다는 사실을. 근데, 이런 건 솔직히 너무나 인간 편의에 맞춰 해석하는 게 아닌가 싶기도 합니다. 정말 그렇다면 영화 <죠스>나 <V>, <괴물>처럼 식인 괴수가 나타날 때마다 인간들이 단결해서 물리칠 리가 있겠어요? 그냥 담담하게 자신의 운명을 받아들이지 않고 말이에요. 인간이 만들어낸 과학의 정점인 의술도 대체로 인간의 수명을 더 늘리는 것에 중점이 맞춰져 있잖아요. 말로는 거창하게 생명의 순환을 떠들고는 있지만 인간은 자신의 생명을 타 생물에게 흔쾌히 나눠줄 생각은 없어 보입니다. 개체보존의 본능, 종족보존의 본능이라는 이름으로.

겉으로는 우주의 조화를 운운하면서 자신들은 어떻게든 돈을 벌고, 각종 영양제를 사 먹고, 체육관에 다니면서 오래오래 살아남으려는 호모사피엔스를 어떻게 봐야 할까요? 그걸 불공정하다고 봐야 하나요? 어쩌면 여기서 누군가는 능력에 따른 당연한 성취라고 말할지도 모르겠어요. 마치 인간의 아이가 기어가는 개미를 눌러 죽이는 이유가 "그럴 능력이 되니까"라고 얘기하는 것처럼, 인간이 타 생물의 생명을 섭취하면서 사는 것도 그럴 능력이 되니까 그런 거라고 말이죠. 마치 영화 속에서 자신의 욕망을 위해 사람들을 쉽게 살해하는 태주가 그걸 나무라는 상현에게 이렇게 말하는 것처럼요.

"(우리가) 뭐긴, 인간 잡아먹는 짐승이지."
"여우가 닭 잡아먹는 게 죄야?"

하지만 인간이 만물의 영장이고 먹이사슬의 정점이기 때문에 당연히 다른 생물을 자유롭게 해칠 수 있다는 논리는 무척 위험합니다. 많은 토속신앙에서 말하는 것처럼 우주의 균형을 유지해야 하기 때문이 아니라, 능력과 지위가 있다고 해서 그걸 마음껏 휘두르는 일이 인간 사회 내부에서도 비슷하게 적용될 가능성이 있기 때문이죠.

인류는 이미 중세 시대부터 법치주의 제도를 마련해서 적어도 외양상으로는 즉결심판을 중단한 바 있습니다. 고을 원님의 심판 없이는 대감마님이 함부로 자신의 노비를 때려 죽일 권한이 없었다는 얘기죠. 지배계급 입장에서 볼 때는 평화롭고 질서가 잡힌 사회가 더 안정적으로 이득을 확보할 수 있어서일 테고, 또, 개개인의 생존 능력을 바탕으로 만인에 대한 만인의 투쟁 상황이라도 벌어진다면 결국 자신의 지위가 처음부터 리셋된다는 사실을 알기 때문일 것입니다. 태주를 나무라던 상현 역시, 윤리적 딜레마라기보다는 이와 같은 상황을 무의식적으로 이해하고 있었던 것으로 해석하는 게 맞겠죠. 흡혈귀가 어떠한 살육도 저지르지 않는다면 오손도손 인간과 공존하며 행복하게 살 수 있을 것을 기대합니다. 뇌사상태 환자의 피를 훔쳐 먹는다든지, 자살을 생각하는 사람들을 도와준다든지 하는 상현은 과연 윤리적이라고 할 수 있을까요? 상대의 죽음을 통해서 생명유지라는 엄청난 혜택을 입는다는 것 하나만으로도 쉽게 '윤리' 훈장을 붙일 수는 없을 것 같은데요. 흡혈귀치고는 윤리적 아니냐구요? 태주처럼 간단하게 사람을 죽여 신선한 피를 흡입할 수 있는데, 그걸 참고 나름대로 (자신만의) 절차를 밟아서 죽이기 때문에 윤리적인가요? 그렇다면 남이 죽여서 가공까지 마친 생선을 먹는 사람들은 직접 낚아서 먹는 사람들보다 더 윤리적인 건가요?

다시 '피식'과 '포식'의 관계로 넘어가자면, 과연 '조화로운 우주'라는 것이 뭐냐는 거죠. 인류는 여전히 더 오래 살려고 발버둥치는데… 애초에 전 세계적으로 탄소 배출이 많은 화장(火葬)을 금지하고 모든 장례는 수목장으로 강제해서 인체의 자연환원을 유도하는 법이 통과된다면 모를까, 인간이 존재하는 한 '우주의 조화'는 요원할 것으로 보입니다. 현재 우주의 조화를 깨고 있는 것이 인간인데, 절차나 형태와 상관없이, 과연 인간의 포식 행위를 정당하고 자연스럽고 조화로운 행동이라고 말할 수 있겠냐는 거죠. 인류가 멸망

할 수 있다는 공포와 마주섰을 때마다, 그러니까 에이즈, 코로나, 지구온난화 등에 대항하여 똘똘 뭉쳐 싸우는 건, 인간이 지구상 최고 포식자로서의 위치를 절대 놓칠 생각이 없다는 반증이잖아요. 알아요. 받아들이기 힘들다는 것. 그리고 사회 윤리적으로도 문제가 될 수 있다는 것. 하지만, 아무리 반론을 제시해도 결론은 마찬가지. 현재 지구에서 인류가 문명을 세우고 최고 포식자로 등극하게 된 것은 다른 종의 생명이나 자연을 철저하게 배제해서 가능했다는 점. 현생인류는 우주의 조화가 어떻게 되든 아랑곳없이 이런 최고 포식자의 지위를 어떻게 해서든 지켜나갈 것이라는 점. 그리고 앞으로도 인류는, 더욱더, 지구상 타 생명체와 격차를 벌리면서 독점적으로 수명을 늘려나가게 될 거라는 점.

이러다 보니 어릴 적 읽었던 동화책에서는, 그리고 최근 일본 애니메이션에서조차, "계란이 태어나고 성장하는 삶의 목표는 맛있는 요리 재료가 되기 위함이다"라는 식의 뻔뻔한 주제가 나오기도 합니다. 세상에 어느 인간 어린아이가 장래희망을 "미생물로 깨끗이 분해되어 비옥한 땅의 좋은 거름이 되고 싶다"라고 할 수 있나요? 이렇듯 여전히 인간과 여타 다른 생물을 동등한 수위에 올려두고 비교하는 것은 어렵습니다. 강아지나 고양이를 쫓아다니면서 사진을 찍는 것과 인간 스토커를 동일시하는 사람이 있나요? 애견 카페, 고양이 카페에 가서 귀여운 고양이에게 힐링을 받는 일을 룸살롱에 가서 젊은 아가씨들의 접대를 받는 일과 동일한 시선으로 비난을 하는 사람은 없다는 거죠. 아무리 인간과 우주의 조화를 주장하는 사람들도, 여전히 많은 부분에 있어서 인간 사회의 규칙을 다른 생물들에게 그대로 적용하지는 못합니다.

그러니까 제 말은, 이제 인정하자고요. 인간은 '인간으로 태어난 것부터가 원죄(原罪)'라고. 다른 생물의 생명을 수탈해야지만 인간의 생명을 유지할 수 있고, 그러면서도 종족의 평균수명을 더 오래 유지하기 위해 수단과 방법을 가리지 않는다고. 그래서 어쩌란 말이냐구요? 그럼 지금 이대로 더 많이 먹고 많이 죽이자는 말이냐구요? 아뇨. 우리가 저지르고 있는 죄를 깨닫고 속도를 조절해야죠. 하지만 그건 모두 인간 종족의 보존을 위한 것이지 우주의 조화를 위한 건 아니라는 걸 인정하라는 거죠. 지구 온난화로 위기가 오더라도 인간 사회에만 위험이 닥치는 것이지 지구와 식물들에게 무슨 위험이 있겠어요? 그러면서도 마치 인간이 지구를 위해 뭔가를 하는 것처럼, 적어도 그렇게 뻔뻔하게 굴지 말자는 거죠. 북극 유빙이나 얼음이 녹아서 북극곰의 집이 없어진다고들 하는데, 사실 지금 이 순간 인간 사회에서도 밀린 월세 걱정을 하는 청년들이 많잖아요. 끊임없이 전쟁을 벌이고, 양극화와 수탈이 이루어지며, 한푼이라도 더 많이 벌기 위해 전기차를 만들면서, 마치 우주의 조화를 위해 인간이 안락함을 포기하는 것처럼 착한 척하지 말자는 겁니다.

만화 ≪기생수≫에서 '오른쪽이'는 인류 문명에 관한 모든 책을 읽고 결론을 내립니다.

"신이치, '악마'라는 것을 책에서 찾아봤는데, 그것에 가장 가까운 생물은 역시 인간인 것 같아."

우주는 혼돈 - 이연

겁이 많아요. 동물을 만져본 적이 없어요. 멀찍이서 보기만 해도 겁이 나서. 어릴 적 살던 동네엔 골목마다 어슬렁어슬렁 돌아다니고 들러붙어 짝짓기하고 길바닥에 늘어져 잠든 개를 만나는 게 사람이랑 마주치는 것만큼이나 흔했어요. 낮엔 사람이든 동물이든 스스럼없이 드나들게 항시 열려 있던 대문. 국민학교 저학년 때 놀러간, 집에서 꽤 먼 시장통에 있던 친구네. 다 놀고 집에 가려고 친구네에서 나오다 골목에서 만난 큰 개. 개 목에 걸린 목줄, 내 또래로 보이는 사내아이가 손에 쥔. 그걸 보고도 바짝 선 털, 바싹바싹 마르는 입안. 뒤돌아 달릴까⋯ 생각하자마자 땅을 밀어내는 두 다리. 숨이 차서 휙 돌아보니 깃발처럼 펄럭이는, 작고 벌건 개 혓바닥. 목줄을 그러쥐고 금세 울 것 같은 얼굴로 질질 끌려오는 사내애. 목숨 건 담박질. 골목을 요리조리 돌고 시장통에 오고 가는 사람들 틈에 숨어 숨을 돌리면서. 달려도 달려도 나오지 않는 우리 집. 어떡해. 어떡하지? 집에 가려면 아직 한참 남았는데. 시장통을 벗어나니 더는 숨을 곳도 없고. 간신히 집에 도착해서 대문을 밀면서 돌아보니 저 멀리서 달려오는 개랑 사내애. 쾅! 대문을 닫고 헐레벌떡 계단을 뛰어 올라가 확 열어젖힌 현관문. 우당탕퉁탕. 내팽개치듯 벗어 던진 신발 두 짝. 왜 그래? 놀라서 방에서 나온 언니. 개가, 헉헉, 개가, 헉헉, 큰 개가, 헉헉, 쫓아왔어. 으앙. 그예 터진 울음. 안방으로 날 데리고 들어가서 안아준 언니. 방바닥에 앉자마자 눈 마주친 장롱 위 고양이. 으, 무서워, 저 고양이. 괜찮아. 등을 쓸어준 언니. 공포투성이 세상. 집 안도, 집 밖도. 걸핏하면 밥상 밑으로 기어들어오는 고양이 때문에 밥 먹다 말고 이리저리 도망 다니느라 밥도 맘 편히 못 먹고. 골목마다 출몰하는 개 때문에 집을 코앞에 두고도 슬금슬금 뒷걸음질로 골목을 나갔다 개가 사라진 걸 확인하고 나서야 후다닥 집으로. 그랬던 내가 이 나이에 비인본주의자를 꿈꾸게 될 줄이야.

　그러고 보니, 고양이만 키운 게 아니었어요. 강아지도 키웠고 닭도. 아침이면 온 동네에 울리던 닭 울음소리. 다락에 쥐 돌아다닌다고 엄마가 어디서 얻어와 키우던 고양이. 시골서 데려왔다는 눈도 못 뜨던 강아지. 그 녀석은 방에서 키우다 어느 정도 자라고는 대문 옆 개집에서 키웠는데, 어느 날 마당에서 빨래하던 엄마한테 놀아 달랬다가 엄마 손사래에 잘못 맞고는 며칠 뒤 슬그머니 나가서 다시는 돌아오지 않았어요. 집에 올 때마다 마주치지 않으려고 대문 열자마자 후다닥 계단을 뛰어 올라가 놓고는 막상 보이질 않으니 일없이 빈 개집을 들여다보다가 빈 마당을 서성서성. 그 시절, 여름이면 강가나 계곡으로 가던 천렵. 어른들이 잡은 물고기로는 매운탕을, 애들이 잡아온 다슬기로는 된장찌개를 끓여서 먹고 그늘에서 늘어지게 낮잠도 자고 물장구도 치고 어른들은 화투도 치면서 한나절 강가에서 놀다 해질녘이 되어서야 돌아왔던 여름날. 언제부턴가, 먹은 개고기. 엄마가 큰 솥을 걸고 장작을 피우면 방금까지만 해도 곁에 있던 아부지가 보이지 않았어요. 한 번은 일어서는 아부질 따라갔어요. 아부지, 어디 가? 넌 저리 가 있어. 어디 가는데? 저리 가래두! 아부지 호통에 더 따라가지도, 돌아가지도 않고 멀찍이 서서 눈으로 아부지를 좇았어요. 둥그렇게 모여 선 어른들. 팔에 몽둥이 같은 걸 들고. 이상하게 마음이 두근거려 돌아서는 제 귀에 들리는 깨깽깨깽 개 울음소리. 조금 있다 펄펄 끓는 국을 상에 올리고 밥상을 차리는 엄마. 와 밥 먹어. 이게 뭐야? 소고깃국. 암말 않고 먹는 오빠랑 언니. 이거 개고기잖아! 밥상에서 물러나 근처 언덕으로 뛰어 올라갔어요. 빙 둘러앉아 밥 먹는 사람들. 기름인지 땀인지, 바늘처럼 뾰족한 한여름 땡볕 아래 번들거리는 얼굴들.

투병하면서 들은 '나무 수업.' 그때 나무는 몸의 70%가 죽어도 살 수 있다면서 강사가 보여준 911 사태 이후 살아남은 콩배나무 사진. 검게 그슬린. 그리고 이어서 보여준 그 다음해 봄, 콩배나무 사진. 흰 꽃 만발한. 울었어요. 제가 다니는 숲 초입에 있는 보리수가 떠올라서. 몸 절반이 날아간 그 아이한테 있던 까맣게 그슬린 자국. 그 나무 곁을 지날 때면 스윽, 만지던 그 자국. 조금 더 올라가면 몸이 배배 꼬인, 멀리서 보면 흡사 뱀을 닮은 밤나무가. 넌 어쩌다 몸이 이리 꼬인 게야? 생명에 위협을 느끼면 방향을 튼다는 나무. 저

밤나무는 얼마나 자주, 어떤 위협을 받았길래 저리 구불구불 휘었나. 그 나무 밑을 지날 때면 한 번씩 고갤 들어 보던 그 밤나무. 니가 몸을 틀면서 내는 소리, 니 몸부림을 인간이 듣고 볼 수 있다면, 니 비명으로 빨갛게 물든 숲을, 니 뒤척임으로 잘리고 떨어진 나뭇가지와 잎사귀를 듣고 봤을 테지. 거기서 조금 더 가면 오거리 쉼터가 나오고 그 길 아래 땅 위에 누운 벚나무가. 몸통이 뿌리랑 아예 끊어지진 않은. 겨울 지나고 봄, 보리수에 돋은 연둣빛 싹. 그러고 핀 흰 꽃, 여름엔 대롱대롱 빨간 열매. 흰 꽃 만발한 밤나무엔 비릿한 밤꽃 향. 땅 위에 핀 벚꽃, 본 적 있어요? 땅에서 돋아난 듯, 여리고도 강한 그 꽃잎을. 그런 나무를 베어버리는 사람들. 보기 흉하다고. 싱싱하지 않다고. 쓸모없다고. 죽을 거라고. 가차 없이. 그런 이유로 제 명대로 못 사는 나무를 볼 적이면 인간이라는 종에 불뚝불뚝 환멸이. 근데, 인간 세상이라고 다를까요? 동선 님 말처럼 능력과 지위를 이용해 약하고 늙고 게으르고 볼품없고 능력 없으면 울타리 밖으로 밀어내고 내치고. 쥐도 새도 모르게.

동선 님 말마따나 자본주의 사회로 넘어오면서 잡아먹어서 없애는 것보다야 살려두고 오래 부려먹는 게 더 이득이라는 걸 알아차린 이들에 의해서 수명이 늘어난 건지도 모르겠어요. 자본과 과학, 의학을 이용한 교묘한 길들임과 눈속임. 그 빌미가 된 인간 본능. 모든 생명체의 진화 방향, '더 오래'와 '더 많이.' 그런 생각에 이르면 수명 연장을 향한 인간의 숱한 노력에 기꺼이 동참할 순 없어도 펴지고 옅어지는 눈살 찌푸림과 거슬림. 아무리 수명을 늘린들,

자연계 순환에 순응할 수밖에 없는 게 세상 모든 종의 운명. 덤덤히 죽음을 끌어안을 수도, 흔쾌히 목숨을 내어줄 수도 없는, 자연스럽고도 가여운.

생태 피라미드의 정점에 인간이 있고 인간이 최고 포식자라는 동선 님 말에 처음엔 끄덕여지던 고개가 점점 갸우뚱갸우뚱. 정말 지구에 사는 수많은 종 가운데 인간이 최고 지배자이고 권력자일까? 영화 <애프터 양>에 나오는 대사. 다른 모든 존재가 인간을 동경할 거란 생각 자체가 너무 인간적이에요. 그 대사를 들으면서 인간의 오만함은 인간이 모든 종의 우두머리이고 모든 종은, 심지어 기계조차도 인간을 동경할 거란 착각에서 시작된 게 아닐까… 오래 가시지 않던 쓸쓸함. 저는 지구에 사는 생명체 중 인간이 젤 우두머리이고 최고의 권력자라는 생각엔 다소 회의적이에요. 인류를 한방에 멸망시킬 어떤 세균, 어떤 생명체가 아직 발견되지 않았을지도 모르지 않나 싶어서.

여우가 닭 잡아먹는 게 죄야? 그 말에 딴지 걸고 싶은 맘은 없어요. 다만, 허기와 무관한 식욕. 욕망을 넘어선 탐욕. 감각적 쾌락을 위해 다른 생명의 피와 살을 탐하고 타인의 노동과 영혼을 훔칠 궁리 같은 건 하지 말았으면. 지금으로선 그 수밖엔 없지 않나. 이 땅과 하늘을 나누어 가진 생명체로서 같은 종인 인간은 말할 것도 없고 다른 종이랑 알콩달콩까진 아니어도 더불어 살려면. 인간적이라는 게 뭘까요? 하는 행동이 사람의 도리에 맞는 것. 그렇다면 도리는요? 마땅히 행해야 할 바른길. 우리 지금 그러나요? 생각해 보면,

우린 오래전부터 이 지구상에 사는 다른 생명체와 숨과 피를 나누며 한쌍의 톱니바퀴처럼 굴러왔는지도 모르겠어요. 한몸이었다 쪼개지고 섞이며 나아간 진화. 종(種)의 끌어안음. 남의 피로 연명하는 삶. 생존을 위한 불가피한 선택, 흡혈. 내 몸속에 흐르는 타인의 흔적. 존재의 뒤엉킴. 생존과 공존. 어쩌면 이 영화가 말하려던 건 그런 게 아니었을까요.

그나저나, 전 이 영화에서 본 **선**(線)이 잊히질 않아요. 욕망과 탐욕을 구분 짓는. 인간과 짐승을 구별하는. 이성과 감성을 가르는. 자유와 방종을 나누는. 인간이 선(善)과 조화와 규칙과 질서와 합리와 윤리를 내세워 그은 무수한 선(線).

> 자연과 인간, 동물과 인간, 인간과 인간의 관계는 성장하는 게 아니라 성숙하는 것.
> - 홍세화, 《마지막 당부: 소유에서 관계로, 성장에서 성숙으로》중에서.

I 제작사 I 압바스 키아로스타미 프로덕션
I 감독 I 압바스 키아로스타미
I 각본 I 압바스 키아로스타미
I 출연 I 후마윤 이르샤디
I 배급 I 백두대간

체리향기

씨큐… 씨큐…
제 목소리 들려요? - 이연

.... 라면 냄새 - 동선

→ 구불구불 흙길을 달리는 차 한 대. 누군가를 찾아
헤매는 두 눈동자. 돈은 얼마든지 줄 테니, 세 번 이름
을 부르고도 대답이 없으면 구덩이에 누운 몸 위로 흙
몇 삽 퍼서 덮어주세요. 남자 말에 꽁지 빠지게 도망가
는 사람들. 차에 태운 박제사 노인. 다시, 구불구불 흙
길을 달리는 차. 그가 들려준 어느 젊은 날 이야기. 나
무 위에서 보낸 어둔 밤과 환한 아침에 관한.

씨큐… 씨큐… 제 목소리 들려요? - 이연

.... 라면 냄새 - 동선

 지금도 우주로 신호를 보내나요? 빛이랄지 소리랄지 전파랄지.
저 먼 우주 어딘가에 있을 생명체가 듣고 볼지도 모를 어떤 신호
를. 그러니까 문외한인 제가 보기엔 불가능해 보이는 그런 시도를
지금도 하고 있나요? 어디서는 당장 먹을 게 없어 굶어 죽는다는데,
있는지 없는지 확실하지도 않은 존재를 확인하려고, 그들과 연결되
려고 천문학적 비용을 아무렇지도 않게 쓰는지 궁금해요. 가 닿을
지 안 닿을지도 모른다면서. 소비 시장 확장을 노린 우주 개척인가
요? 우리와 닮은 낯선 존재를 향한 호모 사피엔스적 호기심? 그게
아니면, 어찌해 볼 수 없는 인간의 태생적 외로움?

 딱히 불행하진 않았어요. 결혼과 임신, 출산, 그리고 양육으로 이
어진 일상이. 막 행복하진 않아도 누구나 그런대고, 다들 그렇게 산
다기에. 떵떵거릴 정도는 아니어도 집도 있고 차도 있고 다정다감

82

하진 않아도 가족 행사에 얼굴 디미는 서방에 꼬물거리는 자식도 둘이나. 일 년이면 두어 차례 떠나는 여행. 빠지지도 도드라지지도 않은, 그냥저냥 살 만한 삶. 그런데도 이따금 멍. 한여름에도 뼛속까지 시리게 부는 바람. 가만히 귀 기울여보니 어디 먼 데가 아니라 아주 가까운 데서 들리는 바람 소리. 엄마, 아내, 딸, 올케, 시누이. 한 겹 한 겹 벗은 허물. 거기, 축축한 웅크림이. 두 무릎 사이에 고개를 파묻은 제 안에서 새어 나오던 바람. 위잉위잉.

중학생이던 첫째 지희. 유치원생이던 늦둥이 둘째 지연이. 칠십 먹은 노파처럼 의욕도 핏기도 없던 마흔 언저리, 나. 두 눈 가득 그렁그렁 눈물 고인 지연이를 유치원에 들여보내고 뒤돌아서서 잡아탄 택시. 강남역 메가박스요. 힐끔, 백미러로 넘겨보는 택시 기사. 아침 댓바람부터 극장 가자는 젊은 애엄마를 바라보는 저 눈빛. 돌려버린 고개. 가로수 그늘 아래로 번지는 찜찜함. 그날, 조조로 본 영화는 배우 산드라 블록 나오는 알폰소 쿠아론 감독의 <그래비티>. 불행을 통과하는 사람은 시간을 거슬러 가장 찬란했던 시절로 내달려요. 아무도 찾을 수 없는 시간의 덤불로 숨어들거나 상상으로 지은 세계로 증발하거나. 딸을 잃은 라이언 스톤 박사가 도피의 시공간으로 선택한 곳은 우주. 스크린 위로 끝없이 날아오는 우주 파편. 우주 미아 라이언 스톤 박사의 외롭고 쓸쓸한 사투. 그 끝에 찾아온 고요. 얼음처럼 시리고 유리처럼 투명한. 침묵의 탈을 벗고 본색을 드러낸 고요가 우주에서 고요가 젤 좋다던 그녀 숨통을 거의 끊어갈 즈음, 들려오는 어떤 소리. 우주만큼은 아니어도 어둡고 쓸쓸해서 오소소 한기가 느껴지던 극장에 있던 내 귀에도 들린… 이국적이고 설던 그 소리. '메이데이, 아닌강.' '아닌강, 메이데이.' 질문인지, 감탄사인지, 이름인지 지명인지… 모를. 그 뒤로 개 짖는 소리. 사람 웃음소리. 지구에서 들려오는 소리에 라이언 스톤 박사 얼굴에서 가시던 파리한 고독. 벼린 고요의 뒷걸음질. 뒤이어 들리는 아기 울음소리. 자장가를 불러줘요. 내가 잠들 수 있게. 기도와도 같은 자장가를. 죽음의 예언. 그날, 스크린 위로 끝없이 날아오는 우주 파편을 보며 물었어요. 저 파편들은 어디서부터 날아왔을까? 얼마나 더 저렇게 날아가야 하지? 어디로? 저 파편들… 꼭 나 같네. 있던 자리에서, 있어야 할 자리에서 떨어져 나와 쓰레기로 떠도는 게. 어디로, 얼마나 더, 날아가야 하는지도 모르고, 날아가는 꼴이. 가방 안에 손을 넣어 더듬더듬 찾아 꺼낸 손수건. (지금도 투병 중이지만) 치료에만 전념할 적엔 딸을 잃은 슬픔에 겨워 모든 걸 놓고 싶다가도 지구로 돌아가려고 발버둥치던 라이언 스톤 박사처럼 온몸의 촉수를 세우고 기다렸던 것 같아요. 하염없이. 어떤 목소리를, 어디서라도, 누구라도, 어떤 음절이라도 내주길. 라이언 스톤 박사가 적막한 우주에서 홀로 들었던 그 목소리 같은. 개 짖는 소리 같은. 웃음소리 같은. 자장가 같은. 그러다 이 영화 <체리향기>에서 눈동자를 봤어요. 좌표 잃은 동공. 정처 없는 헤맴. 기약 없는 기다림. 찰랑대는 설움.

치료가 끝나갈 즈음, 시작한 글쓰기. 쓰다가, 문득 알아챈 사실. 맞다. 나 끄적이는 거 좋아했지. 퇴화한 감각이 살아나면서 그제야 토한 숨. 매일 썼어요. 숨 쉬듯. 밥 먹듯. 하루 한 꼭지. 어느 날은 두

꼭지. 어떤 날은 세 꼭지. 책 읽고 쓰고. 영화 보고 쓰고. 걷고 쓰고. 울어서 쓰고. 웃어서 쓰고. 화나서 쓰고. 우울해서 쓰고. 온통 쓸 거리. 온라인에 쓰긴 해도 아무하고도 소통하지 않고 골방에 틀어박혀 썼어요. 쓰기만. 그러다 글쓰기 플랫폼에 올린 글. 그랬더니 '좋아요'랑 '댓글'이. 전원이 꺼지면 신기루처럼 사라질… 어딘가엔 분명 살과 피, 뼈와 근육으로 있을 존재. 기뻤어요. 읽고 쓰는 두근거림을, 그 전율을 말할 수 있어서. 세상 무용한 짓에 몰두하는 우리를 웃을 수 있어서. 울 수 있어서. 그렇게 저는 고독의 우물에 가라앉았다 떠올랐다, 그러면서 썼어요.

"우린 영혼의 주파수가 닮은 것 같아요."

어느 날 프랑스에 사는 이가 쓰고 간 댓글. 감전된 단어. 영혼, 주파수. 아, 글이 주파수구나. 그러니까 모든 이와 연결될 순 없어도 주파수가 맞는 이가 있어. 싹 가시진 않아도 조금쯤 옅어진 외로움. 조금쯤 덜어진 무서움. 언젠가, 가닿을, 어떤 이가, 저기, 어딘가엔, 있어.

얼마 전 리메이크된 영화 <동감>은 HAM 무전기로 20년이라는 시간을 뛰어넘은 그와 그녀의 이야기예요. 씨큐… 씨큐… 제 목소리 들려요? 주파수를 타고 시간을 넘나드는 목소리. 시공간의 경계가 사라진 세상에서 살아가는 지금, 여기, 우리. 전 세계를 잇는 통신망. 현실 너머 또 다른 공간, 가상 세계. 거기서 살아가는 또 다른 자아, 또 하나의 삶. 비눗방울처럼 매일매일 생겨나는 새 세상. 우주, 우주들. 저는 지금 몇 개의 비눗방울에서 살아가고 있을까요?

누구랑 어떤 모습으로, 무얼 하며, 어딜 떠다니며. 앞으로 또 얼마나 많은 비눗방울 안에서, 얼마나 많은 나로 살는지. 그때, 거기서, 난, 외롭지 않으려나. 당신은요?

바디가 왜, 뭣 때문에 구덩이를 파고 그 안으로 들어가려는지 말해주지 않는 압바스 키아로스타미 감독. 그의 그러한 불친절이 만든 바라봄. 한 발짝 물러선. 바디에게 말 못 할 사정이 있겠거니, 저기 어디쯤 바디가 팠다는 구덩이가 있겠거니. 압바스 키아로스타미 감독은 왜 그랬을까요? 암의 겪음으로 들여다보게 된 타인의 민낯. 전시물이 된 타인의 아픔과 고통. 내 행복의 잣대일 뿐인 타인의 불행. 휘발성 강한 공감. 떫은 위로. 어쩌면 압바스 키아로스타미 감독이 보길 바랐던 구덩이는 바디가 파놓은 구덩이가 아니라 우리가 파놓은 구덩이가 아니었을까요. 누구나 하나쯤 가지고 있는 내 안에 있는 그 **구덩이**.

갓길에 차를 세우고 터덜터덜 어느 공사장으로 들어간 바디. 그의 그림자 위로 무너지듯 쏟아지는 흙더미. 다시, 차에 올라탄 바디가 태운 박제사. 좀 돌아갑시다. 구불구불 이어지는 길. 노란 흙먼지. 그 길에서 만난 이름 모를 풀이랑 아름드리나무. 박제사가 들려준 젊은 날 이야기. 거친 밤을 보내고 나무 위에서 아침에 따먹은 체리. 죽음마저 잊게 한 그 맛. 동쪽 하늘을 물들이는 붉은 해. 노란 빛으로 젖어가는 거리. 등교하는 아이들 재잘거림에 기지개 켜는 아침. 암에 걸리기 전에 똑, 끊어내려던 삶. 미련도 뭣도 없이. 그랬던 나한테 '체리'는 어쩌면, 쓰기. 죽음의 장막 걷어내고 숨을 토하게 한 맛깔난 어루만짐.

어쩌면 바디는 누군가 불러주는 자기 이름을 듣고 싶었던 게 아니었을까요?

"바디 씨! 바디 씨! 바디 씨!"

새벽하늘에 울리는 목소리. 그때 공기의 떨림. 그 진동이 가져다줄 안도.

맘만 먹으면 손가락 터치 몇 번으로 전 세계인과 연결될 수 있는 세상. 그런데도 우린 왜 이리 외로운가요. 누군가를 향해 항시 주파수를 맞출 정도로.

"씨큐… 씨큐… 제 목소리 들려요?"

> 어제, 누군가 내 곁에서
> 내 이름을 큰 소리로 불렀을 때,
> 내게 마치 열린 창문으로
> 한 송이 장미꽃이 떨어져 내리는 것 같았다.
> - 비스와바 쉼보르스카, ≪두 번은 없다≫ 중에서.

씨큐… 씨큐… 제 목소리 들려요? - 이연

라면 냄새 - 동선

딱히 죽기 위해 그 산에 가려고 했던 건 아니었어요. 고개를 들고 다니지 못할 만큼 수치스러웠고 나 자신이 혐오스럽기는 했지만, 그리고 혹시 몰라 부모님께 남기는 편지 한 통은 가방에 넣고 갔지만, 그렇다고 당장 몸을 내던져 죽고 싶을 정도는 아니었거든요. 그 냥 벌을 받고 싶었던 것 같아요. 누가 날 좀 잡아 패주길 바랐는데, 그렇다고 남에게 그런 부탁을 하거나 무턱대고 시비를 거는 것도 완전 민폐잖아요. 그래서 산으로 향했어요. 날 망가뜨리려고. 폭우 예보가 있었고, 그보다 며칠 전부터 폐인처럼 지내고 있던 절 훔쳐 보는 어머니의 걱정 어린 눈빛이 부담스러워서.

양복 빼입고, 명함을 돌리면서, 거간꾼처럼, 정치인처럼, 거드름 피우고, 아첨도 하고, 협잡도 하면서 준비한 일들이 있었는데 터무 니없는 이유로 엎어졌어요. 아니 어쩌면 애초부터 제대로 풀릴 수 가 없는 일이었을지도 몰라요. 일을 준비하던 양측 진영에서 처음부터 다른 욕심을 가지고 추진했고, 사소한 이견이 있을 때에도 일단 일을 만들어 보고 나서 조정하자, 뭐 이런 뻔한 이유로 묻어두고는 했거든요. 그리고 문제가 걷잡을 수 없을 정도로 커지니까 그때 돼서는 서로 상대 진영에게 책임을 물을 준비를 하고 있었던 거죠. 사태 수습은 뒷전이고 말이에요. 그동안 그렇게 혐오하던 짓거리를 앞장서서 하고 있는 제 자신이 참을 수 없을 정도로 부끄러웠어요. 주최측이 제공했던 숙소에서 도망치듯 나와 부모님 집으로 이사를 하는 동안 계속 스스로를 경멸하고 책망했는데도 분이 안 풀리는 거 있죠. 이삿짐에는 또 왜 그리 책 박스가 많았는지. 당시에는 원목 판자에 붉은 오지 벽돌을 양쪽에 쌓아 지탱하는 식으로 책꽂이를 만드는 게 유행이었는데, 막판에는 그 오지 벽돌을 등에 지고 계단을 오르락내리락했었죠. 그러다 무릎이 꺾이는 바람에 벽돌을 죄다 쏟기도 하고요. 부서진 벽돌 조각을 치우고 계단 청소까지 하고 나니 어둑해졌어요. 그렇게까지 해도 내가 했던 행동들에 대한 혐오가 지워지는 것 같진 않았어요. 그래서 산으로 갔어요. 뭔가를 결론짓고 싶은 마음으로.

집 앞 약국에서 마이신 500미리 캡슐을 사 가지고 갔던 걸 보면 확실히 죽고 싶진 않았던 거죠. 그래도 사실 뭐, 혹시 어쩌다 사고를 당하면, 그건 뭐 또 그거대로, 그럼 뭐 거기까지인 거지, 그런 생각은 했었을지도 모르지만요. 그리고 끝이라면, 타인에게, 내가 머물렀던 사회에게 가능한 한 파장을 남기지 않고 조용히, 첩첩산중에서… 그 정도 생각은 말이에요. 그렇게 예비군 훈련용으로 보관하고 있던 전투화를 신고, 항생제를 가지고 버스를 타고 남원으로 내려갔어요. 몇 해 전 황학동 벼룩시장에서 산 다이버 나이프도 가슴에 품고요. 자진(自盡)을 위해서도 아니었고, 다른 생명을 해하기 위한 것도 아니었어요. 단지 찌르고 베기 위해 태어난, 용도가 단 하나뿐인 그 단검을 보고 있으면 인간 역시 그렇게 담백하게, 잔머리 굴리지 않고 살아야 하는 게 아닌가 반성하게 되었었거든요. 뭔가를 위해서라는 거창한 대의명분을 내세우고는 뒤에서 온갖 추잡한 짓거리를 하는 걸 죄다 정당화하지 말고요.

버스를 타고 가는 내내 심심하게 내리던 비는 남원 터미널에 도착하니 거의 폭우로 바뀌어 있었어요. 비 오는 날이라 일찍 어둑해지기도 했지만, 등산로 초입에 있는 가게에서 생수 한 병을 사고 있자니 주인아줌마가 뜯어말리는 거예요. 큰일날 사람이라고, 지금 비가 이렇게 내리는 밤중에 어딜 올라가려는 거냐고 하면서요. 대충 얼버무리면서 다시 길을 나서긴 했는데, 사람이 목숨을 끊을 때까지는 정말 수많은 단계에서 걸림돌이 있겠구나 싶었어요. 그 모든 염려와 반대를 무릅쓰고 실행에 옮기는 사람들은 도대체 얼마나 아팠던 걸까요.

뱀사골 계곡길을 따라 얄팍한 플래시 하나 의지하면서 올라가려니… 정말이지 무슨 계곡물 흐르는 소리가 천둥소리처럼 울려 고막이 멍멍하더군요. 거친 빗줄기와 칠흑 같은 어둠 때문에 계곡물 상황을 눈으로 확인하긴 어려웠지만, 적어도 이 모든 소음이 나에게 당장 떠나라고 고함치는 거라는 걸 알았죠. 하지만 물러서면 안 될 것 같았어요. 또 그렇게 이것저것 구실을 달아 넘어가게 되면 바로 몇 주 전 그 사기꾼 새끼에서 하나도 변하는 게 없을 것만 같았거든요. 그렇게 빗줄기를 떠안으면서 잔뜩 젖은 바지와 신발을 하나씩 옮겨 나갔습니다. 어떻게 갔는지도 모르겠지만 한참을 올라가다 보니까 다리가 하나 나왔는데, 이쯤 되니까 몸이 너무 아프더군요. 힘든 게 아니라 세찬 빗줄기에 계속 두들겨 맞는 게 너무 아프더라구요. 그렇게 쥐어터지고 싶어하더니 여기서 소원을 푸는구나, 그렇게나 비를 좋아했었는데 이제 정말 비가 밉다, 일단 비를 피해서 다리 밑으로 들어가야겠다, 생각했는데, 몇몇 다리는 넘쳐나는 계곡물에 거의 잠겨서 아래로 내려가기조차 위험해 보였어요. 이 다리, 저 다리를 지나보니 그래도 제법 교각이 높은 곳이 나오더군요. 그래서 얼른 그 아래로 들어가 누웠죠.

그러곤 까무룩 잠이 들었던 것 같아요. 마치 이제 할 만큼 했다… 더 아쉬운 것 없다는 것처럼. 더 올라가도 그만, 이제 더 오르지 않아도 그만. 내일 비가 그치고 내가 깰 수 있으면 돌아가서 가슴 속이 단검처럼 단순하고 담백하게 살아야지. 깨지 못한다면 그것도 그 나름대로. 홍수로 토사물에 묻히든 계곡물에 떠내려가든. 그냥 조용히 사라지는 것도 나쁘지 않아. 가족들, 친구들, 한동안 슬퍼해 주는 사람들도 있겠지만, 그래도 또 금방 그들의 삶을 살아가겠지. 왠지 모든 게 홀가분해진 느낌이었지 뭐예요. 이런 게 자유인가 싶기도 하고.

그 수많은 생각들을 하면서 10초, 20초 정도 기절해 있었나? 분명히 다리 밑에 들어와 있는데도 누가 얼굴에 계속 물을 뿌리는 느낌이 드는 거예요. 씨바 정말 가만히 죽게 내버려두지 않는구나 싶어서 플래시를 비춰봤더니, 하하하, 제가 건너온 다리가 철골 구조였는데 상판 슬래브에 빗물이 고이지 않도록 구멍이 숭숭 뚫려 있는 구조였던 거 있죠. 플래시 불빛을 반사하는 빗줄기가 다리를 투과하며 떨어지는 걸 보고 있자니 기가 막혀서 웃음이 터졌어요. 한참 웃고 나니 갑자기 배가 고파지더군요. 떨어지는 빗물을 위로 올려다보면서 초코바를 씹었죠. 나뭇가지들을 주워다가 저 위를 덮으면 빗물이 좀 줄어들라나… 와 같은 궁리를 하면서요. 그런데… 언뜻, 위에 뭔가 하늘 한가운데를 가르며 횡단하는 게 비치는 거예요. 플래시 빛을 반사하면서. 자세히 보니까… 전선 줄이었어요.

이 첩첩산중에 전선이 연결될 일이 뭐가 있겠어요. 분명히 대피소로 이어지는 거라고 확신했죠. 그 뒤부터는 자세히 기억이 안 납니다. 그냥 무작정 하늘 바라보면서 전선 따라서 올라갔던 것 같아요. 등산로가 아닌 길로 올라가면서 미끄러지고 발이 끼고를 반복하면서 말이죠. 대피소에 도착하니까 손바닥과 무릎에는 피가 나고, 바지도 너덜너덜해지고 전투화는 뒷굽이 벌어져 있더군요. 그때가 아마 새벽 4시 반쯤. 산장 입구에 돈을 받는 사람도 없어서 그냥 들어가 옷을 벗어 걸고 있자니 먼저 와서 자고 있던 다른 등산객들한테 시끄럽다고 꾸중을 듣기도 했었죠. 보통 입구에서 대피소까지 5시간 정도 걸리는 걸로 알고 있는데 12시간 가까이 헤매다가 올라갔던 거예요.

다음날, 거짓말처럼 날이 개고 왁자지껄한 소리에 일어나 보니 난리가 나 있더라구요. 어떻게 그 밤중에 그 길을 올라왔냐고 하면 서요. 역시 산 사나이들은 참… 친화력 쩔어,라고 생각하면서 빙글 빙글 웃어넘겼어요. 산을 힘들게 올라오고, 죽을 고비를 넘기고, 피투성이에 너덜너덜해졌지만, 그래도 울분은 가라앉지 않았거든요. 왜 아직 살아있는지도 모르겠고. 그렇게 내 몸을 고생시키면 좀 마음이 가벼워질 줄 알았는데, 그게 영화처럼 쉽게 되진 않더라구요. 어릴 적에 성당에서 고해성사를 하면 사제가 보속(죄를 속죄하기 위한 기도나 금욕 행위)을 주는데 보통 주기도문 열 번 암송, 사도신경 암송과 같은 거였거든요. 어린 나이에도 그런 걸로 속죄가 되거나 마음이 가벼워질 수 있는지 이해할 수 없었는데 하룻밤 개고생했다고 죄책감과 수치심이 사라질 리가 없잖아요? 그럼 세상에 형법이나 교도소가 왜 있겠어요.

수치심이나 자신에 대한 혐오를 이기지 못한 채 스스로 목숨을 끊었던 정치인들의 선택을 비겁하다고 비난할 수 없는 건 이런 이유예요. 무척 아쉽고 안타까운 선택이고 옹호할 생각은 전혀 없지만, 모든 사람이 같은 무게의 짐을 들 수 없는 것처럼 어떤 사람에게 어떤 마음의 아픔의 무게는 견딜 수 없다는 걸 알아요. 그걸 의지가 약하다거나 신의 말씀을 거역한 죄라고 치부할 수만은 없잖아요. 하지만, 죽거나, 혹은 죽을 만큼 고생했다고 해서, 그걸로 수치심이나, 고독, 상실, 절망, 권태 등으로부터 자유로워질 수 있을까 모르겠다는 거죠. 결국에는 자신을 막바지로 몰고 간 그 감정들을 정면으로 응시하고, 떨쳐버릴 건지, 아니면 평생 안고 갈 건지 결정해야 순간을 맞이해야 합니다. 그리고 그 순간은 종종 터무니없는 이유로 찾아와요. 체리향기처럼요.

　건성건성 빙글빙글 웃기만 하던 조난 생존자가 답답했는지, 산사나이들은 잠시 후 하나둘씩 나가서 식사 준비를 하는 것 같았어요. 전 침상에 그대로 앉아 바닥만 응시했어요. 앞으로 어쩔 건지… 어떻게 살 건지, 죽을 건지, 이런저런 생각으로 멍 때리고 있는데, 어디서 냄새가 흘러오더군요. 고춧가루, 마늘, 대파, 소금, 후춧가루, 된장 등이 섞인 국물 위로 갓 볶아낸 닭기름을 얹어낸 것 같은… 뛰쳐나가 보니 사람들이 신라면을 끓이고 있었어요. 좀 전까지 데면데면했던 것도 잊은 채 간절한 눈빛을 보내고 만 거 있죠. 그 이전에도, 그 이후에도, 그때만큼 사람들과 섞여서 살고 싶다는 감정을 절실하게 가져본 적이 없었던 것 같아요. 죽음이고 자시고, 그냥 라면 먹으면서 평생 조용하고 겸손하게 살자고 마음먹었습니다. 라면처럼 썩지 않고 나대지 않으면서. 그리고 나서, 어머니께 전화를 드렸어요. 잘 도착했다고.

동선 : 좀 짜증이 났던 것 같아요. 저 인간은 도대체 뭔데 저렇게 레인지로버씩이나 몰고 다니면서 사람들을 얕잡아보고 자기가 스스로 떠나는 일까지 저렇게 돈으로 사람을 사려고 하는지… 하면서요. 근데, 자살하는 사람들 모두 말수도 적고, 삶에 진지하고, 타인에게 민폐 끼치기 싫어한다는 건 제 선입견일지도 모르죠.

이연 : 내 바디 아저씨 레인지로버 끌고 다닐 때부터 한소리 듣겠다 했지요. ㅋㅋ 전에 가족을 죽이고 자살하려다 실패한 남자가 있었어요. 제가 살던 근처라… 몇 다리만 건너면 아는 사람일 수도 있는. 나중에 보니 재산이 8억씩이나 있는 사람이었고 아이들을 유학씩이나 보낼 생각이었고 명문대씩이나 나오고 대기업씩이나 다닌 사람이었다면서 다들 욕을 해댔죠. 그런데 저는 그 '~씩이나'가 그를 더 병들게 하지 않았나… 그랬어요. 그를 더 약하게 만들진 않았나. 살아오는 동안. 우린 약함에 대해 가차 없어요. 매몰차죠. 그래 다 알겠어. '그래도 말이야~' 늘 그래요. 그 꼬리를 잘라내고 싶었어요. 군소리 없이, 안아주고 싶었어요. 그 약함을. 바디에게 다른 길을 보여주고 체리 이야기를 들려주고 내가 흙을 덮어줄 테니 염려 말라고 말하고 쌩 돌아서 간 박제사처럼. 군소리 없이.

I 제작사 I 라이카 엔터테인먼트
I 감독 I 크리스 버틀러, 샘 펠
I 각본 I 크리스 버틀러
I 출연 I 코디 스밋 맥피, 애나 켄드릭
I 수입·배급 I UPI 코리아

파라노만

생각만이 나를 살릴 수 있어 – 동선

나랑 같이 혼자 있자 – 이연

↦ 남들과 다른 재주는 축복일까, 저주일까. 유령을 볼 수 있고 그들과 얘기를 주고받을 수 있는 노만. 살아있는 사람보다 노만에게 더 살가운 죽은 존재, 유령. 어느 날, 노만에게 주어진 임무. 곧 오랜 잠에서 깨어날 마녀로부터 마을과 사람들을 구해라! 마을로 몰려드는 좀비와 응어리로 가득 찬 어린 소녀 유령, 애기. 노만은 마을을 구할 수 있을까? 구한다면, 어떻게?

생각만이 나를 살릴 수 있어 - 동선

⋮...... 나랑 같이 혼자 있자 - 이연

2000년대 초반에 아내와 함께 배낭여행을 한 적이 있어요. 여러 나라를 돌아다니면서 앞으로 여생을 보내기 위한 이민 후보지를 골라보자는 목적… 은… 개뻥이었고, 사실 그딴 건 그냥 난생처음으로 어마무시하게 큰돈을 쓰는 걸 정당화하기 위한 변명이었겠죠. 여행 유튜버들처럼 카메라 들고 다니면서 곳곳마다 영상을 남기기도 하고, 사람들 인터뷰도 하고, 당시 쓰던 시나리오를 위해 현장 답사도… 암튼 끝까지 그냥 놀러간 거라고 인정을 못 하고 마치 생산적인 창작활동을 하기 위한 투자인 것처럼 굴었었거든요. 그렇게라도 하지 않는다면 잘 다니던 회사를 때려치운 것도, 몇 푼 안 든 통장을 탈탈 털어서 세계 일주 티켓을 산 것도 정당화할 수 없었을 테니 말이죠. 그렇다고 아무 의미가 없었던 건 아니었습니다. 30년 동안 살아왔던 나라에서 벗어나 다른 나라 문화를 접하는 일은 신기하고 즐거웠어요. 우리가 그동안 동경했었던 서구 유럽 국가 사람들이 왜 선진국 사람들처럼 행동하는지 생각할 시간도 많았 구요. 뭣보다 그 사람들의 여유로움과 배려심에 크게 감동했었죠. 그런 사회 분위기가 구성원들의 행복지수에 지대한 도움을 주고 있 다는 생각도 들었구요.

하지만, 지난 코로나 팬데믹은 서구 유럽 사람들에 대한 저런 환 상을 산산이 무너뜨리는 데 아주 큰 역할을 했습니다. 나도 감염 이 되어 죽을 수도 있고, 전염으로 사랑하는 사람을 죽일 수도 있 다는 공포감은 여유를 뺏고 집단 패닉에 빠뜨리기에 충분했던 거 죠. 중국에서 최초로 집단발병된 것이 알려졌고 중국정부가 공개 적인 역학조사에 응하지 않았던 탓에, 팬데믹 초기 서구 사회에서 아시아 사람들을 향한 경계는 무척이나 노골적이었습니다. 여유로 운 걸 지나쳐 생각 없고 게으르게 사는 사람들이 많기로 유명한 밴 쿠버 땅에서조차 말이죠. 이어서, 방역수칙을 안 지키는 사람들에 게 인신공격도 이어졌어요. 각 도시의 안전을 책임지고 있는 정치 인들 역시 이런 비난행위에 동참을 했었죠. 밴쿠버에선 다른 주 번 호판을 달고 있는 차량에 테러를 하는 사건도 있었고요. 뭐, 그렇 다고 한국처럼 휴대폰으로 동선 추적을 하고 그걸 또 언론에서 개 인정보를 공개하는 행동까지는 없었지만, 그래도 캐나다의 지난 3 년간 역시 인간들의 실체가 낱낱이 까발려졌던 때였습니다. 그리 고, 그동안 부유한 선진국 사람들이 여유 있어 보였던 건, 단지 일 상에서 본인이 다칠 위험이 그다지 높지 않았기 때문이었다는 것 도 알게 되었죠.

'자신이 어떤 상황에 처해 있든 보호를 받을 것이다', '순간의 실수가 인생을 망가뜨리지 않을 것이다'라는 믿음이 사람들에게 여유를 보장해 주었다는 건, 반대로 말하면 단 한 번의 잘못이 생사를 좌지우지하는 상황이 온다면 언제든지 사람들의 여유는 없어질 수 있다는 뜻이었어요. 타인을 경계하고 불친절해지고 때로는 공격적이 되어가는 건 많은 경우 자신이 잠재적 피해자라고 생각하는 공포에서 비롯된다는 것이죠. 예전에 키우던 강아지는 팔뚝 하나에 다 들어올 정도로 작았는데 성질은 정말 포악하기 그지없었거든요. 차 안에 혼자 두기라도 한다면 주변으로 지나다니는 사람들 모두에게 이빨을 드러내며 사납게 짖고는 했어요. 처음에는 쟤가 무슨 정신이상이 있는 건지 걱정했었는데, 생각해 보니 개 입장에서는 장벽을 부숴 넘으려는 진격의 거인들과 매일 상종을 해야 하는 심정일 테니 얼마나 겁이 났겠어요.

혐오가 피해의식, 공포에서 나온다면, 그렇다면 공포는 어디서 나오는 걸까요? 영화 <올드보이>에서는 *"있잖아. 사람은 말야, 상상력이 있어서 비겁해지는 거래…"* 라고 했는데, 어떤 상황이나 상대에 대해 정확히 알지 못하는 상태에서의 괴로운 상상력이 공포로 다가온다는 말이겠죠. 실제로 롤러코스터와 같은 놀이기구를 탈 때 눈을 감으면 몇 배로 더 무섭잖아요. 처음에 수영 연습을 할 때에도 눈을 감고 물에 들어갈 때와 물안경을 쓰고 물에 들어갈 때가 완전히 다르죠. 결국 공포는 '무지(無知)'에서 비롯되거나 확장되는 경우가 많다고 봐도 되지 않을까요? 그리고 이 공포를 유발하는 무지의 경우, (소문이나 상상력에 기대지 않고) 본인 스스로가 실체에 접근해 보려는 생각이 없어서 생기는 경우가 많습니다. 사실 많은 사람들이 뭔가를 제대로 알기 위해 공부하는 걸 귀찮아하잖아요. 자신이 부족한 점을 인정하기도 싫어하구요. 저 역시 수영을 제대로 해볼 생각도 하지 않고 그냥 귀찮아했어요. 그러고는 물에 공포증이 있다고 둘러댔었죠. 오십이 넘어서도 수영을 못 한다고 말하는 것보다 공포증 핑계를 대는 것이 체면이 서서 그랬던 것 같아요. 팬데믹 당시에도 기존 과학 상식을 뛰어넘는 병원균의 생태가 발견되면서 새로운 연구와 방역정책이 계속 나왔는데, 여기에 매일 귀 기울이는 것 자체가 무척 피곤한 일이었거든요. 그래서 그냥 쉬운 표적을 하나 정해서 미워하기로 한 것이겠죠. 귀찮고 짜증나는 감정이 아시안에 대한 혐오로 바뀌는 건 순식간이었습니다. 혐오를 통해서, 자신의 부족함과 게으름을 감추고 남들보다 더 크게 보이려고 하는 비겁한 행동이었던 거죠. 그리고 보통, 자기 자신을 피해자라고 규정하는 건, 자신에 대한 잠재적 위협을 배제하는 것이 곧 사회 정의라는 확신으로 이어집니다.

실체를 알아보려는 스스로의 노력 없이 소문과 상상력만으로 공포에 휩싸인 사람들이, 자신들과 다른 이에게 화살을 돌려 집단 혐오를 하는 건 역사적으로 번번이 있어 온 사실입니다. 이 영화는 미국 사회에서 가장 치욕스러운 역사라고 하는 '마녀사냥'을 소재로 삼고 있지만, 그 당시에도 그리고 몇 백 년 후에도 소수 인종에 대한 폭력도 있어왔죠. 유색인종을 단지 경멸하고 비하만 했다면 당시 흑인 노예들에게 쇠고랑을 채워 관리를 할 필요가 없었을 테니까요. 영화 <캡틴 아메리카 - 시빌 워>에서의 '초인 등록법', <엑스맨>에서의 '돌연변이 등록법' 등 소수인에 대한 차별을 법제화하려고 하는 행동은, 법리의 힘을 빌려 자신들의 두려움을 인정받으려는 비겁함의 소산이었던 거였어요.

영화 속에서 마을 어른들이 몰려와서 아이들이 있는 마을회관에 불을 지르려고 하는 것도 무척 상징적이었어요. 여타 다른 사형제도와 달리 '화형'은 강력한 생명력을 가진 상대에 대한 두려움을 포함하고 있고, 동시에 (가학행위가 아니라) 자신과 마을, 신념을 지키기 위한 방어행위라는 명분 역시 담고 있습니다. 때문에 여타 다른 사형제도와는 달리 '화형'에는 종종 '식(式)'이라는 단어가 뒤에 붙어서 '의식(儀式)'처럼 행해지며 정당성을 부여하기도 했었죠. 역사 속에서 화형식은 그 처형 대상에 대한 집단적인 공포를 바탕으로 실행되었습니다. 중국 진시황제와 모택동, 독일의 히틀러 모두, 사람들이 좀더 깊게 생각하고 공부하는 걸 막기 위해 책을 불태우는 행사를 했던 것 역시 이를 반증하는 거죠.

이슬람 종교의 문화가 어떤지, 그들이 원래 타 종교에 극렬하게 배타적인지, 그들의 율법을 현지 사회 문화와 조화시키려면 어떻게 해야 하는지에 대해서는 생각도 해보지 않고 무슬림의 이주는 무조건 반대하기도 하죠. 밴쿠버에서도 중국인들은 부동산 투기를 해서 지역사회의 주택 문제를 일으키는 주범으로 지목되고 있는데, 실제로 중국인들의 부동산 투기 규모가 어느 정도인지, 그게 얼마나 크게 문제를 일으켰는지에 대해서 나온 연구는 없는데도 그래요. 중국인들이 들어오기 훨씬 전부터 밴쿠버의 별장들은 많은 경우 미국인 소유였지만 미국인들에겐 이렇게 적대적이지 않았거든요.

캐나다에는 의회에 비례대표 제도가 없어서 소수의 목소리를 받아들이는 데 한계가 있습니다. 그러다가 여론조사나 시민청원을 통해 몇 년에 한 번씩 비례대표 제도를 도입할지 투표를 하고는 하는데, 그때마다 거대 정당측에서는 모든 매체를 통해 소수정당이 일으킬 수 있는 범죄 피해를 들먹이며 악성적으로 광고를 하곤 해요. 말로는 히틀러의 탄생을 저지하는 것처럼 하면서 실제로는 파시즘 권력들과 다를 바 없이 여론을 조작해서 소수의견을 배제하려 드는 거죠. 마치 한국에서 '빨갱이'라는 프레임을 걸고 그들을 괴물로 만들어 그들 탓을 하면 자신들의 실정들은 간과될 수 있다고 생각했던 권력가들과 크게 다르지 않아요. 그리고 그걸 또 스스로 실체를 찾아볼 생각 없이 무조건 호응하는 유권자들의 게으름과 (피해의식이 결합된) 그릇된 정의감이 혐오의 벽을 더 두텁게 하는 거죠.

예전에 '사노맹' 사건이나 '통진당' 사건처럼, 몇십 명 규모의 이상주의자들이 분규를 일으킨다고 사회체제가 회까닥 전복될 수 있다면 그걸 진정 안정된 사회로 봐야 할까요? 방송이나 언론, 글을 쓰는 사람들에게 '노동자' 혹은 '인민'이라는 단어가 여전히 터부시되는 사회가 정상적인 사회인가요? 아직도 매일 6명의 노동자가 산업재해로 사망하는 나라에서, 온갖 야근과 특근 수당을 총합해서 받은 총 급여만을 꼬집어 '귀족노조', '떼쓰기' 등 혐오 용어를 반복

재생산하는 것 역시 과연 누구에게 도움 되는 일일까요? 권력자들의 이익을 보호하는 무차별적인 언론 플레이에 대해 쉼없이 질문을 던지지 않는다면, 결국 우린 진실을 호도하는 데 동참하고 있는 괴물이 되는 것 아닐까요?

많은 사람들이 각기 다른 홍상수 영화 두 편에서 따로 나온 메시지를 뒤섞어서 기억하는 건 단지 착각만은 아닐지 몰라요.

"생각을 해야겠다. 정말로 생각이 중요한 거 같아. 끝까지 생각하면 뭐든지 고칠 수 있어. 담배도 끊을 수 있어. 생각을 더 해야 돼. 생각만이 나를 살릴 수 있어."
- <극장전 (2005)>

"우리, 사람은 되지 못하더라도 괴물은 되지 말자."
- <생활의 발견 (2002)>

생각만이 나를 살릴 수 있어 - 동선

나랑 같이 혼자 있자 - 이연

병원 대기실, 아픔이 그린 표정과 몸짓.

흰 흐느낌. 닳은 손짓. 납작한 설움. 바윗돌 어깨. 바스락거리는 토닥임. 먹물 공기. 막다른 고집. 반짝반짝, 떠다니는 희망. 구겨진 입매. 꾸벅이는 빨간 눈동자. 줄줄이 이어지는 호명. 그 모든 어수선함을 정돈하는 알림음.

병원에선 진료실 문이 열리고 간호사가 제 이름을 부르기 전까지 책을 읽어요. 아니, 읽는다기보단 손에 책을 쥐고 있단 표현이 더 맞겠네요. 읽을 적도 있지만, 눈으로 글자만 따라갈 적이 더 많으니. 활자 중독. 뭐라도 읽어야 가시는 떨림과 무서움. 틈틈이 책에서 눈을 떼고 보는 복도 풍경. 딱딱한 얼굴들. 귀에 고이는 소리들. 진료 대기실에서 오가는 뻔한 대화. 질병에 대한 정보나 병세공유. 어떤 음식이 좋다더라. 어떤 운동을 해라. 뭐는 조심해야 한다더라. 나는 이렇게 했더니 이만큼 나아졌다. 어떨 땐 그렇게 오가는 대화에 희망을 품기도 해요. 그 복도를 벗어나면 연기처럼 사라지고 말 걸 알면서도. 가만한 소란 속에 어쩌다 오가는 곱은 속삭임. 말 잃은 명함. 한 톨의 생기라곤 없는 푸석한 시간. 몇 달 전, 진료실 앞에서 본 어떤 여자가 오래 잊히질 않아요. 진료실에서 나와 한두 걸음 걷더니 우뚝 멈춰 서서 눈물을 훔치는가… 눈가를 쓰윽, 문지르던 여자 손등. 거기 밴 물기. 그 곁에 서서 어쩔 줄 몰라하던 남자 두 손의 메마름. 사람들이 무시로 다니는 비좁은 진료실 복도 한복판에 기둥인 양 선 그 두 사람을 보고 있자니, 지금 저 둘이 통과하고 있을 시간 터널이 보였어요. 그 둘만 걸어가고 있을, 백 년과도 같은, 어쩌면 천 년에 맞먹는 그 길고도 긴 시간의 터널. 진득거리고 질척이는 고통의 그 터널. 무슨 말인가 하려고 달싹이는 남자의 입술을 보고 발끈한 여자. 여자 반응에 당황해서 입을 다문 남자. 지금 저 여자, 혼자구나. 혼자서 건너네. 그 칙칙하고 깜깜한 터널을, 더듬더듬. 남자 눈엔 절대 보이지 않는, 볼 수 없는, 여자가 걸어간 그 길이… 내 눈엔 훤히 보였어요. 내가 걸었던 길이고, 지금도 걷는 그 길. 그렇게 여자랑 남자가 마주 선 채로 한 십 분이나 지났을라나. 고새 다 건너간 여자가 눈 주위를 몇 번 손으로 문지르더니 깐 밤톨 같은 목소리로 남자한테 말을 건네고는 진창에 빠져 절대 움직일 것 같지 않던 발을 뗐어요. 복도 모퉁이를 돌아 제 시야에서 사라진 두 사람. 고개를 숙이고 다시 책을 폈어요. 아무것도 보지 못한 것처럼. 그 복도에서 아무 일도 일어나지 않았다는 듯.

약함엔 관대한 사람들. 동정과 연민을 불러오는 약함. 그에 반해 같은 소수여도 두려움과 공포를 불러와 강함엔 까칠하게 반응하는 사람들. 혹시 모를 공격에 대비한 방어. 때로 그걸 넘어 감금과 격리에 대한 강력한 의지를 내비치며 폭력까지도 불사하게 만드는 강함. 나보다 약한 존재를 향한 연민이나 동정의 감정을 파고 들어가면 자신을 선한 존재로 만드는 동시에 상대를 자신보다 아래에 두려는, 숨은 우월의식이 드러나요. 그걸 안 후로는 나도 모르게 살피고 여미는 감정의 섶. 우월감이든 자기 과시욕이든, 연민이나 동정이 인간 본성이라면 겁에 질려서든 방어기제든 나한테 해코지하고 내 삶을 박살낼 것만 같은 대상을 향해 발톱을 세우고 이빨을 드러내는 까칠함과 거침 또한 우리 안에 드리운 본능은 아닐는지요. 일부 나쁜 성정을 지닌 사람들한테만 있는 게 아니라. 이 영화 <파라노만>에서 노만 친구 빌도 그러잖아요. 너도 앨빈처럼 덩치 크면 다른 애들 괴롭히고 왕따시킬 거잖아. 어디나 예외는 있는 법이니, 물론 안 그런 사람도 있을 거예요. 마을 사람들이 시청으로 좀비들을 몰아 가둬놓고 불을 지르는 행위는 인간 존엄이나 윤리적인 측면에서만 보자면 있을 수 없는 무자비함이어도 인간 본성 측면에선 자연스러운 행위일는지도 모르겠어요. 그 무엇보다 앞선 생존. 자신보다 강한 존재, 무리와 다른 이질적 존재에 겁먹은 이들이 뚤뚤 뭉쳐 행사한 폭력. 두려움을 털어내려고 찾아낸 희생양을 '마녀'나 '악'으로 못 박아 불태워 없애는 화형. 죄의 씻김. 그 논리와 정서에 정의의 탈을 씌워 몸집을 불린 무리. 그 무리를 중심으로 힘을 키우며 진화한 인간. 그 어떤 해코지를 당하지 않아도, 그럴 가능성만으로도 어떻게 폭력을 행사할까 궁리하면서 지금에 이르렀을 인류. 더 교묘하게. 더 잔인하게. 더 지능적으로. 더 점잖게. 더 티 나지 않게. 더 정당하게. 폭력을 행사하면서. 빼고 밀치고 자빠뜨리고 쑤셔 넣고 불태워야 할 대상은, 낱개로, 덩어리, 언제나, 어디에나, 있었고, 있어야 했을 거예요. 공포에 겁먹은 다수 위에 군림하려는 어떤 이들한테는.

그런 이들에게 '다름'은 무리로부터 떼어내야 할 좋은 먹잇감. 약함이든 강함이든, '다름'은 그 자체가 비정상이자 기형이자 악. 갈수록 무자비해지는 짐승들. 순응과 침묵, 무관심으로 기꺼이 괴물이 되거나, 괴물이 되어가는 걸 모른 척하는 다수. 동선 님 말처럼 괴물이 되지 않으려면 쉼 없이 질문을 던지고, 계속해서 여기, 사람이 있다고 목소리를 내는 것 말고는 달리 뾰족한 수가 없어 보여요. 동선 님이 말한 소수에 대한 차별의 법제화는 현대판 주홍 글씨. 특별대우를 빙자한 무리로부터의 분리. 투명화. 낙인. 우리는 우리와 '다른' 누군가로 인해 우리의 행복을 망쳤다고 하는데, 정말 그런가요? 정작 우리 행복을 망친 건 우리 자신이 아닐는지요. 우리와 '다른' 이들을 틀렸다고 몰아세우며 그들에 대한 두려움을 숨긴 채 그들을 제대로 알아보려고도 하지 않는 우리 자신. 철학자 메를리 퐁티의 말.

'나는 순진무구와 폭력을 선택하는 게 아니다. 나는 폭력의 종류를 선택한다. 신체를 가지는 한 폭력은 불가피하다.'

메를리 퐁티의 말처럼 우리가 폭력적이라는 걸 인정해도 질문이

멈추지 않는 건 왜인지. 왜 어떤 죽임은 정당하고 어떤 죽임은 죄가 될까? 왜 어떤 폭력은 정당하고 어떤 폭력은 부당하지? 왜 어떤 문화는 문명화되었다고 말하고 어떤 문화는 미개하다고 하지? 진화와 사회화, 문명의 판단 기준은 뭐지? 그건 누가 정하는 거야? 우리 안에 잠자고 있는 야만, 폭력, 잔인함. 그걸 얼마나 잘 숨겼나. 설마 하니 그런 게 기준은 아니겠지?

약한 이들은 읽어요. 살기 위해서, 살아남으려고, 촉수를 세우고. 그들만의 생존 방식. 자꾸 미끄러지고 흐릿해지는 삶을 붙드는 유일하고도 고유한. 사람들이 내쉬는 얕고 깊은 숨, 번번이 달라지는 눈동자의 미세한 빛깔, 목소리의 높낮이, 피부에 닿는 타인의 온도. 온몸의 더듬이로 읽은 그 모든 걸로 그들은 자신이 무리 안에서 어떤 존재인지 분석하고 알아채요. 자신이 내쳐질지 품어질지를. 이 영화 <파라노만>의 노만이나 애기처럼. 당신이라면, 당신이 노만이나 애기라면… 어떨 것 같아요?

인간으로 태어난 이상, 신체를 가지고 있는 한 폭력이 불가피하다면 어떻게 해야 하나요? 이대로 계속 폭력을 행사할까요? 언젠가 어떤 이가 들려준 말. '인간답다'라는 말은 어쩐지 그 안에 인간의 나쁜 면은 싹 지우고 좋은 면만 욱여넣은 것 같아 마뜩잖다고. 듣고 보니, 비정하고 추하고 더러운 면은 지우고 선하고 곧은 이미지만 남겨둔 단어가 '인간답다'인 것 같아, 끄덕여지던 고개. 종족에 대한 환상과 콧대를 높이며 진화해 온 존재의 어긋난 자의식. 소설 《다섯째 아이》를 쓴 작가 도리스 레싱의 말. 인간에게는 미개적 집단행동으로 역행하려는 충동이 있어 종족의 생존을 위협하는데, 그러한 대중 운동과 집단 감정에 대처하기 위해서는 집단행동의 진화 과정을 이해해야 하는 법을 배워야 한다. 작가란 관찰하고 검토하는 습관 때문에 이러한 집단의 감정으로부터 자신을 분리시키기가 용이하며 이런 독립적인 시각을 유지하는 작가군이 형성될 때 사회는 올바른 생존을 향해 나아갈 수 있다. 말인즉슨, 우리 안에 내재된 폭력성으로부터 벗어날 방법은 관찰과 성찰, 무리와 거리 두기. 나만의 시각 갖기. 영화 <파라노만> 제작진이 이토록 인간 본성을 밑바닥까지 파헤친 건 우리 스스로 물어보길 원해서가 아니었을까요? 당신은 어떤 인간으로, 어떤 세상에서 살아가고 싶은가.

소설《이토록 평범한 미래》에서 작가 김연수가 한 말. 두려움의 반대는 사랑. 노만처럼 여태 아무도 해보지 않은 걸 해보기. 이를테면, 어깨를 내어주고 마음으로 들어주기. 당신이랑 닮고, 당신을 걱정하는 사람이 어딘가 있다는 걸 기억나게. 그리고 곁에 있어 주기. 몸과 마음으로. 이렇게 말하면서.

"나랑 같이 혼자 있자. 그러고 나란히 걷자."

이 흰 바람벽엔

내 쓸쓸한 얼굴을 쳐다보며

이러한 글자들이 지나간다

- 나는 이 세상에서 가난하고 외롭고 높고 쓸쓸하니 살아가도록 태어났다

그리고 이 세상을 살아가는데

내 가슴은 너무도 많이 뜨거운 것으로 호젓한 것으로 사랑으로 슬픔으로

가득 찬다.

그리고 이번에는 나를 위로하는 듯이 나를 울력하는 듯이 눈질을 하며 주

먹질을 하며 이런 글자들이 지나간다

- 하늘이 이 세상을 내일 적에 그가 가장 귀해하고 사랑하는 것들은 모두

가난하고 외롭고 높고 쓸쓸하나 그리고 언제나 넘치는 사랑과 슬픔 속에

살도록 만드신 것이다

초생달과 바구지꽃과 짝새와 당나귀가 그러하듯이

그리고 또 '프랑시쓰 쨈'과 도연명과 '라이넬 마리아 릴케'가 그러하듯이'

- 백석, 《흰 바람벽이 있어》 중에서.

라라랜드 (2016)

보고

업 (2009)
공각기동대 (1995)
시 (2010)
바베트의 만찬 (1987)
라라랜드 (2016)
밤과낮 (2008)

| 제작사 | 픽사 애니메이션 스튜디오, 월트 디즈니 픽처스
| 감독 | 피트 닥터, 밥 피터슨
| 각본 | 피트 닥터, 밥 피터슨
| 출연 | 에드워드 야스너, 크리스토퍼 플러머
| 수입·배급 | 한국 소니 픽처스 릴리징 브에나비스타 영화

업

삶은 모험 - 동선

:······· **끼리끼리** - 이연

→◈ 모험가를 꿈꾸던 어릴 적 친구, 엘리와 칼. 부부가
된 그들의 꿈은 파라다이스 폭포에서의 삶. 파도처럼
밀려드는 사건 사고에 번번이 주저앉고 마는 그 오랜
꿈. 먼저 떠난 아내 엘리와의 약속을 지키려고 오색
풍선에 집을 매달아 파라다이스 폭포로 떠난 남편 칼.
그 모험에 끼어든 어린 친구, 러셀. 모험 길에 만난 강
아지 더그. 그들의 오색빛깔 모험 이야기.

삶은 모험 - 동선

...... 끼리끼리 - 이연

　가끔 뉴스나 신문을 보다 보면 그런 미담 나오잖아요. 어떤 할머니께서 평생 떡볶이 혹은 순대를 팔아서 모은 몇 억을 턱 하니 장학금으로 기탁하는 것 말이에요. 당신은 어렵게 자라서 못 배운 것이 평생 한이 되었는데, 지금 어렵게 공부하는 학생들에게 경제적인 도움이 되었으면 좋겠다면서요. 물론 모든 자선행위는 매우 거룩한 일이고 액수에 상관없이 그 행동 자체만으로도 존경받아야 마땅한 일이겠지만, 전 인간이 삐딱해서 그런지 저런 뉴스만 보면 좀 못마땅합니다. 사실, 그렇게 어렵게 모은 돈을 지원받아 공부한 학생들이 사회에 선한 영향력을 끼치리라는 보장이 없지 않나요? 막말로 많이 배우고도 못된 짓 하는 인간들이 얼마나 많습니까? 특히 요즘처럼 대학이 직업훈련원처럼 변모해서 회사 생활을 위한 기능만 가르치는 시대엔 더욱 그렇죠. 그리고 솔직히 그 할머니도 이해가 안 갑니다. 본인이 못 배워서 평생 한이 되셨다면, 그 돈으로 남은 인생 동안 본인이 공부를 하셔야죠. 다른 사람 공부시키지 말고.

"아유~ 이 나이에 내가 어떻게 공부를 해~" 하며 손사래를 치는 모습이 벌써 보이는 듯합니다. 물론 오랫동안 앉아서 책을 읽기에는 허리도 목도 안 좋고, 눈도 침침하죠. 어르신들 말 표현대로 "이젠 니들처럼 머리가 팽팽 안 돌아가"라는 말씀도 맞을지도 몰라요. 근데 공부가, 배운다는 것이, 꼭 무슨 시험에 합격해서 고위직에 자리잡기 위한 것만은 아니잖아요? 지금부터 경영대학원 수업을 듣는다든지, 의대를 준비한다든지 하는 건 많이 어렵겠습니다만, 만일 그런 공부만을 말씀하신 거였다면 '못 배운 것이 평생 한이 된 것'이 아니라 '남들한테 무시당하지 않는 고위직이나 전문직이 못 된 것이 한이 되는 것'이겠죠. 그게 아니라 세상이 돌아가는 원리에 대해서 좀더 알고, 나를 둘러싼 사람들의 별별 인생역정에 대해서 좀더 아는 것에 대한 기쁨은 나이가 쉰이든, 여든이 되었든 상관없이 얻어나갈 수 있습니다. 사당오락(四當五落)이라고 쓰인 머리띠를 두른 채 몇 시간씩 책상 앞에 앉아 있지 않아도 말이죠. 가장 가성비 높고 쉬운 방법은 새로운 만남을 가지는 걸 거예요. 우연히 소년을 만난 80대 노인의 성장기를 다룬 이 영화처럼요.

이제는 출처도 기억이 안 나지만 저에게 있어서 인생의 몇 가지 절대적 진리 중에 '사람을 성장시키는 두 가지는 실패와 만남'이라는 말이 있어요. 그런 면에서 여행 속에서 새로운 만남을 가지는 것이야말로 사람을 부쩍 성장시키는 것이 되겠죠. '여행(Travel)'과 '고난(Trouble)'은 공통적인 라틴어 어원인 'Travail(수고로움)'에서 파생되었다고 하니까요. 뭐 사실, 사건 사고가 끊임없이 일어나는 우리의 삶은 그 자체만으로도 고난이자 여행이고 모험이 되긴 하겠죠. 이 영화 속에서 엘리 할머니도 마찬가지로 생각했습니다. 그녀에게는 남편 칼과 만나고 서로 사랑을 쌓고 가정을 꾸리고 지켜온 모든 현실 냄새 팍팍 나던 날들 - 갑작스러운 사고를 수습하려고 파라다이스 폭포를 위해 모은 돈을 번번이 깨던 날들 모두가 하나의 장대한 모험이었던 거죠.

하지만 칼 할아버지의 생각은 달랐어요. 칼에게 파라다이스 폭포 여행은 반드시 수행해야 할 인생 프로젝트였던 거죠. 엘리와 같이 평생동안 꿈꿔 왔던. 그리고 그 프로젝트는 집으로 돌아와 아내와 포근한 휴식을 취하는 걸로 끝나야 하는 거였습니다. 안타깝게 아내를 먼저 떠나 보낸 후, 칼에게 집이란 아내와의 추억 그 자체여서 마땅히 지키고 보듬어야 할 장소로 남게 됩니다. 그 어떤 접근도 다 뿌리쳐 가면서 말이에요. 딱히 다른 새로운 사회관계는 필요없었죠. 이미 살 날이 얼마 안 남았으니 여생은 추억만을 회상하면서 조용히 살고 싶다 생각했을 거예요. 사실, 집에 풍선을 매달고 파라다이스 폭포를 향해 출항을 감행한 것도 자신이 감당하기 어려웠던 현실로부터 달아난 것뿐 아니었나요?

이민 초기, 신규 이민자들을 대상으로 하는 구직 클럽 같은 게 있었어요. 당시 그 학급에는 아시아 이민자들이 많았는데 적성 테스트 과정에서 이런 질문이 나왔죠. "당신은 자신이 모험적(venturous)이라고 생각하는가?" 아시아 사람들답게 모두 수줍어하면서 다들 고개를 저었더니 강사가 기겁을 하면서 얘기하는 거예요. "너희들 모두 그 나이에 다른 나라에 살러 왔는데, 모험적이 아니라구?" 하면서 말이죠. 물론 강사 입장에서는 새로운 직종에 도전하는 것을 두려워하지 말라는 걸 유도하기 위함이었겠지만, 그렇게 따지니까 정말이지 이민만큼 제 인생에서 큰 모험이 없었던 것 같기도 합니다. 가장 영화적인 선택이기도 했구요.

돌아보면 2000년대 초는 한국에 있어서 '대 이민 시대'라고 불러도 과언이 아니었던 것 같아요. 60~80년대를 이끌던 개발 주도 초고속 성장은 결과적으로 90년대 중반부터 끊임없이 터지는 대형 참사로 이어졌죠. 그리고 바로 이어지는 IMF 구제금융 시대에서는 납세자의 삶이 무너져도 국가가 보호해 주지 않는다는 사실을 처절하게 확인할 수 있었고요. 씨랜드 화재 참사에서 아들을 잃은 국가 대표 하키 선수가 훈장을 반납하고 이민을 갔던 것을 필두로, 많은 젊은 사람들이 자신의 아이들을 안전하고 공정한 곳에서 키우겠다는 꿈을 위해 거대한 모험을 떠났습니다.

하지만 뭐 아시다시피, 이민 생활도 그리 만만치는 않죠. 완전히 다른 사회 시스템과 다종다양한 문화. 한편으로는 성문법보다 관습법, 관례, 관용을 더 중요하게 여기는 풍토 등, 입시 공부를 위해 정답만을 암기했던 사람들에게 '새로운 문화에 대한 적응'이라는 문제는 풀기 힘들었어요. 결정적으로 언어 소통의 문제도 있구요. 그나마 자식들이 교육을 마칠 때까지 버텨줄 수 있는 자산이 있다면 다행이지만 그마저도 안 되면 답은 두 가지밖에 없었죠. 맨땅에 헤

딩 아니면 기러기 아빠. 캘리포니아나 시드니, 토론토처럼 산업이
발달해 있고 일자리가 비교적 많은 지역에서는 그래도 어떻게든 헤
딩해 가면서 자리를 잡는 경우가 많았다고 하는데, 밴쿠버의 경우
에는 기러기를 선택하는 경우가 훨씬 많았어요. 아무리 취직이 어
렵다고 하더라도 한국에서 쌓아온 경력이나 지위, 그때의 기억들
을 버려가면서까지 밑바닥부터 시작하긴 어려웠기 때문이겠죠. 마
치 칼이 집을 떠메고 다니면서도 버리지 못했던 것처럼 말이에요.

돌아가실 때까지 한번 펴보지도 못하고 거실 구석에서 뽀얀 먼지
만 품고 있던 아버지의 이젤이 생각났습니다. 당신께 이젤은 은퇴
후 마음껏 그림을 그려보겠다는 꿈의 표상 같은 것이었겠죠. 저 역
시 이민 초창기까지 국민학교 2학년 때부터 20년 넘게 써 온 일기
장이니, 어릴 적부터 모았던 영화 전단지를 이삿짐에 넣어 다닌 적
이 있었어요. 이민 첫해, 정육점에서 고기 배달로 일하고 이삿짐 알
바를 하면서도 내가 글을 쓰던 사람이라는 걸, 영화를 하던 사람이
라는 걸 잊지 않기 위한 것이었을지도 모릅니다. 하지만 복권을 사
지도 않고 복권에 당첨되기를 바라는 사람처럼, 그림이나 글쓰기에
아무런 연습도 준비도 하지도 않고 짐처럼 쌓아두고만 있는 건 꿈
이라고 할 수 없을 거예요. 그냥 미련이겠죠. 칼은 엘리를 파라다이
스 폭포에 데려다주겠다는 일생일대 프로젝트만을 향해서 묵묵히
걸어갔지만, 그 역시 엘리의 그림일기 한 장면을 재현해 내는 것일
뿐 그 어떤 다른 의미도 없었습니다. 폭포에 도착해서 엘리의 그림
일기를 비춰보지만 자신이 그걸 왜 그토록 원했던 건지 의문이 가
죠. 검붉게 물든 하늘을 배경으로 커다란 집을 끄는 롱숏은 사뭇 비

장하기도, 서글프기도 했어요.

어릴 적 꿈을 간직하는 것은 소중한 일인가요? 그게 정말 간직할 만한 가치가 있는 꿈인가에 따라 다를 수도 있겠죠. 그 꿈을 꿀 당시, 자신이 어떤 모습의 어른이 되기를 기대하고 있었는지 구체적인 영상을 떠올려보는 것도 도움이 될 겁니다. 로보트 태권 브이를 만드는 과학자가 되고 싶다는 꿈도, 단지 조종이 가능한 거대 로봇을 만들고 싶다는 것이 아니라 위험이 닥칠 때 사랑하는 사람을 지킬 과학 지식 능력이 있는 사람이 되고 싶다는 소망이 더 클 수 있잖아요? 칼도 마찬가지였어요. 찰스 먼츠의 다큐멘터리를 보면서 모험가의 꿈을 키웠던 건 단지 파라다이스 폭포를 보고 싶었다기보다는 각종 역경과 맞서는 용기를 가지는 사람이 되고 싶었던 것이었던 거겠죠.

아내 엘리가 수십 년 동안 원하고 즐겼던 모험의 정체가 자신과의 결혼생활 그 자체였다는 걸 깨닫게 된 칼이 친구들을 돕기 위해 선택한 방법은, 엘리의 추억이 담긴 가구와 사진, 냉장고 등을 죄다 버리는 일이었어요. 과거를 지워야만 새로운 인생으로 나아갈 수 있기 때문이었을까요? 그건 아닐 거예요. 그보다 사랑하는 아내와의 추억들은 가구나 사진이 아니라 십자가를 그어 맹세한 자기 심장에 있다는 사실을 깨달았기 때문이겠죠. 그리고 지금 나에게 가장 중요한 삶을 잡기 위해선 몸을 가볍게 해야 한다는 것도 말이죠.

제가 일기장을 재활용 프레스기에 넣고 짓눌러 버렸던 건요? 뭐 사실 사과상자 한 개도 안 되는 부피여서 이삿짐에 크게 부담은 안 됐지만, 그래도 마음속에서 선을 그어버리고 싶었던 것 같습니다. '이민생활 시즌 1 끝' 하고 말이죠. 생각해 보면 그렇게까지 아쉬웠던 것 같지도 않아요. 따박따박 월급 나오던 섬에서 나와, 또 새롭게 맨땅에 헤딩할 생각에 가슴이 무척 두근거렸었거든요. 심장이 입 밖으로 튀어나올 것처럼요. 영화 따위 하지 않더라도 하루하루가 충분히 영화 같은 날들이었어요.

삶은 모험 - 동선

끼리끼리 - 이연

"시집 갈 때 리어카 타고 가라."

어릴 적 어딜 가려고 대문을 나설라치면 엄만 맨날 그 소리. 그 말이 뭐 그리 우스운지 죄 웃는 어른들. 이제 그만할 때도 되지 않았니? 땅이 꺼져라, 한숨을 내쉬며 눈치 주는 엄마. 버스든 뭐든 타고 갈 생각만으로도 메슥거리는 속. 엄마 말을 단순 윽박이나 협박으로 듣기엔 쓸데없이 풍부한 상상력. 눈처럼 흰 웨딩드레스를 입고 흙먼지 풀풀 날리는 길을 덜덜거리는 리어카에 실려 갈 어느 날의 난… 결혼도 결혼이지만 학교는 어떻게 다니고 회사는 어떡해. 맨날 걸어서 다닐 순 없잖아. 집에서 젤 가까운 데로 대학을 갔을 적엔 다 그럴 만한 사정이. 그 지경으로 멀미가 심했으니 멀미가 내 인생 끝장낼지도 모른단 망상에 여행이나 모험이라면 고개를 절레절레. 내가 하는 건 물론이거니와 남이 하는 것도. 아니, 이 편하고 좋은 집 놔두고 굳이 왜애~?

엄마가 입버릇처럼 하던 말. 돈 들어온 줄은 귀신같이 안다니까. 그 말을 할 때마다 꾸깃꾸깃 엄마 얼굴. 주름살 희망. 그 시큼 떨떠름한 맛. 그 맛에 질려 애저녁에 버린 돈 모을 궁리. 아니나 다를까. 엄마 말처럼 돈이 모일라치면 어떻게 알고 딱 그 돈으로 틀어막을 일이 생기는지. 알고 보니 귀신은 울 엄마네. 어디에, 얼마나 있는지 알 수 없는 내 삶의 지뢰. 별반 다르지 않은 칼과 엘리의 삶. 파라다이스 폭포에 갈 돈이 모였다 싶으면 폭죽처럼 터지는 사건 사고. 네, 그래요. 살아보니 삶은 모험이더군요. 울렁울렁, 멀미 나고 토 나오는. 동선 님 여행 필수품은 뭐예요? 세면도구나 비상 상비약, 가벼운 읽을거리나 주전부리 말고 이게 없으면 차를 돌려서라도 챙겨와야 하는, 그런 거. 울 엄마 여행 필수품은 비닐봉지. 버스 두 정거장도 못 가서 얼굴 노래지는 저 때문에. 비닐봉지 없으면 손수건. 손수건이 없으면요? 야물딱지게 오므린 두 손. 근데 제아무리 잘 오므린들 마무리가 깔끔할 리 없잖아요? 모성애랑 가족애를 다룬 영화 <엄마>(구성주 감독 2005). 그 영화에서 제가 격하게 공감한 건 모성애도 가족애도 아닌 멀미. 막내딸 시집가는 거 보겠다고 해남에서 목포까지 걸어가는 엄마라니. 그깟 멀미 때문에? 멀미를 한 번도 겪은 적 없으면 고개가 갸웃할 설정. 차만 타면 칼바람 부는 한겨울에도 다른 승객들 눈치 보며 빼꼼히 창문 열고 얼음장 같은 창에 뺨을 갖다 대야 하는 저는 얼마나 공감했게요. 대학 때 엠티 다녀오던 길이었나. 그날따라 멀미가 심해서 버스 앞 좌석을 부여잡고 고개를 처박고 있었어요. 이연아, 침 좀 놔줄까? 맨 뒷자리에 앉았던 한의대 다니는 선배가 침이 든 가방을 들어 올리면서 물었어요. 멀미 못지않게 침이나 주사를 무서워하는지라 '침'이라는 단어에 기겁해서 아니라고 손사래 치고서 고개를 번쩍 쳐들고 허리를 꼿꼿하게 펴고 자세를 고쳐 앉았어요. 어느 방학엔가. 간부수련회 갔다 돌아오는 버스에선 좋아하는 남자애가 옆자리에 앉았는데, 그날도 예외 없이 멀미가. 분위기고 나발이고 창문에 머리를 찧어대고 앞 좌석에 고개를 처박고. 너, 왜 그래? 멀미 나? 토할 거 같아? 비닐봉지 줄까? 그땐 정말이지 버스에서 뛰어내릴 수만 있으면 그랬을 거예요. 못된 건 닮는다더니 절 쏙 빼닮아 멀미가 심한 딸애. 저 역시 어딜 나설 때면 비닐봉지를. 경험상 한 장으론 택도 없단 걸 알아서 넉넉하게. 그래도 리어카 타고 시집 가라고 엄포 놓고 그러진 않았어요. 리어카 말고도 다양한 이동 수단에 저 어릴 적이랑 비교도 안 되게 잘 정비된 도로 사정.

솔직히 영화 <업>은 칼의 집을 매달고 하늘로 날아가는 색색깔 풍선, 그 장면만 좋았어요. 서사보단 눈 요깃거리에 끌렸달까. 이 영화에 등장하는 인물들은 하나같이 의문 부호 투성이라 이렇다 할 매력을… 파라다이스 폭포로 모험을 떠나려던 칼과 엘리도, 실추된 명예 회복하려다 그 똑똑한 머리를 엄한 데 낭비한 찰스도, 하지 말라는 짓만 골라 하는 러셀도, 제 주인이 누군지 헷갈리는 강아지 더그도. 영화로 보면 재밌고 의리 있어 보여도 현실에서 만났더라면, 글쎄요… 한 대 콱 쥐어박았을지도. 동선 님 말처럼 그 어원이 '수고로움'에서 와서 그런가. 여행이나 모험이라면 딱 질색이라 그런가. 양로원 가기 싫은 칼이 오색 풍선에 집을 매달고 하늘 높이 날아오를 땐 이야~ 그 기발한 발상에 나도 모르게 환호성이 나오긴 해도, 딱 거기까지. 몸에 줄을 묶어 질질 끌고 갈 땐 저 봐, 내 저럴 줄 알았어. 그러게 왜 멀쩡한 집을 가져가냐고. 갈 거면 몸만 가야지. 혀를 끌끌. 저렇게 집을 가져가면 땅은 어떻게 되는 거지? 그 땅 소유권은 아직 칼한테 있나? 파라다이스 폭포에 갔다 왔더니 다른 사람이 그 땅에 막 건물 짓고 있는 거 아냐? 괜한 걱정도. 그때… '엘리', '엘리.' 집을 보면서 아내 이름을 부르는 칼. 세상 다정한 목소리로. 그때 알았어요. 아, 저 집이 엘리구나. 칼한테 저 집은 죽은 아내, 엘리였어. 그래서, 그랬구나.

칼과 엘리처럼 취향과 꿈이 같은 부부가 얼마나 될까요? 꿈이 이루어질 확률은 따지지 말고, 같은 꿈을 꾸며 걷어찬 이불을 덮어주고 다음날 아침 서로의 눈곱을 떼어주는 부부. 그렇게 백년해로? 모르긴 해도 엄청 드물지 싶은데요. 희귀종이었다 어느 날 멸종될지도 모를 부부 형태. 게다가 먼저 떠난 배우자를 떠올리며, 혹은 기념하려고 모험을 떠난다? 더 맘 맞는 이성 찾아 떠나는 모험이 아니고? 아, 영화 <엘리멘탈> 보러 갔다가 본 단편 영화 <칼의 데이트>에서 만난 칼은 여전히 모험 중이더군요. 새로운 사랑을 향한 서툴고도 수줍은, 그 풋내 나는 모험에 씨익, 입꼬리가.

이 영화 <업>에서 그나마 맘에 드는 인물을 고르라면 창가에 앉아 빛이 쏟아지는 창밖을 내다보고 있던 엘리. 그때 그녀 표정. 달달한 미소 위에 토핑처럼 얹은 쓰고 신 피로. 그녀 표정에 문득 인 궁금증. 내가 그녀 나이까지 산다면, 그때 내 표정은 어떨까. 엘리처럼 만족스러우려나, 아니면 얼른 떠나고 싶으려나. 꼭 파라다이스 폭포로 떠나지 않아도 삶이 모험이라던 엘리처럼 내 삶도 그랬어서. 내 삶의 서사와 닮은 꼴, 《이상한 나라의 앨리스》. 토끼 따라 빨려 들어간 세상은 한여름 장대비 같은 모험의 연속. 울적할 적마다 걸었어요. 무작정 걷다가 복권 가게가 보이면 한 장 두 장 사 모은 복권. 맞춰보지도 않을. 왜 맞춰보지 않았냐고요? 기다릴 날이 사라져서. 어쩌면 1등일지도 몰라. 늘이고 늘인 설렘. 그때 산 복권은 맞출 용도가 아닌 희망 주입 용도. 그 종이 쪼가리를 부적처럼 지갑에 고이 접어 넣고 걸었어요. …살았어요. 어쩌면 엘리도 그런 맘으로 벽에 파라다이스 폭포 그림을 걸어둔 게 아니었을까. 그녀에게 파라다이스 폭포는 스릴 넘치고 팍팍한 현실을 잠시 잠깐만 잊게 해줘도 충분한, 그러니까 저한테 복권 같은 게 아니었을까. 애써 가지 않아도 좋은. 굳이 맞춰보지 않아도 설레는.

이 도시에서 저 도시로 잠시 머물다 떠나든 태어나서 죽을 때까지 한집에서만 살다 떠나든. 중요한 건 거기 머무는 마음. 그리고 기억. 어디에 있든, 재활용 프레스 기계에 일기장을 짓눌러 버리고 영화로운 '시즌 2'의 나날을 이어가고 있을 동선 님. 삶의 장르야 수시로 달라졌고 달라질 테지만, 중요한 건 장르가 아닌 삶의 속지. 그 안에 담길 이야기. 그러고 보면, 칼 인생 '시즌 1'이 끝나던 순간은 집을 버리던 그때가 아니었을까요. 그렇다면 내 인생 '시즌 1'이 끝나던 순간은 언제였을까. 인정하기 싫어도 암 진단이 내려지던 그때 그 진료실. 전 동선 님처럼 폼 나게 '시즌 1 끝', 딱 선 긋고 '시즌 2'를 시작하지 못했어요. 작별도 시작도 구질구질하고 어설프게. 조금 나아지긴 했어도, 지금도, 여전히. 내 인생 '시즌 2'에서 영화적 요소를 애써 찾자면, 글. '쓰기'로 만난 낯선 나. 이 정도면 대반전까진 아니어도 영화적이라고 할 수 있으려나요?

누구 한 명 맘에 들지 않은 이 영화가 그래도 사랑스러운 건 동선 님 말처럼 별스럽지 않은 하루하루가 모험이라고 말해줘서. 엘리밖에 모르던 칼이 새 친구를 사귀고 다시, 모험을 떠나서. 웃는 낯으로. 근데, 친구는 정말 끼리끼리 논다더니 정말 그래요. 고집불통이어도 친구라면 물불 가리지 않더니 그새 죽이 맞아 같이 모험 떠나는 것 좀 봐요. 누구긴요. 칼이랑 러셀, 더그요. 이 모험이 정말 멋진 건 모험을 떠나는 이들의 조합. 나이와 종을 뛰어넘은 어울림. 진짜 모험가는 알아요. 동선 님 말처럼 모든 건 심장, **그러니까 마음에 있다는 걸**. 설레서 끝냈든 구질구질하게 못 끝냈든, 인생 '시즌 1'을 끝낸 우리도 이젠 알아요. 맞춰보지도 않을 복권이랑 종이상자에 담긴 일기장이 더는 없어도 된다는 걸. 그런 거 없어도 우리 삶의 '시즌 2'가 영화로웠고, 한 번도 맛본 적 없는 설렘으로 영화로울지. 그러니 이제 막 떠난 이 모험을 즐겨요. 모든 모험이 그렇듯 순탄치만은 않겠지만 다행히 멀미도 사라졌으니. 죽이 잘 맞는 끼리끼리.

사실 우리는 변해가는 땅을 여행하면서 스스로 변해가는 여행자들이다.
- 리베카 솔닛, ≪세상에 없는 나의 기억들≫ 중에서.

이연 : 울 딸은 늘 말하죠. 내가 네이버야? 나라고 처음부터 잘했겠어? 엄마도 할 수 있어. 해 봐. 그리고 제가 울 엄마한테 비슷한 소릴하면 이러죠. 못됐다. 할머니한테 좀 잘해라. 내가 보고 배우면 어쩔라고. 나도 엄마 할머니 되면 그렇게 한다! 애야. 니 에미는 진즉에 할미 되고도 남을 나이다.

동선 : 어우 뉘집 딸인지... 아주 똑똑하이 잘 컸네요. <아무튼 똥> 기획도 그렇고.

攻殻機動隊

I 제작사 I 프로덕션 IG, 코단샤, 반다이 비주얼
I 감독 I 오시이 마모루
I 원작 I 시로 마사무네 《공각기동대》
I 각본 I 이토 카즈노리
I 출연 I 타나카 아츠코, 오오츠카 아키오
I 수입·배급 I 길벗영화, 디스테이션(2017 재개봉)

공각기동대

난 사랑이에요 - 이연

난 착각이에요 - 동선

→← 인간과 사이보그의 차이는 무엇일까. 사이보그와 인간의 구분이 무의미해진 미래, 2029년. 날로 교묘해 지고 영악해지는 범죄에 대응하기 위해 내무성 소속 공안 9과 쿠사나기 모토코를 중심으로 꾸려진 정보 조직 '공각기동대.' 어느 날, 쿠사나기 모토코에게 전해진 정체를 알 수 없는, 국제수배범 해커 '인형사'의 존재. 쿠사나기와 '공각기동대'는 그의 뒤를 쫓는데….

난 사랑이에요 -이연

난 착각이에요 -동선

　내 나이 서너 살이던 70년대 초중반. 강원도 어느 면사무소에 잘 다니다 처자식 데리고 서울 변두리로 올라온 아부지. 대여섯 살까지 살던, 그 시절 흔한 2층 양옥집. 길가로 난 방을 개조했던가. 어린 기억에 누추하거나 좁지 않았던 집 한 귀퉁이, 엄마가 하던 분식집. 그때 분식집 메뉴에 있던 달걀튀김. 삶은 달걀을 걸쭉한 밀가루 반죽에 담갔다가 지글지글 끓는 기름에 튀긴. 졸졸졸, 엄마 꽁무니 따라댕기다 한 개 얻어먹으면 희고 노랗게 물들던 입안. 뜨거운 달걀튀김을 받아들고 호호 불어서 한입 베어 물면 입안으로 쏘옥, 미끄럼 타고 들어오던 흰자. 겉은 바삭 속은 맨들맨들. 혀로 요리조리 굴리면서 입안에서 갖고 놀다가 꿀꺽 삼키고 다시 한입 베어 물면 포슬포슬, 노른자 귀엣말. 야금야금 아껴먹을 정도로 좋아한 그 달걀튀김. 채반 같은 데 주욱 누워 있는 달걀튀김을 보고만 있어도 터지는 침샘. 달달 분수. 전부 내 기억이라고 자신 있게 말할 수 없는 어릴 적 기억. 어떤 기억은 흉터로 기억의 증표를 남기지만, 어떤 기억은 타인의 기억이 내 기억인 양 둔갑하기도 하니. 안갯속인 듯 꿈결인 듯. 불분명한 출처. 미심쩍은 행적.

아부지 하던 일이 잘 안 풀렸나. 2층 양옥집에서 몇 년 살다 이사 간 단칸셋방. 방 한 칸에 다섯 식구가 옹기종기. 방문을 열고 나가면 엉덩이를 걸치고 앉아 신발을 신을 수 있는 쪽마루. 그 왼쪽에 부엌. 싱크대랄 것도 없이 석유 곤로랑 자질구레한 주방 도구가 죽 늘어져 있던. 쪽마루 맞은편엔 마당으로 나가는 작은 문. 쪽마루에서 그 문까지 어린애 걸음으로 다섯 걸음이나 되려나. 출입구이자 현관이자 부엌이고 딱 하나밖에 없던 방이랑 연결된 쪽마루가 있던 그 공간은 비좁은 데다 종일 어두컴컴. 볼 일은 대문 옆 재래 화장실, 씻는 건 마당 수돗가. 겨울 아침, 내복 바람으로 수돗가에 쪼그려 앉아 있으면 곤로에서 끓인 물을 바가지에 떠 와서 세숫대야에 부어주던 엄마. 수도꼭지랑 연결된 호스를 세숫대야에 대고 엄마가 수돗물을 틀면 내가 쫙 펼친 양손을 세숫대야에 넣고 휘휘 물을 저으면서 맞추던 세숫물 온도. 됐어. 두 뺨을 후려치는 한겨울 아침 공기. 내복 새로 파고 들어와 등허리에 가지런히 누운 바람 덩이. 김이 모락모락 나는 펄펄 끓는 물이랑 찬 수돗물이 섞이면서 실핏줄을 타고 올라오는 몽롱함. 겨울 아침마다 내 몸을 휘감던, 지금도 잊을 수 없는 그 감각.

어느 날, 외출했다 돌아온 엄마랑 아부지 손에 들린 크고 작은 상자.

"이게 뭐야?"

막 방으로 들어온 엄마랑 아부지한테서 나는 바깥공기 냄새. 나무 타는 냄새랑 연탄 냄새랑 술 냄새가 뒤섞인.

"선물!"

옷도 갈아입지 않고 상자를 푸는 엄마랑 아부지. 아주아주 커다란 유리 상자 안에 들어있는 나무로 만든 배. 오빠 거야.

"이거 볼래?"

아부지가 배에서 선을 빼서 스위치를 켜니까 배 안에 불이. 와아!

"내 거는?"

엄마가 건넨 네모난 포장지. 디즈니 그림책. 곰돌이 푸랑 101마리 달마티안이랑 밤비랑 덤보랑 타잔. 그때부터였어요. 책 세상이 열린 게. 날이면 날마다 책 사달라고 조른 게. 한글도 읽을 줄 모르는 꼬맹이가.

물질보다 우위에 둔 정신. 파도처럼 통증이 들이치면 맥없이 허물어지는 마음 성곽. 오랜 아픔이 가져온 의심. 몸이 모든 걸 통제하는 게 아닐까. 의지? 희망? 그건 건강할 적, 건강한 사람한테나 해당하는 말. 몸의 말에 귀 기울이게 한 아픔, 그 고약한 아이. 몸이 일어서야 마음도 따라 일어서는 거야. 그걸 알고부터는 두 손 두 발 착 모으고 듣는, 들어야 하는 몸의 말. 영화 <공각기동대>를 만들 때만 해도 인간이란 존재는 기억이라는 생각이 더 컸다는 오시이 마모루 감독. 그랬던 그가 육체가 의식을 통제한다고 느끼게 된 건 가라테를 시작하고 육체를 연마하는 법을 알고 나서. 어쩌면 내 투병 그래프는 변덕쟁이 몸을 따라잡으려는 의식의 발맞춤. 그 몸부림을 이은 선.

풍부한 상상력 덕에 혼자 있어도 심심할 겨를이 없어요. 심심함
은 또 다른 놀이. 외로움은 영혼의 액세서리. 우울은 자양분. 고독은
스승. 아픔을 오래 달고 산 몸. 죽음과 오랜 눈 맞춤. 어느결에 해체
된 시공간. 사라진 경계. 흐릿한 선. 붕괴한 질서. 나는, 어느 계절 어
느 공간에나 있을 수 있어. … 있어요. 매미 울음소리 요란한 여름
한복판에서 복숭아뼈까지 발이 푹푹 빠지는 흰 눈 쌓인 오솔길을
걸어요. 입만 열면 찐빵 같은 흰 입김이 쏟아지는 한겨울에 좌좍 쏟
아지는 한여름 장대비 아래 서 있고요. 그뿐인가요. 구름 사이를 둥
둥 떠다니는 호호 할머니도 됐다가 짝귀 토끼 인형을 끌어안고 뒹
구는 다섯 살 지지배도 됐다가 까만 밤하늘 별빛에 홀려 끈적이는
손바닥을 맞잡은 스무 살 계집애도 될 수 있어요.

김초엽 작가의 소설 ≪우리가 빛의 속도로 갈 수 있다면≫에 실
린 단편 ≪관내 분실≫. 그 기이하고 낯선 공간과 상황. 죽은 사람
의 기억을 저장하는 도서관, 그 도서관에서 실종된 엄마. 실종? 그
때의 '실종'은 육체의 실종이 아니라 기억의 사라짐. 마치 기억에
의지라도 있는 듯. 발이 달리기라도 한 듯. 그 도서관은 말하자면 일
종의 무덤인 셈인데, 실종이라… 그렇다면 그 도서관은 죽은 자들
의 무덤이 아니란 말인가? 만약 무덤이라면 '실종'이 아니라 제목
처럼 '분실'이라고 해야 하지 않나. 기억이 존재이든 아니든, 지금
까지 그래왔듯 계속 진화할 죽음에 대한 태도와 방식. 사체 처리 방
식. 무덤 형태. 그리고 추모와 그리움. 어쩌면 미래엔 ≪관내 분실≫

에서처럼 기억만 빼서 따로 저장할지도. 거기서 한 발 더 나간 영국 드라마 <이어즈 & 이어즈>. 기억의 저장에서 기억의 삶으로. 몸과 마음의 완전 소멸을 거부하고 기억으로 남길 원한 그 드라마 속 제시카. 사랑하는 이들과 이어갈 네트워크 속 삶. 기억이 거의 다 옮겨졌을 즈음, 그녀가 한 말.

"틀렸어요. 당신들 완전히 틀렸어요. 당신들이 저장한 것들과 다운로드한 것들. 그리고 내 일부들, 물에 복사한 그것들이 정말 어떤지 당신들은 모르죠. 난 코드가 아니에요. 정보도 아니죠. 이 기억들은 사실에 그치지 않아요. 그 이상이죠. 그 기억들은 내 가족과 연인, 엄마, 여러 해 전에 죽은 내 동생이에요. 사랑. 내 본질은 그겁니다. 사랑. 난 사랑이에요."

시공간에 따라 여러 얼굴로 살아가는 인간. 아기였다가 소녀였다가 아줌마였다가 할머니로. 학생이었다가 엄마였다가 고객이었다가 선생님이었다가 연인이었다가… 어느 한순간도 같은 얼굴, 같은 표정인 적 없는. 레오 까락스 감독의 영화 <홀리 모터스>의 오스카처럼. 그가 연기한 모든 인물이 그이면서 그가 아니듯. ≪철학이라 할 만한 것≫에서 요시모토 다카아키의 표현인 고유시(固有時)를 언급하면서 오시이 마모루 감독이 한 말. 정상적인 어른에겐 또하나 중요한 얼굴이 있다. 그 사람만의 고유한 시간을 보낼 때의 자신. 내 경우에는 개와 마주한 시간도 고유시(固有時)다. 한마디로 코기토(Cogito, 자기 의식). 고유시(固有時)…. 나의 고유시(固有時)는 읽고 쓰고, 글과 함께 있는 시간. 그때 내 얼굴, 내 의식.

자기가 읽은 걸 읽었고 자기가 좋아하는 걸 함께 좋아해 주는 사람들은 모두 온라인에 있는 것 같다는 어느 소설가의 넋두리 같은 고백. … 나돈대. 쓰면서 알았어요. 현실에선 그렇게 만나기 힘들던 사람들이 노트북 안에 죄 모여 있다는걸. 나랑 표정이, 걸음걸이가, 보폭이, 걷는 방향이 닮은 이들. 좋았어요. 글만 생각하고 글로 꿈꾸는 내가, 그런 날들이, 그 길이. 그 길가에 드는 볕이. 그 볕을 함께 보고 쬐는 이들이. 몸은 여기, 마음은 거기. 책이 좋고 영화가 좋고 숲이 좋아서 읽고 보고 걸었다면, 이젠 쓰려고 읽고 보고 걸어요. 글을 염두에 둔 그 모든 움직임. 켜켜이 쌓인 글. 글 저장소가 된 나. 현실(이라고 믿는)에서 써도 온라인에 있는 글. 글이랑 있을 때만 고유시(固有時)에 가까운 나. 그럼 나는, 어디에 있는 거지?

내가 사는, 살려는 세상은… 어디지?

난… 누구야?

쉬운 걸 굳이 어렵게 말하고 / 그럴듯한 거짓말로 참말만 주절대며
당연함을 완벽하게 증명하고 싶어서 / 당연하지 않다고 의심해 보다가
문득문득 묻게 된다

유리벽을 지나다가 / 니가 나니?
걷다가 흠칫 멈춰질 때마다 / 내가 정말 난가?
- 유안진, ≪불타는 말의 기하학≫ 중에서.

난 사랑이에요 – 이연

난 착각이에요 - 동선

　나이 들어 나쁜 점이자 좋은 점은 자주 까먹는다는 거예요. 그동안 유별난 기억력 때문에 맘고생 좀 쎄게 했었거든요. 타고난 건 아니고 제법 적극적으로 훈련을 했어요. 창작 일을 하려면 관찰력, 기억력, 상상력이 좋아야 한다고 생각해서리. 버스를 타고 갈 때에도 휙휙 지나가는 상점 간판들을 외워보려고 했고, 정류장이나 엘리베이터 옆에 선 사람들 대화도 듣다가 재미있는 게 있으면 외우려고 했었죠. 몰라요. 그게 진정 창작에 도움을 줬는지는. 근데 인간관계에는 무척 해롭습디다. 아주 쫌생이가 되더라니까요. 여친의 일거수일투족을 관찰하고 기억하고 제멋대로 상상하게 되니까요. 처음에야 "어머! 이런 것도 다 기억해 주고, 너무 자상해…" 하며 감격하겠지만, 그것도 딱 3개월. 대부분 못 견디고 질려 하죠. 그래서 결국 이 능력들을 내던져버리려 했는데 그게 또 맘대로 안 되는 거예요. 그런데 노화 덕분에, 단지 오래 살았다는 이유만으로 기억력이 점점 감퇴하게 되니 처음에는 얼마나 좋았게요. 이제 아내와 싸울 일도 적어지지 않겠어요? 하나하나 일을 대범하게 넘기지 못해서 상처 입고, 또 그걸 계속 기억하고 있고, 최악의 경우를 상상하면서 또 상처 입고 그러길 반복했는데, 이제 기억력이 감퇴하면 마음의 상처도 금세 사라질 테니까요. 근데 희한한 게, 뭣 때문에 싸웠는지 더 이상 기억은 안 나는데, 그래도 기분은, 이상하게 계속 나쁘더라구요, 왠지 모르게. 기억이 안 나니까 따지지는 못 하겠는데 왠지 불쾌한 상황은 지속되었습니다. 그러고 보면 구차하게 능력 탓을 했지만, 사람들을 질리게 만든 건 그냥 제 성격 때문인지도 모르겠네요.

그렇지만 한국인의 주된 레퍼토리, "니가 먼저 ~~ 했잖아!", "내가 언제!"를 예전만큼 자주 듣지 않게 된다는 것만으로 무척 괄목할 만한 성장(노화)이라고 생각해요. 끈질긴 기억력을 가진 사람 입장에서는 옹졸하게 짜잘한 기억을 다 가지고 있다는 사실만으로도 무척 싫은 일인데, 내 감정이나 논리를 방어하기 위해 그걸 내세워야 한다는 건 보통 쪽팔림을 무릅쓰지 않고서는 할 수 없는 일이거든요. "그래, 나 이런 새끼다. 하지만 니가 먼저 잘못했거덩?" 뭐 이렇게 자신을 처참하게 망가뜨리면서까지 본인이 옳다는 걸 증명하는 상황이란 말이죠. 근데 이때 상대가 "내가 언제?"를 시전하게 되면, 이건 뭐 정말, 얻는 건 하나도 없이 그냥 쫌생이 인증만 한 경우가 되기 때문에 허탈하기가 이를 데가 없습니다. 어디 머리에 달고 다니는 블랙박스 카메라가 있다면 제 3금융 빚을 내서라도 당장 하나 장만하고 싶은 심정이란 말이죠. TV 시리즈 <블랙미러>의 에피소드 <당신의 모든 순간>처럼요. 그래서 페이스북에서 처음 '타임라인'이라는 서비스를 개발했을 때 잔뜩 기대감에 부푼 적도 있어요. 비록 초기에는 사용자가 직접 글과 사진을 입력하는 형태가 되겠지만, 조만간 스마트폰이나 각종 웨어러블과 결합하면 내 주변에 일어난 사건을 자동 입력하는 시스템이 될 것은 너무 자명하니까. 차량 블랙박스 설치가 일반화되면서 접촉사고 분쟁이 사라진 한국 사회처럼 인간 사회의 다양한 분쟁이 줄어들 거라고 생각했었죠. 그리고 이렇게 되면, 내가 겪은 모든 시간들이 글로벌 대기업 중앙 서버에서 생존하게 되는 거잖아요. 어쩌면 영원히. 그리고 사후에는 김초엽의 ≪관내분실≫처럼 이걸 추모공간처럼 사용할지도 모르고요.

근데 생각해보니, 내가 겪고, 내 주변에서 발생한 모든 사건들을 모은 블랙박스 영상들이 있다고 해서 그게 과연 내 인생의 복제품이 될 수 있을까… 하는 의문이 떠오르더군요. 내 삶의 시간의 객관적 사실만을 모아서 재편집했다고 했을 때, 그것이 내 인생과 같을 수 있을까 하는. 영화 속 쿠사나기가 말했듯이 *"사실 내 진짜 몸은 옛날에 죽었고 지금의 나는 '나는 쿠사나기 모토코다'라고 생각하는 의체가 아닐까 하는 생각을 할 때도 있어"*라는 질문. 다시 말해 "나의 신경, 감정, 기억, 외형을 모두 복제했을 때, 과연 그 복제품은 원본과 얼마나 다른가? 그렇다면 우리가 살고 있는 현재 이 세상이 시뮬레이션이 아니라는 증거는 어디에 있는가?"와 같은 질문 말이죠. <뉴로맨서>와 <블레이드 러너>, <매트릭스> 등 수많은 창작물을 통해 반복된 이 질문의 대답을 찾지 못할 때, 우리는 반대 방향으로 튈 수밖에 없게 되는 거죠. 우리가 복제품이 아니라는 증거를 찾기보다는, 과연 '자연 발생품'과 '프로그래밍된 정보의 조합'과의 차이, '사이보그'로부터 구별되는 '인간'의 특징을 찾는 것 말이에요.

예전에 어느 인지심리학 교수가 1986년 챌린저호 폭발 사고 즈음에 '섬광기억(Flashbulb Memory)'에 대한 실험을 한 적이 있다고 하죠. 참사 다음날 수업에서 학생들에게 언제 어디서 사고 소식을 접했고, 그때 뭘 하고 있었는지에 대한 리포트를 쓰게 한 후, 2년이 지난 후에 같은 학생들에게 똑같은 질문을 했던 거예요. 그리고 그 두 리포트가 완전 딴판으로 다른 대답을 담고 있다는 걸 발견했다고 합니다. 이는 심리적인 충격이 기억에 개입했을 때 어떤 결과가 나오는지 보여주는 거죠. 저 역시 어떤 영화를 보고 너무도 감동했던 장면이, 사실은 그 영화에 존재하지 않았고 제멋대로 상상해서 재조립했던 장면이었다는 걸 발견할 때가 종종 있어요 (그러곤 '원작보다 더 멋지잖아' 하며 자족하곤 합니다). 이렇듯 사람의 기억은 무척 손쉽게 조작이 되는데 특히 감정이 충만할 때는 더욱더 그렇기에, "니가 먼저 ~~ 했잖아!", "내가 언제!"는 감정 과잉으로 인한 너무나 자연스러운 기억의 분리 현상이었던 거예요. 그렇다면, 어쩌면 사실 그대로의 기록보다 이렇게 본인의 감정이 왜곡한 기억이 더 본인의 정체성에 맞는 것이 아닌가 하는 생각이 들게 됩니다. 어쩌면 페이스북의 타임라인이 진정 본래 의도대로 작동을 하려면 웨어러블 장

치에서 자동 기록되는 것이 아니라 그냥 지금처럼 본인이 직접 왜곡된 기억을 남기는 것이 맞는 게 아닌 건지.

물론 최근 연구에 의하면 사람의 감정도 호르몬과 세포 간 전기 신호로 형성이 가능하다고 하죠. 다시 말해 화학요법이나 물리치료를 통해서 사람의 감정마저 조절, 혹은 복제할 수도 있다는 이야기가 됩니다. 하지만 이렇게 복제된 감정 역시 기억 조작에 참여를 할 것인지에 대해선 여전히 명확하지 않습니다. 양자 컴퓨팅이 주력화되고 논리적 계산이 아니라 수십 억 개의 무작위 속에서 가장 근사치를 찾아내는 식으로 결괏값을 도출해 내더라도, 과연 기억 조작이나 착각 역시 복제될 수 있을 것 같진 않습니다. <애프터 양>의 저 유명한 대사 *"There is no something without nothing (색즉시 공공즉시색色卽是空空卽是色)"*을 이해하는 컴퓨터가 나오기 전까지는 말이죠. 그리고 또 현시대를 사는 우리에게는 관계라는 것도 있잖아요. 싸우고, 의지하고, 헤어지고, 만나는 관계들. 온라인의 '좋아요'만으로 연결된 것이 아니라 체온과 땀과 냄새를 느끼고 체액을 나눌 수 있는 관계. 관계를 정리하는 것만으로도 새로운 존재로 거듭날 수 있을 정도로 사람의 정체성은 관계에 지배되어 있지 않나요? 결국 인간이란 존재를 어떻게 증명해야 하나요. 만일 '사랑'이라는 걸 '(호르몬 분비로 인한) 착각으로 이루어지는 감정'이라고 정의한다면, 저 역시 '나는 사랑이에요'라는 이연 님의 의견에 동의할 수밖에 없을 것 같아요.

여담이지만, 머리에 블랙박스 카메라를 달고 다니면서 매 사건

142

을 객관적으로 기록하는 것이 사회 정의에 도움이 될지언정, 사회 안정에도 과연 도움이 되는 일인지는 의문이 들기도 합니다. 물론, 목소리 큰 사람이 분쟁에서 항상 이기던 시절에 비하면 그런 객관적 증거 확보가 약자에게 얼마나 큰 도움을 주고 있는지는 자명하죠. 카메라 덕분에 가해자가 명백히 밝혀질 때도 있고 억울한 누명을 벗을 때도 많아요. 하지만 분쟁 해결에 도움을 주는 것이 분쟁 자체를 줄여주는 것과 같을까요? 그보다 타인을 지탄하기 위한 도구로 더 많이 사용되지 않나요? 이런 블랙박스 영상이 SNS를 통해 퍼지면서 사회 전체를 강제로 재판관으로 만들고, 화해보다 징벌을 선호하게 되는 것처럼 보이는 건 저만의 착각일까요? 매스미디어의 힘이라고 할 수도 있고, 어쩌면 인간은 그렇게 쉽게 분위기에 휩쓸리도록 만들어졌을지도 모르겠어요. 지금 생각은 그냥, 인민재판을 통해 사이다를 느끼기보다 조금 더 친절한 사람이 혜택을 많이 받는 사회에서 살았으면 좋겠어요.

시

ㅣ제작사ㅣ 파인 하우스 필름
ㅣ감독ㅣ 이창동
ㅣ각본ㅣ 이창동
ㅣ출연ㅣ 윤정희, 이다윗
ㅣ배급ㅣ 넥스트 엔터테인먼트

시

아름다움 – 동선

까발림의 미학 – 이연

→↤ 강물에 떠내려온 여중생 시체. 외손자랑 살면서 간병인으로 일하는 예순여섯 살 미자. 어느 날, 병원 갔다 나오는 길에 길바닥에 주저앉아 목놓아 우는 죽은 여중생 엄마를 본 그녀. 도로를 달리는 버스, 바람에 흔들리는 나뭇잎, 어제랑 다르지 않은 사람들, 또 하루. 문화센터에서 시를 배우고 지으면서 세상을 관찰하기 시작한 미자는 이제껏 알던 세상이 낯설기만 한데….

아름다움 -동선

까발림의 미학 -이연

그림 그리는 걸 좋아했어요. 흔히 '이발소 달력'이라고 불리는 캘린더 종이를 뜯어서 어떨 때는 트레이싱 페이퍼로 어떨 때는 먹지로 사용하며 그림을 그렸었죠. 그러다 어느 순간 달력 종이가 필요 없게 되었고, 교과서 여백에 선생님들 얼굴을 만화처럼 그려서 친구들에게 인기를 얻기도 했었죠. 저도 제 그림을 좋아했고 말이죠. 그런데 이런 손재주가 있으면 아주 어릴 적엔 부모님께 칭찬을 듣기도 하지만 좀 크고 나서는 걱정거리가 되고는 해요. 제가 자란 동네에서는 자식의 재능을 서포트해 주지 못할 게 뻔한 가정 형편들이 대부분이었거든요. 눈치만 빼꼼했던 전 애초에 미술 공부하는 걸 포기했지만요.

대학에 가서 서울이나 부산과 같은 대도시에서 자란 아이들과 어울리게 되니 엄청난 문화적 격차가 있었어요. 서울에서 자라 영화나 음악의 꿈을 키우던 아이들은 중학교 때 이미 회현 지하상가 같은 곳을 다니면서 외국 음반을 사러 다니고 그랬더라구요. 우린 중학교 때 친구들끼리 모이면 같이 쌍절곤 연습하고, 도리짓고땡 족보 외우고 그랬는데… 어릴 적에는 좋아하는 여자애들 초상화를 그려주면 다들 끔뻑 넘어갔었는데 대학에서 만난 아이에게 초상화를 그려줬더니 콧방귀를 뀌면서 극장 간판이나 그리면 되겠다고 하는 거예요. 아! 내 그림은 볼품없는 거였구나, 하고 그때 알았어요. 피사체에 대한 내 감정도 없고 그림을 통해 내가 말하고 싶은 생각도 하나 없이, 그냥 냅다 선과 점으로 베껴낸 걸 미술 작품이라고 할 수는 없는 거였구나. 내가 재능이라고 믿고 싶었던 것, 그리고 십여 년간의 그림 연습은 그냥 손기술만 늘린 거였구나… 하면서 말이죠. 뭣보다 그 당시 전 뭐가 아름다운 건지, 아름다움이 무엇인지 생각해보려 하지도 않았던 거예요. 그냥 똑같이 그리면 다들 좋아해줘서 그런 연습만 했었는데, 차라리 학교 선생님들을 캐리커처해서 친구들에게 웃음을 주는 일만도 못했다는걸.

'아름다움'이라는 걸 처음 느꼈던 때를 기억하시나요?

어릴 적엔 민방위 등화관제 훈련 때마다 하늘거리며 춤을 추는 촛불을 보고, 구슬놀이 구슬에 아무렇게나 섞여 있는 무늬를 보고, 그리고 팽이에 여러 가지 딱지를 달고 돌릴 때 색깔이 뭉게뭉게 뭉쳐지는 모습을 보고도 아름답다고 생각했었던 것 같아요. 그리고 이후엔 아름다움을 느낀다는 것은 직간접적인 경험에 의존하기도 했었죠. ≪마지막 잎새≫를 읽고 난 후로는 바람에 파닥거리면서 끈질기게 달라붙어 있는 쭈글탱이 나뭇잎 하나가 그렇게 아름다워 보였으니까요. 영화 <시>의 블루레이에는 영화를 보기 전에 먼저 이창동 감독의 인사말을 듣는 옵션이 있는데, 그는 "아시다시피 시는, 눈에 보이는 아름다움을 노래하는 것뿐만 아니라 눈에 보이지 않는 아름다움을 느끼고 받아들이는 눈과 태도"라고 말합니다. 그리곤 자신과 영화 제작 스텝들이 시를 쓰듯이 영화를 만들었다고 하는데, 전 도무지 이 영화 속 어디에 아름다움이 있는지 이해할 수 없었거든요. 사실 그게 가장 큰 질문이었죠. 도대체 그가 영화를 통해 보여주려고 한 '아름다움'이란 무엇인가.

영화는 카메라 조리개 조작을 통해 한강의 윤슬이 다양한 단계로 번져가는 걸 보여주면서 시작합니다. 마치 눈을 어떻게 찌푸리느냐에 따라서 우리가 보는 풍경도 달라진다는 걸 말하는 것처럼. 그러고는 시종일관 우리가 사는 세상의 추악함을 냉정하게 그려 나가죠. 남학생 여러 명에게 성폭력을 당한 후 스스로 목숨을 끊은 여학생, 그 사건에 전혀 관심 없는 동네 슈퍼마켓 주인과 주민들, 피해자를 키 작고 볼품없다고 조롱하는 가해자의 부모들, 자신과 친구들이 윤간한 여학생이 자살했는데도 예능 방송을 보면서 키득거리는 남자아이, 같은 동네 여자아이가 죽어도 별다름 없이 시상만 찾고 있는 시인들 등을 말이에요. 그리고 끝판왕은 이 모든 것이 벌어지는 세상이 탱화 속 지옥도가 아니라 바로 우리 마을, 아이들이 뛰어놀고, 버스는 붕붕 다니고, 사람들이 모여 시 낭송회를 하는 그런 평범한 사회의 모습이라는 것이겠죠. 도대체 여기 어디에 '아름다움'이 있다는 거죠? 마치 1분마다 수십 명씩 죽어가는 전쟁영화를 만들어 놓고 자유 민주주의의 존귀함을 보여주려 했다고 말하

148

는 것만큼이나 억지라는 생각이 들잖아요. 자기 주변에서 시상을 얻기 위해 부단하게 노력하는 영화 속 미자처럼, 관객들은 이 영화 속에서 아름다움을 찾기 위해 머리에 쥐가 나도록 생각해야 하는 거였어요.

워낙에도 아름다움을 감식하는 것에 연습이 안 되어 있는 제가, 시각적인 아름다움도 그렇지만 어떤 현상, 사람들의 미덕에 대해서도 아름다움을 잘 감식하지 못하는 그런 제가, 그나마 발견한 건 이런 거였어요. "저희끼리 한잔하려고요. 뭐 다들 맘고생들 했으니까…"라는 말을 한 점 부끄러움 없이 내뱉는 가해자 부모들. 그리고 그들과 비교되는 미자. 뭐, 다른 영화 속에 나오는 악당들처럼 고급 호텔이나 룸살롱에서 여성의 성접대를 동반한 위로주를 마시는 것이 아니라 후미진 복덕방에서 중화요리 배달 주문으로 뒤풀이를 하는 것이었지만, 그래도 여전히 <센과 치히로의 행방불명>에서 나오는 돼지로 변한 치히로 부모의 폭식 장면이 떠오르는 건 어쩔 수 없었어요. 백화점 붕괴 사고의 피해자들에게 "우리 회사의 재산도 망가지는 거야"라고 말하는 삼풍그룹 회장의 발언과도 다를 바 없이 느껴지기도 하구요. 그들이 맘고생 한 것도, 삼풍그룹의 재산이 망가진 것도 이성적으로 따지고 보면 다 맞는 말일 텐데 왜 이렇게 역겨움을 느끼는 것일까요? 개인의 욕망이 너무 노골적으로 드러나서 그런 걸까요? 그럼 모든 욕망은 더럽고 추한 건가요? 그렇지는 않겠죠. 아이가 잠을 자고 음식을 맛나게 먹는 모습을 추하게 보지는 않잖아요. 어차피 아름다움을 느끼는 건 이성보다 감성에 의존을 하는 경우가 많고, 아름다움이라는 것이 반드시 선악 구분과 동반해야 하는 건 아니니까요. 하지만 현실에서는, 어떤 사람이 자신의 욕망을 통제하지 못할 때 추해 보이는 경우가 많습니다. 어쩌면 수치심 - 염치 - 부끄러움을 느끼는 마음이야말로 가장 인간적인 마음, 인간미를 가진 마음인지 모르겠어요.

알아요. 우리가 미와 선을 혼용해서 쓰는 경우가 많지만 아름다움(美)은 윤리(善)와 다른 개념이고 예술은 도덕적 활동이 아니라는 걸. 그래도 전, 이 영화에서 그나마 아름다운 부분이 있었다면 바로 극 중에서 미자만 가지고 있는 걸로 보였던 '수치심'이었다고 생각해요. 모두가 정신없이 저마다의 삶을 숨 가쁘게 굴려가기 바쁠 때, 유일하게 미자만 손주가 끔찍한 사건에 연루되어 있다는 사실에 고통스러워하죠. 손주가 아무런 벌을 받지 않아도 될지 고민하기도 하고, 희생자의 삶의 궤적을 따라가면서 그녀가 겪었던 아픔에 대해서 알아보려 하기도 해요. 끈덕진 농사일 때문에 딸을 잃은 슬픔을 간직할 시간도 없는 피해자의 부모를 욕보였다는 생각에 얼굴을 들지도 못해요. 이런, 인간으로서 당연히 가지고 있어야 할 기본적인 염치를 너무나 찾아보기 힘든 사회가 되었고 그래서 더욱 미자의 수치심이 아름다워 보이기까지 하지 않았나 생각이 들어요. 마치 진흙 속의 연꽃처럼.

오랫동안 한국 사회에서는 부끄러움이라는 중요한 감성이 '체면'이라는 이름으로 굴절되어 발전해 온 것은 사실이에요. 유교적 엄숙주의 때문에 자신의 솔직한 욕망을 무조건 숨겨야 하는 경우도 있었고요. 그러다가 80년대 후반, 90년대 초반, 민주화 과정과 해외여행 자유화를 통한 서구 문화가 많이 유입되면서 권위주의가 좀 약해지던 시기가 도래했어요. 이와 함께 '성(性) 담론'을 자유롭게 나누는 문화가 '포스트모더니즘'이라는 외피를 두르고 문화 시장을 장악하기도 했었죠. 이때만 해도 자유분방하고 솔직한 욕망의 배설이 구린내 나는 유교문화를 때려 부수는 것 같아서 왠지 통쾌하게 느껴졌었는데, 이후에 수치심 따위는 완전히 벗어던진 채 혼자서 과속 질주를 하게 될 줄은 몰랐어요.

타인을 돕기 위해 자신의 손해를 감수하고 상황에 따라 자신의 욕망을 숨길 줄 아는 모습이 미덕이 아닌 '가식'으로 규정되는 시대가 오게 될 줄도 몰랐던 거죠. 자기 주변에서 끼니를 거르는 아이들이 존재하더라도 부끄럽지 않은 시대, 생때같은 자식을 사회적 참사로 먼저 보내고 진상 규명을 위해 거리로 나선 부모들을 보고 '시체 팔이'라고 손가락질을 하며 자기 집값 하락을 걱정하는 세상이 올 줄은, 정말 몰랐어요. 인간이 단지 먹이사슬 최정점에 오른 생물이 아니라, 사회 속에서 같이 소통하고 화합하면서 성장하는 생물, 그리고 그걸 가능하게 하는 것이 '부끄러움'을 아는 것이라고 할 때, 이 사회를 과연 인간 사회라고 할 수 있을지, 전 모르겠습니다. 우리는 자라면서, '각자가 자신에게 주어진 일만 열심히 하고 사는 것이 성실한 삶이다'라고 배웠지만, 사실은 그게 바로 <더 리더 : 책 읽어주는 남자>의 한나처럼 자신도 모르게 타인을 죽이는 일에 동참하고 있는 걸지도 몰라요. 두 눈을 부릅뜨고, 끊임없이 자기 주변을 살피지 않으면 말이에요.

아름다움 - 동선

::::::: 까발림의 미학 - 이연

극장에서 처음 본 영화 기억해요? 울보라 그런가. 극장에서 처음
본 영화는 몰라도 처음 보고 운 영화는 기억해요. 85년 여름 즈음이
었으니까, 고등학교 1학년.

"끝났어? 뭐 보여?"

빨간 방음문에 달린 금색 손잡이를 꼭 잡고 머리를 어두운 극장
안으로 디밀었다 나온 친구.

"안 끝난 거 같아. 잠깐만. 다시 볼게."

극장 안으로 몸 절반이 쑥 들어간 친구. 행여 극장 안으로 빨려
들어갈까 친구 허리춤을 두 팔로 꽉. 금세 제자리로 돌아온 친구.

"남자 둘이 끌어안고 있는데?"

"남자 둘이?"

"어."

"근데… 사람들이 우는 거 같아."

남자 둘이 끌어안았는데 사람들이 운다구?

"왜애~~?"

"몰라!"

친구가 다시 몸을 돌려 금색 손잡이를 잡고 육중한 방음 문을 열자마자 쏟아지는 음악. 'Imagine all the people living for today~' 드디어 문이 열리고 눈가가 붉은 사람들이 우르르 빠져나간 자리에 친구랑 앉았어요. 남자 둘이 끌어안고 있는 걸 보려고 여기까지 온 거야? 투덜투덜. 그랬던 나는 두 시간 후에 남자 둘이 끌어안는 걸 보면서, 훌쩍훌쩍. 문밖에서 들었던 이 곡이 이렇게 슬픈 곡이었어? 용서를 비는 시드니한테 프란이 한 말. "용서할 게 없어요. 아무것도."(Nothing to forgive. Nothing.) 무슨 영환지, 알겠죠? 반공 영화라고 잘못 알려지는 바람에 청소년 관람 불가 등급인 영화를 고등학생이 단체 관람했던 영화 <킬링필드>. 바로 그 영화가 제가 처음으로 극장에서 보고 운 영화예요.

아름다움을 처음으로 느낀 게 언제였더라. 아홉 살, 황사가 심한 4월 어느 날. 지금이면 미세먼지 수치 높다고 애를 밖으로 내보내지 않았겠지만, 저 어릴 적엔 그런 개념 자체가 없었어요. 이따금 엄마가 하는 말. 넌 학교 갔다오면 책가방 열고 방바닥에 엎드려 숙제부터 했어. 간식 먹으래도 안 먹고. 달캉달캉. 창문 흔들리는 소리. 바람 냄새. 흙냄새 밴 노란 바람만 불면 괜히 대문간에 혼자 나와 바라보던 저어기, 골목 끝. 오도카니 앉아서. 멀어질수록 샛노래지고 가까울수록 옅어지는… 날 홀린 노랑. 한참을 그러고 있다가 고개 아프면 무릎 위에 걸쳐놓은 팔뚝에 머리를 얹고 반대편 골목 끝을.

비 오는 여름날엔 대문 옆 홈통에 서서 비를 맞았어요. 좁은 어깨에 우산을 척 걸쳐놓고. 옥상에 고였다가 홈통을 타고 콸콸 쏟아지는 물줄기에 맨 발등을 가져다 대면 사방팔방으로 튀어 오르는 물방울. 홈통을 타고 쏟아지는 물줄기 속도랑 꺾인 발등 각도에 따라 그 모양이 얼마나 다양한지. 발등을 홈통 가까이 댔다 멀리 했다… 그때마다 달라지는 발등에 닿는 물줄기의 세기랑 감촉. 번쩍 든 발이 아픈 줄도 모르고 그러고 있으면 빗줄기 사이로 들리는 목소리.

"이연아~ 고만 놀고 들어와!"

"어~!"

구름이 내려앉은 듯 뿌연 욕실. 무럭무럭 김이 피어오르는 욕조엔 따가운 물이 찰랑찰랑. 허물 벗듯 옷을 벗고 발끝에 잔뜩 힘을 주어 동그랗게 말린 발가락부터 욕조 속으로, 쑤욱. 노곤할 새도 없이 위풍에 어깨랑 등에 돋는 소름. 구름이 걷히고 욕실 풍경이 선명해질 때쯤이면 욕조 젤 안쪽에 잠겨 시려오는 발끝. 봄이면 불던 노란 바람. 여름이면 홈통을 타고 내려와 발등에서 튀어 오르던 물방울. 이불처럼 포근히 감싸던 엄마 목소리. 엄마 자궁 같던 욕실. 처음 느낀 아름다움의 감각. 이미지와는 다른, 정서적인 어떤.

저는 틀에 박힌 건 심드렁해요. 아름다움을 느끼기는커녕. 황사를 노란 바람이라며 좇던 아홉 살 지지배는 손이 곱게 추운 겨울날이면 담쟁이를 좇는 아지매가 됐어요. 다른 나무와 달리 두 개의 떨켜층을 만들어 잎과 잎자루가 따로 떨어지는 담쟁이. 늦가을 담벼락 밑이나 건물 아래에 따로 떨어진 가느다란 담쟁이 잎자루랑 크고 작은 잎사귀. 혹시 담쟁이가 어떻게 가지를 뻗어 나가는지 알아요? 아무렇게나 막. 나무는 보통 중력 반대 방향으로 가지를 뻗는데, 요 담쟁이는 빈 곳만 감지되면 그쪽으로 뻗어요. 위아래 옆으로, 쭉쭉. 잎과 잎자루를 따로 떨군 이 계절 담쟁이는 얼마나 아름다운지요. 담쟁이가 담벼락에 남긴 삶의 궤적. 지난 계절 내 벌인 그 사투의 흔적. 그 앞에 서면 숙연함마저. 투쟁 같은 삶의 증명서.

동선 님이 영화 <시>에서 찾았다는 아름다움은 미자의 수치심. 끔찍한 사건에 연루된 손주를 바라보는 미자의 고통. 희생자 삶의 궤적을 따라가며 그 겪음과 아픔을 알아보려는 그녀 발길. 피해자 부모를 욕보였다는 사실에 붉어진 그녀 낯빛. 인간이라면 마땅히 느껴야 하는, 지금은 사라져 아름다움이 된 수치심. 인류가 진화하면서 퇴화한, 그러나 복원할 마땅한 감정. 제가 영화 <시>에서 느낀 아름다움은 이런 거예요. 어린 소녀가 강간당해 자살한 이야길 세상 사람들한테 해야겠다. 이창동 감독의 그 마음 먹음. 추악하고 구린내 진동해도, 아니, 그래서 더 불빛을 들이대고 어떤 일이 있었는지 까발리자. 이창동 감독 마음에서 일어선 그 용기. 오래… 물었어요. 그런 마음은 어떤 마음일까? 그런 용기는 어떤 바닥을 만나야 일어설까? 시를 쓰듯이 만들었다는 이창동 감독의 말. 맞아요. 제 눈에도 그래 보였어요. 시를 짓는 마음이 저렇겠구나. 이창동 감독은 시를 짓는 마음으로 어떻게든 붙잡고 싶었던 것 같아요. 하루가 다르게 지워지는 미자의 기억처럼 사라지는 어떤 마음을. 이창동 감독의 마음 먹음. 그리고 이 영화를 보면서 아름다움을 찾으려는 동선 님의 애씀. 저는, 그런 것들이 닿으면 찌릿하고 아릿해요. 아, 아름다워. 우리가 다음 세대에게 물려줘야 할 유산은 그런 게 아닐는지요. 멸종 직전의 희귀한 마음.

지난여름, 독서 모임에서 함께 읽은 세계명화가 수록된 미술책. 익히 잘 알려진 그림에 곁들인 설명도 좋았지만, 뭣보다 여태껏 몰랐던 화가랑 그림을 알게 되어 좋았어요. 가장 맘에 드는 그림 한 점을 골라보라는 말에 칼 라르손, 프리다 칼로, 라울 뒤피, 귀스타프 쿠르베, 그랜마 모지스, 앙리 마티스 등 여러 화가 이름이 나왔어요. 내 맘에 들어온 화가는 케테 콜비츠. 그녀 그림 본 적 있나요? '씨앗들이 짓이겨져서는 안 된다.' 세 아이를 두 팔로 감싸 안고 있는 여자랑 그녀 두 팔에 안긴 아이들을 그린 목판화. 어찌나 강렬한지 눈을 떠도 감아도 둥둥, 떠다니는 그림. 꽤 여러 날. 아이들을 감싼 그 팔뚝. 불거진 그 힘줄. 공포와 구원이 뒤섞인 그 눈빛. 숨바꼭질하는 아이들 눈동자. 그림에서 뿜어져 나오는 어떤…. 꽃봉오리가 살아갈 날들을 꾸리는 마음. 아직 발아하지 않은 씨앗의 날을 헤아리는 손꼽음. 땅속 움트림에 귀 기울이는 끓음. 분명 우리 모두에게 있었지만, 잃어버리고 까먹은 부신 마음. 세찬 바람에 떨어져서도, 밟혀서도 안 될 것 같은.

극장에서 처음 본 영화는 기억하기 힘들어도 마지막으로 본 영화는 기억하기 어렵지 않겠죠? 동선 님이 극장에서 마지막으로 본 영화는 뭐예요? 혹시 울었나요? 전 울었어요. 영화 <페르시아어 수업>. 언어로 짓는 시(詩). 그날, 누군가의 이름이 언어가 되고 그 언어가 시(詩)가 되는 걸 두 눈으로 보고 그 시(詩)를 읊는 목소리를 두 귀로 들었어요. 그의 부름에 시어(詩語)로 부활한 불에 타 사라진 사람들 이름… 고만 줄줄 눈물이. 정현종 시인의 말. 모든 뛰어난 예술작품은 꼭 물음표를 붙이지 않더라도 물음표와 감탄사의 숲이다. 그의 말처럼 예술이 물음과 감탄사의 숲이 되려면 사라짐을 두려워하고 말해야 하지 않나. 시절과 사람과 풍경. 그리고 시를 짓는 마음.

어릴 적엔 바람, 빗물, 뿌옇게 서린 김에서 감각적인 아름다움을 느꼈다면 영화 <킬링필드>를 보고 극장에서 처음으로 운 날은 뭔가 달랐어요. 주먹만 한 울음 덩이가 울컥울컥 치받치는 게, 서럽게 아름다웠달까. 영화 <페르시아어 수업>에선 푸르스름한 새벽빛. 이 영화 <시>의 아름다움은 언 강 아래로 흐르는 물소리. 귀 기울여 들어야 하는. 추위가 가시고 강이 녹아야만 들을 수 있는. 봄날은 와요. …올 거예요. 언제고. 온 세상 사람들이 흐르는 물소리를 들을 수 있는, 그런 **봄날**.

> 눈이 내린다 / 내가 할 수 있는 것이 없다 / 춤추며 내리는 눈송이에
> 서투른 창이라도 겨눌 것인가 / 아니면 어린 나무를 감싸 안고
> 내가 눈을 맞을 것인가
>
> 저녁 정원을 / 막대를 들고 다닌다 / 도우려고 /
> 그저 / 막대로 두드려주거나 / 가지 끝을 당겨준다
> 사과나무가 휘어졌다가 돌아와 설 때는 / 온몸에 눈을 맞는다
> -울라브 하우게, ≪어린 나무의 눈을 털어주다≫

Babettes Gæstebud

I 제작사 I 파노라마 필름 A/S
I 감독 I 가브리엘 악셀
I 원작 I 카렌 블릭센《바베트의 만찬 》
I 각본 I 가브리엘 악셀
I 출연 I 스테판 오드랑, 보딜 키에르
I 수입 · 배급 I 남아진흥, 영프로덕션

바베트의 만찬

강강술래 – 이연

각자말이 김밥 – 동선

⇥ 덴마크의 작은 바닷가 마을. 목사 아버지와 살던 두 자매, 마티나와 필리파는 아버지가 죽은 후에도 결혼하지 않고 신앙과 봉사를 실천하며 검소하게 살아간다. 어느 날, 두 자매 집을 두드린 바베트. 남편과 아들을 잃고 가슴에 편지 한 통 품고 프랑스에서 온 그녀를 받아준 두 자매. 그러다 복권에 당첨된 바베트는 두 자매한테 뜻밖의 제안을 하는데… 고국으로 돌아갈 줄 알았던 그녀의 제안에 놀란 두 자매.

강강술래 - 이연

...... 각자말이 김밥 - 동선

드르륵.

4교시 끝나갈 즈음, 열리는 교실 앞문. 칠판 앞에서 수업하던 선생님도, 칠판을 바라보던 일흔 명 가량 아이들 고개도 문을 향해 동시에, 착. 반쯤 열린 문으로 쑥 들어오는 신문지 덮인 둥그런 쟁반. 퍼지는 음식 냄새. 쟁반 뒤로 보이는 늙수그레한 남자 얼굴. 주름 자글자글한 얼굴 밑으로 깡마른 몸.

"아, 저기다 가져다 놓으세요. 저기, 저 책상."

분필을 든 담임 선생님 집게손가락이 가리킨 책상은 내 책상. 여름방학 전이었나. 여름방학 끝나고 가을 운동회 연습 들어가면서부터였나. 6학년 담임 선생님이 창가 옆 교사 책상이 아닌 내 책상에서 나랑 점심을 먹은 게 어느 계절이었더라. 저 국민학교 다닐 적에만 해도 겨울이면 주번 말고도 따로 있던 난로 당번. 조개탄을 날라오고 난로 청소를 도맡아 하던. 그뿐인가요. 칠판 당번도 있고 물

당번도 있고 줄반장도. 겨울이면 난로 위에 탑처럼 쌓이던 도시락. 아슬아슬. 좋은 자리 차지하겠다고 등교하자마자 난리도 그런 난리가. 눈치싸움이 주먹다짐으로 번지는 일도 왕왕. 노릇노릇 누룽지까진 괜찮아도 까딱 잘못했다간 시커멓게 탄 밥 아니면 데우나 마나 한 찬밥. 근데 왜 담임 선생님이 제 책상에서 밥을 먹었냐고요? 글쎄요. 제가 소문난 말썽꾸러기도 아니고 식습관에 문제가 있었던 것도 아닌데, 어쩌다 그렇게 됐는지 저도 잘… 딱히 기억나는 사건 같은 건 없어요. 다만, 지금까지도 기억나는 건 엄청 고역이던 점심시간. 그 누구한테도 말 못 하고 혼자 겪어낸 그 계절, 그 시간. 그 허기와 밥때.

엄마가 자주 해주던 도시락 반찬은 계란부침이랑 진미채 간장 조림. 엄마표 계란부침은 일반 계란말이랑 달라서 당근이나 쪽파 같은 걸 다져 넣고 도톰한 부침개처럼 부쳐서 그날그날 엄마 기분에 따라 어느 날은 반듯반듯 정사각형으로, 어느 날은 마름모꼴로 썰어서 도시락통에 담아줬어요. 간이 짭조름했던 그 반찬은 특별히 맛있게 먹은 적도 없는 것 같은데, 이따금 생각나요. 입맛 없는 날이면. 문제는 간장에 조린 진미채. 잘게 자르지 않고 길면 긴 대로 짧으면 짧은 대로 도시락에 넣어준 진미채는 점심시간에 도시락 뚜껑을 열면 펑 하고 깨어났어요. 깜짝 상자 인형처럼 깨어난 진미채에 벌게진 얼굴. 새 생명 얻어 부활한 진미채를 이빨로 잘라 먹을 생각에 싹 달아난 입맛. 집에서 막 조리했을 땐 고분고분 야들야들한 진미채가 시간이 지나면 왜 뻘딱지 난 야생마로 돌변하는지. 엄만 잘

라주지 않고, 꼭. 담임 선생님이랑 한 책상에서 밥을 먹게 된 다음부터 도시락 뚜껑을 열고 진미채가 보이면 한숨부터. 휴… 망했다. 선생님이 또 잔소리하겠네. 왜 이렇게 밥을 깨작거려, 어? 이 반찬은 안 먹어? 편식하면 안 돼. 내 인생 가장 고역인 밥을 꼽으라면 그때 먹은 점심. (잘은 몰라도) 선생님은 저랑 밥 먹는 게 좋아서 같이 먹었다고 말할지 몰라도 전 하나도 달갑지 않았어요. 은근한 따돌림을 부추긴 그 애정. 시샘을 끌어들인 그 다정. 선생님이랑 한 책상에서 밥 먹는 횟수가 늘어날수록 노골적이고 유치찬란해지던 따돌림 수위와 자장(磁場). 저는 저대로 선생님을 밀쳐내려고 선생님 속을 무진장 썩였더랬어요. 운동회 날 합주부 가야 한다고 학년 전체 군무인 칼춤을 안 추겠다고 뒤로 자빠져서 선생님을 곤란하게 만든다든가. 선생님이 뭘 물어도 심드렁하게 대꾸하거나 못 들은 척 딴청을 피운다든가.

낯선 걸 경계해요. 공포에 가까울 정도로. 낯선 풍경 낯선 사람 낯선 상황 낯선 감정. 그런 것들과 맞닥뜨리면 흠칫 놀라 몇 발짝 뒤로 물러서거나 그 자리에 뚝 멈춰요. 겁에 질려 휙 뒤돌아 도망칠 엄두도 못 내고. 그러니 이 나이 먹도록 먼저 밥 먹자고 한 건 손에 꼽아요. 누군가와 밥 먹는 건 그만큼 어렵고 선뜻 내키지 않아요. 낯선 이랑은 더더욱. 설상가상인 건 거절을 못 하는 탓에 누가 밥 먹자면 쫄래쫄래 따라나서기는 잘해요. 대체 왜 그러냐고요? 난들 알까요. 선생님이랑 한 책상에서 밥 먹었던 그때, 도저히 밥이 넘어가지 않아 입에 물고만 있을 적도 많았어요. 선생님 눈을 피해 창밖만 쳐다

보거나 밥이 절반 넘게 남은 도시락통을 빤히 내려다보면서. 우물우물. 하, 이걸 언제 다 먹나. 점심시간은 언제 끝나지? 종은 왜 이렇게 안 울려? 내가 그러고 있으면 담임 선생님은 당신이 원인인 줄은 모르고 앞에 앉아서 날 빤히 쳐다보면서 계속 말을 걸고. 너 다먹을 때까지 니 친구들 운동장에 안 내보낸다. 으름장 놓으면서. 진즉에 밥 다 먹은 친구들은 칠판 앞에 서서 날 째려보고. 친구들이랑 눈이 마주친 나는 밥이 더 안 들어가고.

나를 쏙 빼닮은 둘째 지연이. 새로운 환경에 노출될 때마다 그곳 질서와 규칙을 완전히 익힐 때까지 공포에 가까울 정도로 겁먹는 아이. 자라면서 점점 짧아지긴 했는데, 어려서는 적응하려면 꼬박 1년. 그러니 학년이 올라가고 이사라도 가면 애랑 저는 말 그대로 초주검. 지연이가 여섯 살 되던 해, 이사한 1층 아파트. 재활용 수거하는 날 운 좋게 주워다 깨끗이 닦아 거실 한복판에 둔 미끄럼틀. 아침에 지연이 등원시키고 집에 와서 청소하고 장 봐다가 음식 준비해 놓고 오후엔 지연이 친구들이랑 동네 엄마들 불러서 밥해 먹으면서 놀았어요. 거의 매일. 지연이 유치원 적응하는 데 도움될까 하고. 그래서 도움이 됐냐고요? 그다지요. 집에선 친구들이랑 스스럼없이 놀다가도 다음날 유치원 갈 시간이면 어김없이 배앓이를. 그렁그렁 눈물 고인 두 눈으로 날 올려다보면서. 그렇게 삼 년 넘게 동네 애들이랑 엄마들하고 한솥밥을 먹었어요. 피붙이보다 자주. 어제 같은 오늘, 오늘 같은 내일. 그 뻔하고도 뻔한 날을 버티게 한 엄마 노릇. 좁은 식탁에 모여앉아 먹은 밥. 왁자지껄했던 그 시간. 하루도 빠짐없이 터진 누군가의 웃음과 울음보.

　영화 <바베트의 만찬>에선 복권에 당첨된 전직 요리사 바베트가 쫓기다시피 고국을 떠나온 자신을 받아준 두 자매와 마을 사람들을 위해 요리하는 장면이 나와요. 그 장면을 보는데 문득 궁금하대요. 내 인생 최고의 한끼는 언제였나. 마지막 장면에서 둥실, 까만 밤하늘 보름달처럼 떠오른 기억. 어쩌면 내 인생 최고의 한끼는 그때가 아니었을까. 대학 1학년인지 2학년인지, 정확하진 않아요. 정확한 건 계절. 봄, 5월 어느 날. 5·18 기념 공연을 하던 날이었으니, 축제 기간이지 않았을까. 단대 문화부장이라 참여한, 총학생회가 기획하고 공연 동아리가 주축이 되어 한 그때 그 거리 공연.

　"광주 시민 여러분, 지금 우리 형제자매들이 죽어가고 있습니다. 어떻게 집에서 편안하게 주무실 수 있습니까. 여러분들이 도청으로 나오셔서 우리 형제자매들을 살려주십시오."

　노천극장 무대 위 전옥주 씨 가두방송으로 시작해서 도청으로 설정한 본관 건물까지 행진하고 본관에서 마무리한 그 날 공연. 저는 공연을 보러 온 학우들과 함께 노천극장에서 깔딱 고개를 내려가 도서관 앞을 지나 본관으로 이동하면서 중간에 낙오되는 학우가 생기지 않게 행렬 맨 끝에 따라갔어요. 행렬 꽁무니에 따라가는데도 느껴지던 어떤 열기. 도서관 앞을 지날 땐 심장이 떨리면서 후끈 몸을 달아오르게 하던. 그때 그 오월, 초록 향. 본관에서 공연이 마무리되고 다시 노천으로 돌아와 노천 바닥에 빙 둘러앉아 한 뒤풀이. 막걸리에 수육을 먹었나. 뉘엿뉘엿 해가 지고. 공연 뒤풀이 프로그

램에 있었나, 아니면 취기 오른 학우가 제안했나. 갑자기 자리를 정
리하고 일어나 손에 손을 맞잡고 한 강강술래. 상쇠가 있었나. 장구
랑 북소리를 들었던 것도 같고. 나선형으로 돌다가 되돌아 나오고.
그러기를 몇 번이나 했을까. 어느 순간 한몸이 된 학우들. 헉헉, 숨
을 고르는데 내 숨인지 다른 학우 숨인지 분간할 수 없게, 딱 붙어
서. 막걸리 냄새에 땀 냄새에 수육 냄새에 누군가의 입에서 나는 담
배 냄새에. 그 모든 냄새가 피할 새도 없이 훅훅, 코로 들어오고 내
심장 박동인지 옆에 있는 학우 맥박 소리인지 구분할 수도 없는 소
리가 쿠궁쿠궁, 아주 가까이에서. 마주 잡은 손바닥은 땀으로 미끈
거리고 딱 달라붙어 몸에서 몸으로 전해지는 끈끈함과 축축함, 그
리고 달뜸… 그대로 그렇게 한참을. 다음 순서를 까먹은 것마냥. 그
때 제 오른손을 잡은 학우가 소릴 질렀어요. 잡은 내 손을 꽉 그러
쥐고 까만 밤하늘을 올려다보면서.

　"야, 강강술래가 원래 이렇게 좋은 거였어?"

　같이 밥을 먹으면 친밀도가 높아지고 친밀도가 높아지면 그전까지는 불가
능했던 일도 할 수 있게 된다

　결혼을 한다거나
　지구를 구한다거나

　숨겨진 엔딩을 발견할 수도
　- 황인찬,《자율주행의 시》중에서.

강강술래 - 이연

각자말이 김밥 - 동선

어릴 적, 기억 속의 어느 일요일 오후. 아파트 창밖으로 아이들이 뛰어노는 소리가 몽롱하고 먹먹하게 들리던 오후 5시 즈음이 되면 TV에서 코미디 프로그램을 해주곤 했죠. 어쩌면 딱 그렇게 저녁 준비 시간을 정확히 맞추는지. 그리고 휴일 낮 권투 중계를 벗 삼아 소주 한 잔하고 나서 오침을 즐기던 아버지가 깰 시간이기도 해요. 여전히 몸의 반은 방바닥에, 나머지 반은 장롱이나 벽에 비스듬히 기대어 있었지만. 그리고 코미디 프로그램에서 웃기는 장면이 나오면 종종 어머니를 다급하게 부르곤 했어요. "여보, 일루 와서 이것 좀 봐봐" 하면서요. 갑작스러운 호출에 혹시 무슨 일이 또 터졌나 걱정하면서 고무장갑을 낀 채로 물을 뚝뚝 흘리며 방에 들어온 어머닌, 그게 그냥 코미디의 한 장면 때문이라는 걸 알고 짜증을 확 내곤 했죠. "아… 증말… 왜 그래요, 증말… 저녁 준비하느라 바쁜데…."

먹는 걸 좋아하는 편이에요. 식탐도 많고 먹는 속도도 빨라요. 음식의 향기나 혀로 느끼는 맛보다 식도로 우겨넘길 때의 포만감을 더 즐기고요. 그래도, 전 여전히 알 수가 없어요. 음식을 먹고 느끼는 행복이라는 것이, 다른 사람의 시간과 노동을 희생시켜 가면서까지 추구해도 마땅한 일인가. 당시엔 어머니도 풀타임으로 일을 하고 있었을 때였는데, 한 사람은 휴일에 거의 하루 종일 누워 있고 다른 사람은 집에서도 끊임없이 일을 해야 하는 상황을, 거기에 누워 있는 사람이 웃을 때 같이 웃어주기까지 해야 하는 상황을 이해하긴 어려웠어요. 특히 딸을 가진 부모로서 남들 앞에선 세상이 달라졌다고 당당하게 말하던 사람들이 말이에요. 어릴 적부터 어머니의 주방일을 도왔고, 결혼을 하고도 집에서 제가 주로 식사 준비를 담당하는 건 그런 이유예요. 적어도 제가 이해하기 어려운 일로 다른 사람한테 불평을 듣고 싶지 않았거든요. 정작 음식 만드는 팁을 가르쳐 준 어머니 입장은, 당신 남편 드러운 성격을 그대로 닮은 아들이 짝을 못 만나 혼자 살아도 굶어죽지 않게 만들려는 빅픽쳐였겠지만요.

강퍅스럽지만 영화를 보면서 처음 든 생각도 마찬가지였어요. 사람들이 정찬을 즐기는 동안 바베트는 부엌에 갇혀 있구나, 하는 것. 물론 영화 속 만찬은 아주 작정을 하고 동네 이웃과 손님들을 대접하려고 했던 것이니 한국 명절에 며느리가 부엌에 갇혀 계속 전을 부치는 것과 차이가 있겠죠. 그래도 동네 이웃들이 다 바베트를 아는데도 들어와서 같이 먹자는 얘기는커녕, 셰프에게 감사를 표하거나 따봉을 날리는 장면조차 없는 건 좀 위화감이 들더란 말이죠. 영화 속 마을 사람들은 송로버섯과 캐비어가 가득한 호사스러운 코스 요리를 대접받으면서 서로 간에 묵힌 갈등을 사그라뜨렸다고 하더라도, 그게 한 사람의 시간과 노동과 복권 당첨금이 다 투자되어야만 가능한 일이었다면, 다 큰 성인으로서 문제가 있는 것이 아닌가요?

식탐이 많지만 그걸 타인에게 의존하기 싫어하고, 음식을 곧잘 만들기도 하지만 대기업 제품을 사 먹는 걸 무척 좋아하는 저로서는, 이연 님이 인생 최고의 한끼를 언급했을 때 사실 좀 당혹스러웠습니다. 음식 하나에 특별한 의미를 부여하고 싶지도 않았지만, 또 따지고 보면 기억에 남는 음식이 너무 많았거든요. 맛으로만 얘기하자면 어떤 식당은 메뉴 구성과 서비스로 3시간 동안 내가 주인공인 뮤지컬 영화를 찍는 것과 같은 감동을 주기도 했고, 어떤 식당은 정말 깜짝깜짝 놀랄 만큼 새로운 맛만 선사한 적도 있었어요. 분위기에 압도되어 겁을 먹고 제대로 음식을 즐기지 못한 경우도 있고, 혹은 이걸 이 정도 돈을 주고 먹어야 할 음식인가 갸우뚱한 적도 있었고요. 어느 식당의 문을 나서면서는, 아! 빚을 내더라도 내일 또 오고 싶다, 하고 생각 든 적도 있었어요. 근데 과연 이들이 내 인생의 한끼였냐… 하면 그건 또 아닌 것 같다는 거죠. 시각과 후각, 미각이 미친 듯이 황홀했지만, 그걸 내가 지금 머릿속에 다시 그려낼 수 있을 것 같지는 않아요. 그냥 맛있었다는 기억뿐.

한끼의 식사로 사람에게 감동을 주고 마음을 변화시키는 게 가능할까요? 그 가능성은 부정하지 않아요. 영화를 보고도, 음악을 들고도 얼마든지 엉엉 울 수 있죠. 적어도 먹고 보고 듣는 그 순간만 큼은요. 하지만 그보다 그 반대의 경우가 더 많지 않을까요? 영화나 음악과는 달리 식사의 경우 음식의 맛, 서비스, 분위기, 동석한 사람들과의 관계 모두가 종합되어 하나의 경험을 만들어내잖아요. 감동스러운 순간에 좋은 사람들과 같이 식사하는 것이 그 음식의 맛을 배가시키는 경우처럼. 그래서인지, 한국이나 일본의 대중문화에서 음식을 다룬 작품들 중 최고의 요리 혹은 내 인생의 한끼를 언급할 때마다 종종 신파로 흘러가게 됩니다. 실제로 어떤 음식이 기억에 깊게 각인되려면 서사가 같이 있어야 되는 경우가 많아서 그렇겠죠. 저 같은 경우만 해도, 지리산에서 먹은 신라면도, 학교 앞에서 먹었던 파전과 카레도, 방배동 제일현상소 앞 순대국밥집 모두 서사와 함께 마음에 남아 당장 뭘 골라야 할지 모르겠단 말이죠.

그래도 굳이 골라보자면, 지금 집에서 만들어 먹는 우리 집 김밥을 들 수가 있을 것 같아요. 사실 뭐, 김밥이 다 김밥이죠. 맛으로 따지자면 특별할 건 없어요. 그냥 슈퍼에서 산 단무지에 그때 그때 냉장고에 있는 재료로 단짠만 맞춰서 먹어요. 계란 지단과 당근채 볶음, 양배추 샐러드는 빼지 않고 넣으려고 하는 편이에요. 어릴 적 학교에서 운동회나 소풍을 갈 때는 김밥을 싸가지고 간 적이 거의 없었어요. 김밥은 왜, 전날 밤에 미리 만들어 두면 밥이 딱딱하게 굳잖아요. 그걸 새벽 6시부터 가게에 나가 장사를 하는 어머니에게, 4시에 일어나서 만들어 달라고 할 엄두가 나지 않았거든요. 그런데 결혼을 하고 나서 어느 날, 이런 생각이 드는 거죠. 월남쌈도, 불고기

백반도, 쌈에 싸먹을 때에도 다 각자 싸서 먹는데, 왜 김밥은 한 사람이 전담으로 말아야 하는 걸까, 하고 말이죠. 물론 손재주가 좋고 경험이 많은 사람이 말아서 또각또각 썰어준다면 보기야 좋겠지만, 시각적 즐거움만 포기한다면, 각자 알아서, 취향껏 만들어 먹을 수 있지 않을까 했던 거예요. 그래서 저희 집 김밥은 그냥 각자 자기 접시 위에서 즉석으로 말아먹는 김밥이에요. 원하는 만큼 밥 양도 조절할 수 있고, 양배추 샐러드를 듬뿍 넣어도 김이 눅눅해져 터질 걱정이 없죠. 뭣보다, 형형색색의 김밥 재료들을 한 상 가득 채워놓고, 각자 취향껏 만들어 먹는 재미가 있습니다. 근사한 잔칫상처럼.

집에서 주방일을 돕고 자취방에서 콩나물 비빔밥을 해먹었을 때에도, 언젠가 가사노동에서 요리 역시 분리될 날이 올 거라는 건 알고 있었어요. 시장에 가면 고추 장아찌나 연근조림, 오이소박이 같은 걸 파는 반찬가게가 하나씩은 꼭 있었을 때였거든요. 이전시대에 집집마다 갖추고 있던 약탕기나 재봉틀 등이 가정 필수품 목록에서 사라지고 압력밥솥과 짤순이가 그 자리를 대체하던 시절이기도 했죠. 초고속 경제성장으로 굶는 사람들이 점차 사라지게 되었으니, 결국 돈만 있으면 웬만한 가사노동은 다 시장 거래로 커버가 되겠구나 싶었어요. 그리고 이제 밀키트나 음식 배달로 식사를 해결하는 시대가 왔습니다. 요리를 한다는 것은 기타를 연주하거나 수지침을 놓을 수 있는 것만큼이나 특수능력이 되었구요. 혹자는 가문마다 있던 고유의 제사 음식이나 김장김치의 전통문화가 사라진다고 한탄하지만… 몇몇 사람들만 고생하는 그런 걸 전통이라고 하는 분들에게는 우리 고유 전통인 곤장형을 선사하고 싶은 심정이에요.

"밥 먹었니?"라고 하는 인사 있잖아요? 이제는 국제적으로 잘 알려진 한국인의 인사. 그렇다고 한국인들이 음식에 특별한 의미를 부여하고 있다고 생각하진 않아요. 모든 사람이 미식가를 자처하고 음식 사진으로 자신의 인스타그램을 가득 채우고는 있지만, 먹거리를 특별하게 취급한다고 보기엔 음식의 재료가 되는 생명들, 그리고 그걸 만들어 주는 사람들에 대한 처우가 너무 형편없잖아요. 떠받들어 모셔야 할 것까진 없지만 최소한 감사한 마음은 가지고 먹었으면 좋겠어요. 뭐 그래도, 여전히 음식은 사람들의 삶이나 관계를 비춰주는 조명과 같은 역할을 한다고는 생각합니다. 상대를 축하하거나 격려 또는 위로하려고 할 때, 상대와 같이 좋은 시간을 보내려고 할 때, 상대와 같은 식탁에서 밥 한끼 먹음으로써 내가 그와 같은 편에 있다는 걸 알려주기 위해 같이 식사를 합니다. 그래서 '식구(食口)'라는 말이 있는 거 아닐까요?

라라랜드

영화를 (사랑) 한다는 것 - 동선

영화로운… - 이연

| 제작사 | 서밋 엔터테인먼트
| 감독 | 데이미언 셔젤
| 각본 | 데이미언 셔젤
| 출연 | 라이언 고슬링, 엠마 스톤
| 수입·배급 | 판시네마

→ 꿈의 도시 로스앤젤레스에서 겨울, 봄, 여름, 가을을 함께 보내고, 5년 후 겨울 재회한 두 연인 미아와 세바스찬. 두 연인이 그리고 엮어간 꿈과 사랑과 웃음과 눈물과 한숨, 그리고 그리움에 관한 이야기. 번지고 사그라지고 흩어지고 지워지는, 그 어룽대는 물빛과 무른 과일 향과 순백의 부심과 꽃잎 그림자. 세바스찬과 미아가 붙들어 살려낸 간지러운 꿈의 속엣말.

영화를 (사랑) 한다는 것 - 동선

:······ 영화로운… - 이연

'복권은 가난한 사람들에게 걷는 세금'이라는 말이 있죠. 너무 절묘한 표현이라고 생각합니다. 물론 다 알죠. 발행인이 복권 수익으로 좋은 일을 많이 한다는 것쯤은. 그래도 그걸 저 같은 서민 주머니를 털어 할 필요는 없잖아요? 또, 누군가는 번개를 연속으로 두 번 맞는 확률보다 1등 당첨의 확률이 낮다고 하기도 하고, 누구는 복권에 당첨되어 벼락부자가 된 사람들의 비참한 말로를 예로 들기도 하죠. 하지만 그래도 살 사람들은 다 삽니다. 무슨 다른 이유가 있겠어요. 당첨되고 싶으니까 사는 거죠. "비참한 말로를 걸어도 좋으니까 꼭 당첨되고 싶어!" 하면서 삽니다. 영화도 마찬가지예요. 영화를 좋아한다는 것과 영화판에서 일하고 싶어하는 것은 전혀 다른 일일 텐데, 왜 많은 사람들이 상업 영화판에서 일하는 걸 꿈꿀까요? 화려해 보여서겠죠. "테레에비전에 내가 나왔으면 정말 좋겠네에 정말 좋겠네" 하는 소망도 "춤추고 노래하는 예쁜 내 얼굴"을 자랑하고 싶은 마음이잖아요. 비참한 말로를 걷더라도 복권에 당첨되고 싶어하는 사람들처럼, 많은 영화인들 역시 궁핍하게 살아야 하고 평생 다른 사람의 선택을 기다리는 직업이라 하더라도, 그리고 많은 걸 포기해도 자기 작품을 못 찍게 될 수도 있지만, 그래도 영화를 하려고 해요. 영화를 하는 것 자체가 영화처럼 사는 거라고 생각하니까요.

영화는 어릴 적부터 좋아했어요. 처음에는 부모님이 좋아하셨으니까, 그리고 극장이나 TV 앞에 같이 모여 영화를 볼 때만큼은 가족이 화목했으니까 좋아한 거였겠죠. 그러다 보니 또래 아이들에 비해 영화를 보는 방법도 조금 달랐던 것 같아요. '다스베이더', '클라크 켄트' 등 캐릭터 이름도 외워 다니고, '오드리 헵번', '소피아 로렌', '버트 랭커스터', '존 웨인', '찰슨 브론슨' 등의 배우 이름도 익숙하게 말하고 다녔으니까요. "마, 어제, 그 영화 쥑이던데~" 하고 말았던 친구들 입장에선, 영화 캐릭터와 배우의 이름을 외우며 어제 본 영화 줄거리를 몸짓 발짓 동원해 가며 구라를 풀던 절 꽤나 영화광으로 생각했었을 거예요. 그러면서 자연스럽게 제 영화를 만들고 싶다고 생각했었고, 커서는 운이 좋아 한동안 그 바닥에 몸을 담고 있을 수 있었어요. 내내 생활고에 시달렸지만요.

어눌한 영어 탓인지 밴쿠버 첫 직장에서는 많은 사람들이 제가 늦깎이 이민자라는 걸 쉽게 눈치챘습니다. 그리고 곧 따라오는 질문은 "한국에선 무슨 일 했어?"였죠. 처음에는 조금 겸연쩍게, 그리고 사람들의 깜짝 놀라는 반응이 재밌어지자 이후엔 좀 우쭐거리면서 대답을 했어요. 영화판에 있었다고. 하지만 그 얘길 할 때마다 내 몸에서 무슨 회한의 냄새를 풍겨댔는지, 사람들은 곧이어 "아이고 아깝다… 네가 다시 영화를 할 수 있으면 좋겠다." 혹은 "근데 너 지금 여기서 뭐 하고 있는 거야? 밴쿠버 영화판은 안 찾아봤어?" 하며 저를 위로하고 채근하더군요. 그땐 아직 사람들의 진심을 받아들일 수 있을 만큼 여유 있던 때가 아니어서, 그들의 위로나 공감은 나름 신중하게 생각하고 결정한 내 선택에 대한 모욕으로 받아들여지기도 했습니다. 그래서 그 이후로는, 한국에서 무슨 일을 했는지에 대한 질문은 거부하게 되었어요.

밴쿠버나 한국이나 영화판에 첫 발을 내미는 건 쉽지 않아요. 사실 캐나다에서는 영화판뿐만 아니라 다른 취업도 대개 인맥에 의존하긴 합니다만, 영화의 경우 이민자에게나 현지에서 자란 사람에게나 마찬가지로 인맥을 찾기가 더 어려운 것뿐이겠죠. 예전에 비디오 대여점이 아직 존재할 무렵 그곳에는 수많은 밴쿠버 영화 청년들이 일하고 있었습니다. 개중에는 관련 영화 학교를 졸업하고 시나리오를 쓰는 생활을 하거나, 오디션을 보러 다니면서 생활비를 벌기 위해 아르바이트를 하던 친구들이 많았죠. 비단 비디오 가게뿐 아니라, 커피 전문점이나 제가 일하던 슈퍼마켓에도 대학에서 3D 애니메이션이라든지, 연기나 방송 제작을 전공했던 사람들이 많았거든요. 그런 친구들이 자기 꿈을 키우는 동안 밥벌이를 하기 위해 소매업이나 다른 소규모 자영업체에서 아르바이트를 하며 생활을 했어요.

그렇게 매일 이력서를 쓰고, 단편 영화를 만들거나 거기에 무료로 출연하면서 자신의 포트폴리오를 만들고, 면접이나 오디션을 보는 생활을 몇 년간 계속하다 보면 '아… 난 정말 재능이 없나 보다…'라는 현실의 벽에 부딪히는 상황이 꼭 생깁니다. 그리고 어렵게 어렵게 그 벽을 넘으면 또 다른 벽에 금방 또 부딪히죠. 누구나. 반드시. 게다가 천신만고 끝에 영화판에 발끝을 들여놓았다고 하더라도 곧바로 자기가 만들고 싶은 작품을 발표할 수 있는 것도 아니잖아요. 상업 시스템과 타협해야 하는 것도 물론이지만, 무엇보다 시장에서 성공을 하려면 익숙하면서도 전혀 새로운, 자기만의 번뜩이는 무언가가 있어야 하니까요. 근데 모든 사람이 이걸 가지고 있지 않다는 게 문제가 됩니다. 웬만큼 자뻑에 가득 찼거나 아예 완전히 이기적인 인간이 아니라면 그런 상황에 여러 번 부딪히고 정신을 잃게 되죠. 이쯤 되면 사람들은 보통 두 가지 선택에 놓여요. <와이키키 브라더스>의 밴드처럼 배운 게 도둑질이라고 음악을 해서 먹고 살 수만 있다면 뭐든지 하든지, <인사이드 르윈>의 르윈 데이비스나 이 영화의 미아처럼 아예 다른 일로 먹고살려고 하는 거죠. 저 역시 '그동안 정말 수많은 사람들에게 민폐만 끼쳤구나. 술도 맨날 얻어먹기만 하고 말이지. 그러고 보니 여친 가방 하나 제대로 된 거 사준 적이 없구나. 이젠 정신 차리고 생활인으로 살아야지…'라고 생각했지만요.

이렇게 마음이 왔다 갔다 하는 도중에 갑자기 아르바이트하던 회사에서 정규직을 제안한다면요? 월급도 두 배로 오르고? 너무 클리

셰라고요? 사람 사는 게 다 거기서 거기라서 그래요. 많은 사람들이 재능이 없다는 이유로 영화를 포기하지만, 알다시피 '버틸 수 있는 힘'도 하나의 재능이고 '영화 사랑을 끝까지 포기하지 않는 것'도 하나의 재능입니다. 전 그런 재능조차 없었지만요. 벌이가 없어도 충무로를 아직도 계속 기웃거리는 친구들은 그래요. 20대를 영화에 쏟으며 살았더니 다른 거 할 줄 아는 게 하나도 없다고. 전 뺑이라고 생각합니다. 당장에 다른 걸 억지로 배워서라도 먹고 살아야 할 절박함이 없다 보니까 그렇게 된 거겠죠.

그러고 보니 영화가 시작되면서 흐르는 뮤지컬 시퀀스 'Another days of the sun'은 너무나 무책임하네요. *"오늘 실망하더라도 내일 또 태양이 뜰 거야"* 라뇨. 그걸 믿고 있다가 한두 명 패가망신한 게 아닐 텐데 말이죠. 한국도 마찬가지겠지만, 밴쿠버도 이제 소매업이나 자영업에서 알바만 해서는 먹고 살기 힘듭니다. 그것 말고도 우버나 아마존 배송과 같은 투잡, 쓰리잡을 해야지 간신히 먹고 사는데, 그러면 시나리오는 언제 쓰고 오디션 준비는 어떻게 합니까? 당장 일주일이라도 돈 걱정 없이 시나리오를 쓰든지, 단편을 찍든지, 아니면 가족과 휴가를 즐기든지 하려면, 어떻게 해서든 좀 제대로 된 직장에 들어가야 하는 거죠. 적어도 최저 생활이라도 가능한 급여와 휴가비를 지급하는 회사들 말이죠. 이러다 보면, 언젠가부터 주말마다 혹은 쉬는 날에 시나리오를 쓰는 대신, 이력서를 쓰고 취업 면접 준비를 하는 자신을 발견하게 됩니다.

<라라랜드>를 보면서, 내가 왜 영화를 좋아하게 되었는지 낡은

필름 돌아가듯이 머릿속에서 휘리릭 돌아가더군요. 반대로 어떻게 영화를 그만두게 되었는지도 보였구요. 바로 그 점이 저뿐만 아니라 많은 사람들이 이 영화를 좋아할 수밖에 없게 만드는 것이겠죠. 오프닝 시퀀스가 끝나자마자 보이는 건 LA 다운타운으로 진입하는 고속도로에 가득 찬 차량들입니다. 마치 손에 꼽을 수 있는 사람들만 살아남을 수 있는 연예계에 꿈을 가지고 진입하려고 하는 사람들처럼 뙤약볕 아래에 차량들이 길게 늘어져 있어요. 그리고 영화·음악 일을 하면서 생계를 유지하려고 하는 사람들이 거칠 만한 수많은 유혹들을 잘 드러내고 있습니다. 경제적으로 안정된 직장을 가진 사람을 스폰서로 삼으려고 한다든지, 하고 싶지 않은 음악을 하면서 알바를 뛴다든지, 잘나가는 타인에 비해 뒤처져 있는 자신의 현실 때문에 좌절한다든지, 혹은 자신이 뜨지 못한 이유가 자기에게 기회가 주어지지 않아서라고 생각해서, 직접 자기 시간과 비용을 최대로 투여해 작품을 만들기도 합니다. 그리고 그게 망한 후, 재능 없음을 깨닫고 집으로 돌아간다든지 하는 일 말이에요. 그걸 보고 정말 할리우드나 충무로나 사람 사는 건 다 똑같구나 싶었습니다. 어쩌면 그런 게 바로 예술이고, 그게 인간일지 모르겠어요. 사회 생산력이나 복지에 전혀 도움이 안 되는 쓸데없는 일임에도, 태연하게 자기 시간과 비용과 인생을 걸 수 있는 그런 것 말이에요.

영화를 사랑하느냐구요? 네. 검은 머리 파뿌리 될 때까지? 아무렴요. 그럼 그걸 하기 위해 지금 내가 꾸려가고 있는 생활을 버릴 수 있겠냐구요? 그을쎄요… 잘 모르겠습니다. 솔직히 왔다 갔다 해요.

테크니컬러 영상과 서라운드 음향이 절 스크린 안으로 들어오라고 손짓을 해서도 아니고, 용기나 광기가 넘쳐서도 아니에요. 제가 뭐 놓치기 싫을 정도로 여유 있고 넉넉한 삶을 살고 있지는 않지만, 그래도 매일매일 즐겁게 살려고 노력하고 있거든요. 수의사가 되고 싶었지만 이발사의 삶에서 행복을 느끼는 영화 <소울>의 데즈처럼요. 영화를 하는 이유도 영화처럼 살기 위한 거였고, 지금도 그럭저럭 영화처럼 살고 있는데, 적어도 나 자신이 납득이 안 되는 이야기를 만들려고 영화 일을 또 시작하지는 않을 것 같아요. 컴퓨터 수리 기사로 취업이 된 직후 어느 애니메이션 회사에서 면접 보러 오라고 연락을 받았을 때에도 그런 생각이었어요. 내게 있어서 진정 영화 같은 삶이란, 또다시 미국 TV 애니메이션 하청일의 한 개 톱니바퀴로 사는 것보다 가계의 안정이나 이민 정착을 더 중요하게 생각하는 삶이었던 거죠.

영화를 (사랑) 한다는 것 - 동선

영화로운··· - 이연

복권 안 산 지 좀 됐어요. 왜냐고요? 돈이면 다 되는 줄 아는 세
상에 살면서 설마하니 돈이 싫어서는 아니고. 음··· 목 빠지게 기다
릴 미래가 없어서. 돈으로 사고 싶은 설렘이 없어서.

종로 낙원상가 뒷골목.

거길 떠올릴 적마다 들리는 바람 소리. 위잉위잉. 함부로 구겨지
고 떨어지고 버려져 길바닥에 나뒹구는 종이 쪼가리랑 바스러진 잎
사귀, 피우다 만 담배꽁초. 누런 침이랑 검은 껍딱지가 얼룩처럼 밴
누군가 뱉은 듯한 욕지거리 길바닥. 악취와 음산함이 자석처럼 들
러붙은 거리. 그 골목 맨 끝, 담벼락이랑 붙은 허름한 건물. 누렇게
낀 먼지 더께로 안쪽이 흐릿한 현관문. 폭이 들쭉날쭉한 계단. 거기,
3층인가 4층 복도 중간쯤. 누런 롤 스크린이 걸린 강의실. 한 번도
열 맞춰 놓인 적 없어 뵈는 낡은 의자랑 책상. 다른 세상으로 통하

는 마법의 입구였던 그 강의실 문. 딸깍, 스위치를 켜면 환한 조명이 켜지면서 온몸을 감싸던, 어디선가 불어온 훈풍. 거리에 부는 바람 온도가 달라지고 나비 날개 같던 사람들 옷차림이 한 겹 두 겹 두터워지고, 계절 색이 몇 번인가 달라지는 동안 일주일에 두어 번, 기껍게 빨려 들어간 세상. 영화를 보고 영화 이야길 듣고 영화 이야길 하고, 온통 영화로 도배된 세상. 영화 속 한 장면처럼.

동선 님 말처럼 영화는 오락이고 이윤을 내는 산업이에요. 돈이 안 되면 말짱 꽝. 희한한 건, 돈벌이가 돼야 한다고 징징거리면서 정작 그 산업에 종사하는 이들한테는 보장해 주지 않는 돈벌이. 더 말이 안 되는 건 노동한 만큼의 임금이나 일거리를 보장받지 못할 걸 알면서도 영화를 하겠다는 이들이 줄어들기는커녕 점점 늘어난다는 거. 요즘 같은 세상에 사이렌 노랫소리에 홀린 뱃사람들도 아니고 기꺼이 눈 먼 제물이 되려는 돌연변이가 이렇게나 많다니. 누가 뭐라든 한 방향으로만 내달리는 미치괭이. 결단코 물러설 수 없고 끝내 접어지지 않는 선함과 곧음에서 뻗친 광기. 아놀드 토인비의 말. 응전의 주체는 창조의 소수.

어느 한 시절 꿈꾸지 않은 이가 있을라고요. 어떤 이는 가다 말고, 어떤 이는 끝까지 가는 게 다를 뿐. 생활고를 버티고, 모른 체하면서 그 길을 가는 (가려는) 건 왤까요? 가족이야 굶든 말든 자기밖에 몰라서? 어떻게 해도 돌려지지 않는 마음에? 세상 물정 모르는 바보라? 오래전 종로 낙원상가 뒷골목 그 강의실에서 본 얼굴들에서 뿜어져 나오던 빛. 고통과 환희가 뒤섞인, 어디서도 본 적 없는 강렬하고 묘한 그 광채. 어쩌면 황홀경. 쪼잔한 겁쟁이라 주위만 맴돌다가 물러났어도 그때 거기서 …좋았어요. 손아귀에 꼭 틀어쥔 기쁨. 들불처럼 번지던 환함. 돌연변이들 곁에서 그들이 저지른, 저지르려는 뻘짓을 보고만 있어도 벌렁대던 심장. 그들이랑 한공간에서 숨을 들이쉬고 내쉬고 말을 섞기만 해도 달 뜨는 몸. 진화의 주역은 돌연변이. 미치꽹이가 내딛는 발걸음따라 커지는 세상 울타리. 예나 지금이나 미치꽹이가 흥하는 세상을 꿈꾸는 몽상가이자 이상주의자인 저는 그 강의실을 나온 지가 언젠데, 지금도 그때 거기서 본 얼굴이랑 닮은 이를 만나면 눈이 번쩍 뜨여요. 아직도 어딘가엔 돌연변이가 있구나. 화안해지는 가슴팍. 눈알 튀어나오게 달리고 고막 찢어지게 시끄러운 세상에 제동 걸어줄 이들이 지금도 있어. 일순 순하고 고요해지는 어지럽고 탁한 마음. 찰나일망정.

평생 소설을 칠백 편 쓰고 싶다는 소설가 정용준. 일분일초라도 더 쓰고 싶은 내 사나운 욕망. 밤낮없이. 꿈에서도. 손끝이 키보드에 닿았다가 떨어지는 감촉. 그 리듬감. 활짝 연 거실 창으로 들어오는 단지 안 놀이터에서 들리는 아이들 웃음소리, 도로를 달리는 차바퀴 소리, 거리를 오가는 사람들 소리. 길 건너 아파트 공사장 소리. 앞베란다로 들어와 뒷베란다로 흐르는 공기. 바람 냄새. 나뭇잎 흔들리는 소리. 시시각각 달라지며 흐느적거리는 빛과 그림자. 물거품이 되어 사라진 인어 공주처럼, 모든 세포가 글자로 흩어지고 날아갈 때까지… 쓰고 싶어요. 작가 리베카 솔닛이 《멀고도 가까운》에서 한 말. 글쓰기는 누구에게도 할 수 없는 말을 아무에게도 하지 않으면서 동시에 모두에게 하는 행위이다. 글쓰기는 전혀 모르는 사람에게 침묵으로 말을 걸고, 그 이야기는 고독한 독서를 통해 목소리를 되찾고 울려 퍼진다. 글쓰기를 통해 공유되는 고독. 아무한테 읽히고 싶지 않지만, 모두에게 읽히고 싶은 글쓰기. 제가 똑 그래요. 어느 날은 빗장을 풀었다 어느 날은 걸었다….

영화 좋아한 부모 덕에 어려서부터 영화를 좋아했다는 동선 님. 난 언제부터 영화를 좋아했더라? … 떠오르는 한 사람. 대학 들어가자마자 만난 연극부 회장 차은우 선배. 무대 위에서는 물론이고 무대 밖에서도 카리스마 넘치던 은우 선배 따라쟁이였던 저는 은우 선배가 손에 들고 있는 책, 은우 선배가 봤다는 영화는 무조건 따라 읽고 따라 봤어요. 써클룸이나 술자리에서 은우 선배가 하는 말이라면 귀를 쫑긋 세워 듣고 마음에 새겨뒀다 되새김질하고. 어느 날인가. 영화에 빠진 은우 선배. 그때부터였을 거예요. 허세에 절어 프랑스 문화원 한 귀퉁이에 앉아 알아듣지도 못하는 프랑스 영화를 보고 눈이 벌개서 하루에 비디오테이프 여섯 개를 몰아보기 시작한 게. 미치꽹이가 돼서 낙원상가 뒷골목을 들락거릴 땐 끙끙 앓다시피. 영화가, 그 곁에만 있어도 좋아서. 그때 그 강의실에 모인 이들이 내뿜던 숨. 뻑뻑한 공기 밀도. 핀 조명처럼, 오롯이 강사만 보던 그 눈동자들. 꿈과 현실의 아슬아슬하고도 환상적인 짝짜꿍. 뭐가 그리 좋았을까요? 그걸 모르겠어요. 무대 위의 화려함을 동경해서 그런 것 같진 않은데. 돈벌이는 물론이고 미래가 창창하기는커녕 암울하리란 걸 모르지도 않았는데. 뭐랄까. 나도 모르게 막 피가 끓고 근육이 움찔움찔 손끝 발끝이 저릿저릿. 그게 꼭 영화 때문은 아니고. 음… 영화에 미친 나한테 빠졌달까. 나한테 영화 사랑 전수하고 영화 공부하러 홀연히 미국으로 떠났다가 작년 여름, 30여 년 만에 혜성처럼… 두 번째 바람 몰고 다시, 나타난 은우 선배. 선배!

그런데요. 정용준 소설가는 읽는 이가 아무도 없어도 평생 소설을 쓸까요? 저는요? 제 글을 읽는 이가 한 명도 없어도 손끝에 굳은 살이 배기고 손가락 마디마디 피가 맺히도록 쓸까요? 빗장을 풀었다 걸었다 하면서? 다시, 리베카 솔닛의 말. 우리 모두는 눈앞의 인간관계보다는 깊은 어딘가에서 홀로 지내는 것 아닐까? 그것이 둘만으로 구성된 관계일지라도 말이 전하기에 실패한 것을 글이, 아주 깊고 섬세하게 전할 수 있는 것 아닐까?

미래는 몰라요. 아무도. 어릴 적 목 빠지게 기다린 방학. 냄비 뚜껑 엎어놓고 그린 방학 계획표. 아직 오지 않은 날에 대한 기대와 설렘. 설령 이루어지지 않아도 좋았던 계획 세우기. 꿈쩍만 해도, 마땅히 꿈쩍할 일이 없어도 짜던 계획표. 아프고 나니 그 좋던 게 와르르. 계획? 혹시 생길지도 모를 변수까지 예측해서 머리 싸매고 계획 세워봐야 말짱 헛일. 사는 거 뜻대로 안 되네. 걍 살자. 대강대강. 마음 동하는 대로. 영화 <라라랜드>에서 불안한 미아 눈빛에 세바스찬이 한 말. 그냥 흘러가는 대로 가보자. 그때 세바스찬은 알았을까요? 5년 후에 짝꿍이 바뀌게 될 줄? 그나저나 카페 '반 비크' 근처를 얼쩡거리는 세바스찬은 왜 꼭 나 같은지. 여적지 영화 언저리를 떠나지 못해 서성이는. … 계획도 뭣도 없이 여기까지 흘러왔어요. 그렇게 또 흘러가지 않을까요? 그러고 싶어요. 어디로든. 어떻게든, **흘러가기나** 했으면.

영화 <라라랜드> 첫 장면. 끝이 보이지 않을 정도로 꼬리에 꼬리를 문 차들로 빈틈없는 고속도로. 그때 흘러나오는 날씨 예보. 오늘도 더울 거라는. 겨울엔 여름인 척, 봄은 서둘러 여름, 여름은 제대로 여름이더니 가을도 여름 그늘인 LA는 그야말로 여름의 도시. 끈끈하고 화려하고 몽롱하고 메마르고 향긋하고 풋풋한. 때로 무르다 못해 물러터진. 그나저나 28도가 성질 돋울 더위인가요? 그 정도면 선선하지 않나. 흔히 말하는 '온도'는 '대기 온도'를 나타내는 수치라 숫자만 봐선 더운지 추운지, 가늠하기 힘들지 싶어요. 같은 온도라도 더위와 추위를 느끼는 정도는 저마다 다른 데다 습도나 다른 조건에 따라 체감 온도는 달라질 테니. 암 환자가 되고 사고처럼 덮친 불행. 한겨울 28도처럼 단단히 난 뿔딱지. 암이 재발하고서야 알았어요. 암 환자가 됐을 땐 그래도 행복한 거였구나. 행복해도 됐었네. 암 환자이긴 해도 재발한 건 아니니. 재발하고 지글지글 끓는 더위를 겪으니 그렇게나 투덜댄 28도는 선선함. 중요한 건 지금 핸들에 손 올리고 어딘가로 가고 있는 게 아닐까요? 그 길이 벗어날 수 없는 뜨거운 태양열로 지글거리는 꽉 막힌 도로든 뻥뻥 뚫린 도로든. 동선 님은 저 꽉 막힌 고속도로 한복판에 있다면 어떻게 할래요? 저요? 이래도 저래도 땀 흘릴 바에야 볼륨 최대로 올리고 노래 부르고 춤이나. 라라라라~ 둠칫둠칫. 어차피 미칠 거면 지대로!

검은 머리 파뿌리 될 때까지 영화 사랑 약속한 동선 님은 지금도 그럭저럭 영화처럼 살고 있다고 했어요. 동선 님이 말한 '영화처럼'

은 어떤 삶이에요? 영화도 장르가 다양하잖아요. 로맨스부터 액션, 판타지까지. 그리고 보면 삶은 한 편의 로드 무비. 살랑이는 봄바람에 흩날리는 머리칼. 휙휙 지나는 주변 풍경에 넋이 나가서 뻥 뚫린 도로를 쌩쌩 달리다 한겨울 28도를 오르내리는 꽉 막힌 도로에 서 있는. 만약 동선 님이라면 그럴 때 어떤 영화를 찍을래요? 트렁크에 시체 넣고 달리는 범죄 스릴러? 경적을 울리는 옆 차 운전자에게 세 번째 손가락 날리다 눈 맞아 사랑에 빠지는 로맨스? 난데없이 역주행하는 차를 쫓아 질주하는 액션? 뭐가 됐든, 장르는 알아서. '영화처럼 산다면야!'

> 나에겐
> 숨기고 싶은 과거가 아직 조금 남아 있다
> 어떤 밤엔 화해를 생각하기도 했다
> 나는 언제나 한 번도 실패한 적 없는 미래 때문에
> 불안했다 그래도 과거를 생각할 때마다
> 그것이 지나갔다는 것 때문에 안심이 되었다
> 심야 영화관에서 나오면 문을 닫은 꽃집 앞에서
> 그날 팔리지 않은 꽃들을 확인했다 나 또한
> 팔리지 않으나 너무 많이 상영돼 버린 영화였다.
> - 류근, ≪영화로운 나날≫ 중에서.

밤과낮

밤과낮

연좌제 - 동선

개 같아져요! - 이연

| 제작사 | 영화사 봄
| 감독 | 홍상수
| 각본 | 홍상수
| 출연 | 김영호, 박은혜, 이선균
| 배급 | 스폰지

→↔ 예술과 낭만의 도시, 파리의 낮. 두고 온 일상과 아내의 도시, 서울의 밤. 두 도시를 오가는 2007년 여름, 화가 김성남 씨의 도망 일기. 초조와 막막함 밑그림 위에 낯섦과 설렘 붓질로 그가 그린 한폭의 수채화, 혹은 추상화. 서울과 파리, 어디에서도 여의치 않은 김성남 씨의 시작과 머묾, 그리고 떠남. 그는 돌아갈 수 있을까? 간다면, 어디로? 밤? 낮?

연좌제 - 동선

⋮
⋮⋮⋮ 개 같아져요! - 이연

　국어 교과서 기억나시나요? '아들아, 나는 너에게 포오마이커 책상을 사준 것을 후회한다'로 시작하는 이어령의 ≪삶의 광택≫, 세대를 거쳐서 수만 번 패러디되어 온 윤오영의 ≪방망이 깎던 노인≫, 그밖에도 김광섭의 ≪일관성에 대하여≫, 김소운의 ≪가난한 날의 행복≫ 같은 글들은 몇 십 년이 지나도록 계속 생각나거든요. 그중에서도 사춘기 소년에게 큰 반향을 던져준 수필은 역시 피천득의 ≪인연≫이었죠. '세 번째는 아니 만났어야 좋았을 것이다'라고 하는. 하지만 시간이 흘러 ≪인연≫에 대한 특이한 반응을 접하기도 했어요. '제국주의 일본이 한국을 집어삼킨 시대에 유복한 가정에서 태어나 일본을 왔다 갔다 하면서 일본 여성과의 만남을 회고하는, 한마디로 역사와 사회를 기망'하는 글이라고 지적하는 평이었죠. 순간 아, 글을 이렇게 읽는 방법도 있구나… 하기도 했지만, 그땐 좋아했던 수필이 무시당한 것에 대해 마음이 어지간히 복잡했었던 것 같아요. 그렇다고 뭐라 뾰족한 반박은 생각이 안 나고 그냥, 아, 뭘 또 그렇게까지…라고 뇌까렸겠지만요.

'스승을 좇지 말고 스승의 향하는 바를 좇아라'라는 말이 있잖아요. 하지만 현실에서 사람들은 대개 사람을 맹목적으로 추종하는 일이 많습니다. 그게 훨씬 쉬우니까요. 수많은 사이비 종교들이 그렇지 않나요? 하느님 말씀을 존경하고 따르는 것이 아니라 목회자를 추종하는 것에서 모든 사단이 발생하잖아요. 정치도 마찬가지죠. 먼저 자신에게 가장 행복하고 안정된 사회 시스템을 꿈꾸고, 그런 꿈을 실현시킬 수 있는 대리인을 뽑는 것이 선거라는 것을 모든 사람들이 알지만, 한국뿐 아니라 대결 문화를 좋아하는 많은 나라들에서 정치 참여와 리더 추종을 혼동합니다. 그리고 자신이 지지하는 정치인에게 과몰입하여 하나의 커다란 세력을 만들었다는 것에만 자족하곤 하죠. 마치 중세 시대 군벌들처럼 말이에요. 사람의 사상에 대한 응원과 그 사람 자체에 대한 응원이 혼동되는 경우는 창작물에도 비슷하게 적용되어요. 그리고 창작자 사생활에 대한 실망은 그의 작품에 대한 혐오로 이어지기도 하고, 반대로 창작물에 대한 실망은 창작자 자연인을 연좌제로 엮어 심판하기도 하는 거죠. 마치, 북한 병사를 너무 멋지게 묘사했다는 이유로 <7인의 여포로>를 만든 이만희 감독을 체포, 구속했던 반공법처럼요.

뭐, 완전히 이해가 안 가는 것은 아닙니다. 예전에는 아주 한정된 몇몇 직업에만 '~님'이라는 존칭이 붙었잖아요 ('스님' 말구요). '작가'라는 직업이 그래왔습니다. 물론 '작가(님)'으로 인정받는 일은 매우 엄정했었죠. 대학교 문예 창작과를 졸업했다고 해서 자동적으로 '작가님' 타이틀을 얻게 되지는 않습니다. 어떤 국가 자격시험이 있는 것도 아니구요. 신춘문예나 단막극 공모전과 같은 문예 공모전에 입상하거나, 자신이 쓴 글이 출판사나 영화사 등에 팔려야지 신인작가로 인정을 받게 됩니다. 그전에는 '지망생'이라는 타이틀을 달고 취준생으로 사는 셈인 거죠. 과연 '지망생'이라는 타이틀이 존재하는 다른 직업이 있는지 생각해 봅니다. '의대생'을 '의사 지망생'이라고 한다든지 프로그래밍을 공부하는 사람들을 '개발자 지망생'이라고 하지 않잖아요? 유독 문화, 창작 관련 업종에서만 그 일로 밥벌이를 하기 위해 준비 / 연습하는 사람들을 '지망생'이라고 부르는 것을 보고, 한국 사회에서 '작가'라는 직업에 대한 존중을 볼 수 있다면 억측일까요?

작가는 왜, 언제부터 존중받는 직업이 된 걸까요? 아마도 오래전 옛날, 정보와 지식이 혼재하던 시절, 그리고 문서에 접근성을 가진 자가 지식인으로 대우받던 시절부터였겠죠. 문자를 모르는 사람들도 대부분이었으니 글을 읽고 쓸 줄 안다는 능력만으로도 충분히 지식인 대접을 받을 수 있었을 겁니다. 때문에 한동안 우리는 지식인과 그들의 사명감에 대해 특정 수준의 기대감을 가지고 있었던 거구요. 바로 인간의 삶과 세계가 돌아가는 방식을 해석하고, 그 연구결과를 전파함으로써 좀더 나은 세상을 만드는 일에 공헌한다는 것. 그리고, 이런 지식인의 정신노동이 가지고 있는 중요성을 잘 알고 있기 때문에, 우리는 그들의 연구, 창작을 존중하고 그들이 육체

노동에서 면제받는 것을 당연하게 생각해 왔어요. 하지만, 인터넷 서비스라는 것이 대중화되고 굳이 도서관까지 가지 않아도 전 세계의 정보들에 쉽게 접근하게 될 수 있게 되면서 정보를 소유하는 것보다 정보의 위치를 아는 것이 더 중요해졌잖아요. 그리고, 각종 인터넷 커뮤니티와 포럼을 통해 개개인이 가지고 있는 정보와 생각 역시 자유롭게 전송하게 되었습니다. 이전까지 정보의 흐름이 제공자로부터 수용자로 가는 일방향이었다면, 인터넷의 탄생은 정보의 흐름을 복잡하면서 광활하게 만들었던 거죠. 그러고는 개인용 컴퓨터, 스마트폰, 초고속 인터넷의 발달과 함께, 문자 정보뿐만 아니라 영상이나 음성 정보 역시 자유롭게 흐르게 되었어요. 사용자들이 각자의 이야기를 담은 문서, 영상, 음성 정보를 공유하게 되기도 했구요. 그리고, 이제부터 모든 사람들이 작가가 될 수 있는 자격을 얻게 되었습니다.

그러면 여기서 질문이 생깁니다. "인터넷 이전 사회에서 지식인으로서의 작가가 가지고 있는 사회적 역할은 지금 어떻게 되었을까?", "그 역할은 정보 공유가 무한정이고 창작이 대중화된 현대 사회에서도 과연 필수적인가?" 장르와 매체에 따라 다른 답이 나올 수 있겠지만, 지금 이 순간에도 여전히 창작물의 사회적 역할을 믿고 있는 사람들이 있는 건 사실입니다. 유독 문학에서는 더 보수적인데, 어쩌면 문학이라는 장르야말로 가장 자본의 간섭을 덜 받고 창작할 수 있기 때문일지도 모르겠어요. 영화나 뮤지컬처럼 대형 자본을 간절하게 원하지 않아도 되고, 연극이나 음악처럼 무료 봉사 혹은 열정페이를 받으며 연극 포스터를 붙이거나 친구들에게 표를 강매하지 않아도 되니까 말이죠. 나 하나 먹고 사는 일도 무척이나 고달프고 힘든 일임에도 불구하고, 여전히 우리가 작가나 예술가들에게 지사(志士)적인 신념을 기대하는 건 사실 좀 불공평한 게 아닌가 싶기도 합니다. 특히 책 한 권이 후라이드치킨보다 싼 나라에서 말이죠.

창작인과 창작물의 사회 참여나 도덕 정신을 기대하는 걸 비난하려는 건 아니에요. 그리고 그런 자의식을 가지고 창작일을 하는 사람들을 존중하기도 합니다. 다만, 그게 존중받을 일인 것이지 그걸 안 했다고 해서 비난받을 일은 아니라는 거죠. 하지만, 현실에서는 무척이나 많은 경우에서 대중들의 도덕 잣대가 예술인들에게 더 엄격하게 적용되는 걸 종종 목격하게 됩니다. 발표곡 중 몇 곡이 표절로 의심 / 판정을 받으면 그 음악인의 음악 인생 전체가 무시되기도 하고, 학폭, 마약, 병역기피 등 중대 사건에 관련된 배우가 출연한 드라마나 영화는 방영 중단을 겪거나 아예 개봉을 못하기도 해요. 일제강점기에 그 수많은 반역자들이 각계각층에 포진하고 있었음에도 불구하고, 유독 서정주나 이광수와 같은 글쟁이들만 부관참시하는 것은 또 어떻구요. 과연 그 당시 일제에 부역했던 글쟁이나 다른 딴따라들이 노덕술이나 다른 경찰, 정치인들만큼 돈이나 벌었는지 모르겠어요. '작가님', '선생님'이라는 호칭을 듣는다는 것 외에 얼마나 엄청난 인센티브를 받았길래 아직도 일제 부역자 명단의 최일선에 서게 되는 걸까요.

"그땐 다 그랬어"라는 말로 범죄자들을 옹호하거나 그들이 저지른 과오를 용서해야 한다는 뜻이 아니에요. 하지만, 사회적인 범죄를 저지른 창작인이 있다고 해서 그들의 작품까지 평가절하되는 것은, 작품이 좋다는 이유만으로 작가가 존경받고 사회적으로 영향력을 끼쳐야 한다는 생각만큼이나 너무 전근대적이라는 생각이 들어서 그래요. 어쩌면, 그냥 대중의 시선이 딴따라들에게 더 가혹한 걸지도 모르겠어요. 다른 나라에서는 찾아보기 힘든 이런 현상 - 창작인들이 괘씸한 행동을 했다고 해서 그들의 작품까지 연좌제로 처벌받는 것이 당연하게 여겨지는 것은 유독 한국이나 중국처럼 경제가 급속 성장한 선진국에서만 일어나는 걸로 보이거든요.

시민사회가 되고, 시장경제가 더 공고하게 되면서 작가와 대중 스폰서의 관계가 문예 소매상과 소비자의 관계로 정립되었죠. 하지만 자연스러운 근대화를 거치지 않고 정부 주도의 시장경제가 초고속으로 자리잡은 한국과 중국에서는 소비자와 서비스 제공자의 관계가 아직도 중세시대 주인과 노비의 관계에서 치환된 것으로 착각하는 경우가 많아서 그런 걸까요? 소비자로서 창작품을 구매하는 대중들의 갑질이 창작자의 개인 사생활까지 컨트롤하려고 하는 건 좀 도가 지나치다고 여겨집니다. 어느 문화 평론가 역시 이런 말을 한 적이 있었죠. *"원래 광대는 옛날부터 임금님 머리 꼭대기 위에서 놀아도 되는 거다. 우리나라 연예인들은 너무 군기가 들어 있어 그게 좀 안쓰럽다."*

지금 보면 홍상수 영화는 줄곧 이런 걸 얘기해 왔던 것 같아요.

겁 많고, 거짓말도 하고, 이기적이고, 자기 욕정에 충실한 자연인으로서의 지식인이나 예술가들을 꺼내고 그걸 애정을 담고 바라보는 거죠. 영화 <밤과낮>의 인트로에는 감독이 직접 쓴 영화 배경 소개가 들어가는데, 주인공 성남을 소개하면서 그가 유명한 미술가라는 직업 소개를 아예 빼버립니다. 파리를 배경으로 영화를 찍었지만 에펠탑은 안 나오고 그냥 술 마시고 굴 사 먹는 얘기만 나오는 것처럼요. 영화에서 파리는 사람과 사람이 만나고 얽히는 공간 중 하나일 뿐인 것처럼, 성남의 직업 역시 그의 인간적인 콤플렉스를 더 잘 드러내기 위한 수단이었던 거죠. 다른 홍상수 영화에서처럼 <밤과낮>에서 예술가 성남 역시 그냥 발정난 개자식으로 나오는데, 옛 연인의 부고를 접한 후 오열하고, 외도 후에 성당에서 참회하고, 팔씨름을 이기고 나서 통쾌해하는 등 귀여운 졸렬함을 보여주기도 해요. 저는 그게 홍상수 감독이 말하고 싶어하는 현대 예술가의 초상이라고 생각합니다. 제발 예술가에게 인류가 나가야 할 어떤 길을 제시해 줄 것을 기대하지 말아달라는 간곡한 부탁을 포함해서.

연좌제 - 동선

개 같아져요! - 이연

고등학교 2학년 때였나. 온 가족이 거실에 둥근 밥상을 두고 빙 둘러앉아 밥을 먹고 있었어요. 부엌에 4인용 식탁이 있는데도 TV 보면서 밥 먹는 걸 좋아해서 주로 거실에서 밥을 먹었거든요. 밥상을 접었다 폈다, 밥이며 국, 반찬을 나르는 게 귀찮아도. 계절은 가을이나 겨울. 거실로 들어오는 비스듬했던 햇살 각도. TV는 켜져 있었던 것도 같고 아니었던 것도 같고.

"내 얘기 써도 돼."

밥 먹다 말고 누구한테랄 것도 없는, 언니 말. 밑도 끝도 없이. 기억엔 없어도 그전에 오갔을 말을 유추해 보자면, 고3이 얼마 안 남은 내 진로를 두고 이러쿵저러쿵 하지 않았나. 꼭 뭐가 돼야지, 하진 않았어도 막연하게 쓰고 싶어하는 걸 눈치챘을 언니. 언니 말이 끝나기 무섭게 언니를 흘겨보면서 고개 돌리는 엄마. 배꼽 언저리에서부터 스멀스멀 올라온 덩어리가 목구멍을, 콱. 밥그릇에 눈을 고정하고 센 밥알. 한 알, 두 알, 세 알…

"글 써선 밥 못 먹어."

엄마 입에서 기어이 나온 그 말. 넷, 다섯, 여섯… 글로는 저 밥알을 살 수도 먹을 수도 없구나. 셀 수도.

결혼 앞두고 사주단자 오갈 무렵. 궁합을 핑계로 점집에 가서 내 사주를 본 시어머니. 남자로 태어났으면 글로 대성할 팔잔데, 여자라 늦게야 써. 그 얘길 들은 엄마가 대뜸.

"넌 어딜 가도 그 소리더라."

깜짝 놀라 물었어요.

"엄마도 알고 있었어?"

내 말에 대꾸는 않고 빤히 TV만 보는 엄마.

"알고 있었으면서 왜 여태 한 마디도 안 해줬어?"

엄마는 날 쳐다보지도 않고.

"그게 뭐 좋은 거라고 얘길 해."

"왜? 내가 글 쓸까 봐? 밥 못 먹고 살까 봐? 그래서 말 안 했어?"

책을 좋아했어요. 아니. 책이라기보단 이야기. 아부지가 하던 인쇄소 일을 거들던 엄마는 방학이면 우리 삼남매를 할머니가 있는 강원도 큰아버지댁으로 보냈어요. 큰댁에서 보낸 날들은 낯설고 재미나고 무섭고 괜히 서럽고. 눈 뜨면 아침밥 먹고 개울로 들로 강으로 쏘다니다 밥때가 돼서 집으로 오면 마루에 놓여있던 김이 모락모락 나는 찐 감자랑 옥수수. 내가 잘 먹는다고 큰엄마가 자주 만들어주던 가마솥 누룽지. 마루에 걸터앉아 옥수수랑 누룽지를 손에 들고 먹으면서 본 여름꽃. 마당 한복판 둥근 화단에 핀 색색의. 어스름해지는 저물녘. 마당으로 퍼지는 고둥 된장국 냄새. 이제 고만 자라. 타닥타닥. 큰아부지가 마당에 피우는 모깃불. 까만 하늘로 올라가는 흰 연기 꼬리. 방 네 귀퉁이에 걸린 파란 모기장. 늘어진 모기장 안에 새색시처럼 누운 뽀송뽀송 흰 이불. 불빛 하나 없어 까맣던 시골 밤. 곁에 누운 할머니 냄새. 손에 움켜쥔 할머니 옷자락. 잠들 때까지 옛날 얘기해 주던 할머니 목소리. 할머니 옷자락 꼬옥 쥐고 할머니 얘기 듣고 있었는데, 눈 떠보면 까맣던 창호지 바른 방문이 하얗게. 자라면서 보니 할머니한테만 있는 줄 알았던 이야기는 책에도 영화에도. 그뿐인가요, 노래에도 그림에도 춤에도 있는 이야기. 그 많은 이야기는 어디서 나오는지.

어느 날인가. 방바닥에 배를 깔고 엎드려 인형을 갖고 놀고 있는데, 들리는 훌쩍이는 소리. 옆을 보니 언제 왔는지 모로 누워 울고 있는 언니.
"왜 울어?"
코맹맹이 언니 목소리.
"계속… 해."
"뭘?"
"그거. 인형 놀이."
벌떡 일어나서 두루마리 휴지랑 수건을 가져오더니 베개를 베고 다시 내 옆에 모로 누운 언니. 계속해. 내 인형 놀이의 유일한 관객, 언니. 우는 언니가 신기하기도 하고 신나기도 해서 더, 더 슬프게 지어낸 이야기. 방안 가득 코 푼 휴지가 널브러지게. 내 얘기 써도 돼.

그러게요. 왜 작가들한테만, 아니 예술을 꿈꾸는 이들한테만 '지 망생'이라는 꼬리표가 붙을까요. 그렇다고 후한 대접을 해주는 것 도 아니면서. 장정일 작가가 그의 책 ≪장정일 단상 : 생각≫에서 한 말. 스님이 그냥 스님이듯 시인은 그냥 시인. 제 좋아서 하는 일 이니 굳이 존경할 필요도 없고 귀하게 여길 필요도 없다. 그 가운데 어떤 이들은 시나 모국어의 순교자가 아니라, 단지 인생을 잘못 산 인간들일 뿐이다. 알고 보니, 보편적이지 않은 등단 제도. 대부분의 나라에선 잡지에 기고하는 방식으로 글을 발표하고 작가가 된다는. 등단도 그렇지만 문학 작품에 수여하는 상도 한국은 미발표 작품으 로 공모해서 주는 반면 대부분의 나라에선 출간된 작품에 상을 준 다네요. 프랑스의 공쿠르 상과 페미나상. 미국의 퓰리처상과 펜포 크너상. 영국의 맨부커상. 노벨문학상도 그렇지 않나요? 치열한 경 쟁률 탓인지 거액의 상금 탓인지, 문외한인 내 보기에도 유독 '작 가'라는 타이틀에 예민해 보이는 한국 문학계. '작품'과 '작가'라는 단어는 모든 게 종료됐을 때 사망자 약력 같은 데나 나올 단어라며 불편한 기색을 드러낸 작가 아니 에르노. 2022년 노벨문학상을 탄 그녀가 좋아한 단어는 '글쓰기'나 '책 쓰기.' 문학계 사정을 알 턱 없는 나로선 언뜻 공정하고 투명해 뵈는 등단 제도가 되려 문학계 의 관료화와 서열화를 부추기나, 고개가 갸웃해지기도. 밑에서, 어 떨 땐 수면 위에서까지 느껴지는 크고 작은 다툼. 그 으르렁과 움츠 림. 서열이 있는 무리에선 있을 수밖에 없는 자연스럽고도 볼썽사 나운 균열과 서투른 땜질.

동선 님 말마따나 눈부시게 발전한 기술 덕에 맘만 먹으면 누구나 창작이 가능한 시대예요. 자신이 만든 창작물을 세상에 노출할 수 있는 창도 다양한. 그렇다면 AI가 그림도 그리고 영상도 만드는, 그것도 수준급으로 그리고 제작하는 이 시대에 '진짜' 작가 기준은 뭘까요? 어떤 작가가 '진짜' 작가인가요? 사회 참여적인 목소릴 내고 그런 작품 활동을 하는? 수상 경력이 화려한? 대중에게 인기가 많은? 작품과 작가의 삶이 일치하는? 쉴 없는 창작활동? 솔직히… 잘 모르겠어요. 박구용 철학자의 말. 철학과 정치, 예술의 현재적 임무는 말할 수 없는 걸 말할 수 있어야 한다. 언어를 빼앗긴 존재의 언어가 되는 것. 그 말을 듣고 젤 먼저 떠오른 건 우리가 함께 보고 이야기한, 시를 쓰는 마음으로 만들었다는 이창동 감독의 영화 <시>. 저는 이 날까지 제가 이도 저도 아닌 회색인 줄 알았어요. 그런데 골방을 나와보니, 아니데요. 어떤 빛깔인지는 몰라도 적어도 회색은 아니더라는. 난 무슨 색일까. 요즘 저는… 편파적이고 싶어요. 어떤 무리엔 무조건적으로 편들고 싶어요. 그러니까 말할 수 없는 사람들의 목소리가 되어주고 볼 수 없는 이들의 눈이 되어주고 만질 수 없는 이들의 손이 되어주고… 나한테 그럴 만한 능력이 있는가는 몰라도, 자꾸만 기울어요. 한쪽으로 쏟아지는 마음. 어쩌면 이창동 감독님도 그런 마음을 어쩌지 못해 영화 <시>를 만들지 않았을까요. 그런데, 편을 들려면 내가 어떤 빛깔인지, 어느 쪽으로 마음이 기우는지, 먼저 알아야겠더라고요. 모르겠다… 그 뒤에 숨으면 안 되겠다. 먼저 세상을, 사람을 읽는 눈을 키워야겠구나. 그래야 누군가의 목소리가 되고 눈이 되고 손이 되지 않겠나. 나의 무지와 비겁함을 깨닫게 해준 '자각약'과도 같았던 홍상수 감독의 영화와 동선 님과 나눈 이야기. 마음만 먹으면 누구나 창작할 수 있고 창작물을 만들 수 있는 시대. 그렇다고 그 모든 창작물이 예술일까요? 예술은 누가 어디서 무얼 기준으로 판단하고 평가하나요? 그리고 그 판단과 평가, 혹은 해석은 언제까지 유효한가요? 그보다, 대체 예술은 뭔가요? 그 범주는 어디까지인가요? 문득 떠오른 홍상수 감독이 만든 영화 제목. <지금은맞고그때는틀리다>. 시공간에 따라 달라지는 잣대. 살아있음은 차이, 변화, 그리고 흐름. 사람도, 물질도, 마음도, 인연도, 생각도, 윤리도, 정의도, 시간도, 세상도. 그리고 문학이랑 예술도. 멈춤과 고임, 그리고 박제는 죽음의 초상.

틀을 깨고 변화를 이끄는 건 세상에 물들지 않는 돌연변이. 생각해 보니 맨날 홍상수 감독 영화를 좋아한다고 떠벌리면서도 따져본 적 없는 까닭. 굴곡 없는 이야기, 건들건들 밋밋한 등장인물. 그런데도 이상하게 자꾸 생각나고 보고 싶은 건, 왜지? 왜 아무 맛도 느껴지지 않는 맹탕 같은 그의 영화가 자꾸 보고 싶고 생각날까? 아귀가 딱딱 들어맞지 않아 헐거워도 뜻밖의(?) 우연이 널리고 널린 세상을 그대로 옮겨놓은 그의 영화에선 어디서도 맛본 적 없는 맛이 나는 것도 같아요. 뭉근하게 우러나 속을 편하게 쓸어주고 든든하게 채워주는 곰탕 맛. 우연에서 뿜어져 나온 도파민의 걸쭉함. 그리고 그의 영화엔 없어요. 시작도 끝도, 영웅도 루저도. 별 볼 일 없이 시시걸렁한 우리네 삶처럼. 구차하고 너절한 우리처럼. 그런데도. 아니. **그래서** 먹먹하고 아려요. 문학으로 외로움을 달래고 삶을 구하려던 작가 데이비드 실즈가 ≪문학이 내 삶을 어떻게 구했는가≫에서 한 말. 문학 말고는 그 무엇도 내 삶을 구할 수 없었다. 거창한 무엇을 해서가 아니라 거짓말을 하지 않음으로. 홍상수 감독 영화가 그렇지 않나요? 그 어떤 것에 대해서도 거짓말을 하지 않는 그의 영화.

영화 <엘리멘탈>을 보러 갔다가 본 단편 영화 <칼의 데이트>. 새로 연애를 시작한 칼한테 더그가 한 말.

"사람은 좀더 개 같아져야 해!"

인생(人生)은 보통, 아니, 거의 모두 축생(畜生)에 불과하다. 인생은 인생이라는 명사(名辭)로 이루어진 허울뿐인 축생이다. 삶은 축생과 같으되, 우리는 그것을 인생이라는 허명(虛名)으로 포장해서 말한다. 오오, 내 축생이여!
- 장정일, ≪장정일 단상 : 생각≫ 중에서.

토니 에드만(2016)

맺고

죽어도 좋아!

그네 타고 갈래요? - 이연

시소를 타더라도 - 동선

| 제작사 | 메이필름
| 감독 | 박진표
| 각본 | 이수미
| 출연 | 박치규, 이순예
| 배급 | 청어람

성별의 유효기간. 남자와 여자는 몇 살까지 '여자'와 '남자'일까? 사랑의 이쁨이 허락되는 나이는 언제까지일까? 냄새처럼 밴 외로움. 이순예 할머니한테 첫눈에 반한 박치규 할아버지의 푸른 고백. 순한 용기로 끌어안은 그 감정. 일흔 넘어 찾아온 촉촉하고 말랑한 사랑. 욕망의 빨간 돌진. 사랑 연구자, 박치규 할아버지와 이순례 할머니의 섹스 앤 더 실버!

그네 타고 갈래요? - 이연

...... 시소를 타더라도 - 동선

"너 태연 엄마 알지?"

지난봄, 엄마랑 아부지 모시고 병원 가는 길. 동부간선도로에 막 진입하려는데 뜬금없이 태연 엄마 아냐고 묻는 엄마. 어릴 적 옆집 살던 태연 언니네. 봄이면 자목련이랑 겹벚꽃 피던 화단 뒤 담벼락을 공유한 이웃사촌 태연 언니네. 국민학교 2학년 올라갈 무렵 이사해서 대학교 1학년까지 살던 그 집이 있던 골목엔 우리랑 태연 언니네처럼 같은 담벼락을 쓰던 집들이 쪼로록. 암 진단받고 혼자 천변을 걷고 걷다가 나도 모르게 찾아간 그 골목. 선뜻 들어서지 못하고 골목 안을 무람하게 보다가 돌린 발길. 달라졌나? 그런 것도 같고. 그 골목 살 때 제 집처럼 서로의 집을 드나들던 이웃사촌들. 어쩌다 보는 먼 친척보다 살갑던. 햇살 좋은 오후, 동네 오빠들이 마당에서 수돗물을 틀더니 냉큼 호스를 쳐들어 만들어 주던 그 무지개. 검게 젖어가던 시멘트 마당. 그때 그 이웃들이랑 여전히 동기간처럼 지내는 엄마. 퍽 가까이.

"알지."

"아니, 태연이 걔가 결혼해서 쌍둥이 낳고 살다가 남편 죽는 바람에 외국 나가 살잖아."

"어. 그렇다며."

"이번에 걔가 한국 들어온다나 봐."

"어. 그래?"

"그 엄마가 태연이, 걔 불쌍하다고. 젊은 애가 서방도 없이 혼자 산다고."

"남편 죽은 지 한참 됐잖아. 근데 여태 혼자 살아?"

백미러로 슬쩍 엄마를 넘겨다봤어요.

"어."

"왜 재혼 안 하고?"

"야. 애가 둘인데, 그게 그렇게 쉽겠니?"

"아…"

"근데 태연 엄마 하는 말이 딸도 그렇지만, 자기도 외롭다나. 남사스러워서, 원."

"흐흐흐. 뭐가 남사스러워? 그 아줌마도 아저씨 돌아가신 지 꽤 되지 않았나?"

백미러로 뒷자리를 보니 옆에 앉아 멀거니 창밖만 내다보고 있는 아부지를 힐끔 쳐다보는 엄마.

"얘 좀 봐. 지금 우리 나이가 몇인데 외로운 게 다 뭐야?"

"나이 들어도 외로운 건 마찬가지 아니야? 남편도 없는데 외로우면 연애하면 되지. 뭐가 문제야?”

“어머머. 얘가 아주 못 하는 말이 없어! 아빠 있는 데서.”

백미러를 보며 눈 흘기는 엄마.

“엄마. 지금 태연 아줌마 나이가 팔십 넘지 않았어?”

“그러지. 니 아빠랑 동갑이잖어. 이모랑 셋이서. 호랭이 띠.”

“그러다 금방 아흔 된다. 그 나이면 까딱하면 치매 와. 그러니까 지금이라도 얼렁 좋은 영감님 만나서 연애하라고 해. 더 나이 들어 후회하지 말고.”

또 아부지를 힐끗 보는 엄마.

“좋은 영감이 어딨는데? 근데⋯ 진짜 아흔 되믄 후회할까?”

살짝 나긋해지는 엄마 목소리. 엄마 목소리에서 묻어난 엉큼함.

“그럼! 한 살이라도 젊을 때 연애해야지. 그러다 덜컥 치매라도 오면 어쩔 거야. 남들 눈치 보지 말고 물 좋은 노인정 뒤져서 맘에 드는 영감님 찾아서 연애하라고 해.”

“흐흐흐. 야. 너 우리 집 1층 사는 미자 아줌마 알지? 엄마랑 동갑 내기. 미자 아줌마, 남자친구 있다.”

내 장단에 신바람 난 엄마.

“정말? 멋지다. 엄마, 인생은 그렇게 사는 거야. 이참에 엄마도 연애나 해라.”

“얘가! 아빠 다 듣는데.”

“아부지도 젊어서 연애 많이 했잖어. 그니까 엄마도 좀 해.”

또 아부지를 힐끔거리는 엄마. 치매기 있는 아부지는 창밖으로 지나가는 천변 풍경만. 표정에 별다른 변화도 없고 이렇다 할 대꾸

도 않고. 아부지는 지금 무슨 생각을 하고 있을까. 우리 얘길 듣고
있기는 할까.

"야, 그리고 미자 아줌마가 뭘 멋지냐? 만나도 어디서 그런 영감
탱이를 만나서는. 돈도 없어서 맨날 놀이터 벤치에 앉아서 얘기하
다가 집에 와서 라면 끓여 먹고 그런대."

"멋진데? 엄마. 그런 게 연애야. 꼭 멋진 델 가고 근사한 음식을
먹어야 연애가 아니고. 둘이서만 있어도 좋은 거, 그런 게 진짜 연
애고 사랑인 거야. 남 신경 안 쓰고 자기 감정에 솔직해서 좋기만
하구먼."

"그런가? 그럼 태연 엄마도 남자친구 사귀라고 해?"

"그럼! 진료 끝나고 당장 전화해!"

태연 엄마가 동네 놀이터에서 남자친구랑 꽁냥꽁냥 놀다가 손 맞
잡고 집에 가서 라면 끓여 먹고 그러는지, 그래서 태연 엄마 외로움
이 좀 가셨는지… 그것까진 모르겠어요.

"얘는 누구야?"

지난 설, 집 근처 음식점에서 엄마 아부지랑 밥을 먹었어요. 얼추
밥을 다 먹어가는데, 앞에 있는 손녀딸을 가리키며 아부지한테 이
름을 묻는 엄마. 얘 누구야? 얘 이름이 뭐냐구? 생뚱맞게, 갑자기 이
름은 왜? 가만있어 봐. 뭘 물어보는지는 알겠는데, 영 이름이 생각
나지 않는지 빙글빙글 웃는 아부지. 몇 번을 물어도 아부지가 웃기
만 하니까 안 되겠는지, 손가락을 들어 날 가리키는 엄마.

"쟤는 알겠어? 쟤는 누구야?"

"쟤? 쟨 이연이지."

나랑 눈을 맞추더니 실쭉 웃으며 단번에 대답하는 아부지.

"어머! 흐흐흐. 이제 보니 울 아부지 이쁜 사람만 기억하네."

나를 흘겨보더니 아부지 쪽으로 고갤 돌리는 엄마.

"그럼 난? 나는 누구야? 내 이름은?"

고갤 돌려 엄마를 본 아부지는 이번에도 웃기만. 빙글빙글.

"내 이름이 뭐냐고? 나, 몰라? 내가 누구냐고?"

답답한지, 가슴을 손으로 치면서 묻는 엄마. 난처한 눈빛으로 날 쳐다보는 아부지. 아부지 시선 따라 날 보는 엄마. 저 눈빛. 아부지 얼굴을 손으로 잡아 돌리는 엄마.

"당신 쟤는 알면서 왜 나는 몰라? 왜 내 이름은 몰라? 왜 나는 모르냐구!"

엄마 얼굴을 빤히 보는 아부지. 텅 빈 동공. 세월이 잡아먹은.

평생을 밖으로만 돌던 아부지. 그 남자 그림자만 끌어안고 산 엄마. 꽃으로 피어난 그 여자 외로움. 온 집안을 가득 채우고도 넘치게. 그 꽃이… 그 여자가 키운 외로움이란 걸 한참 후에야 알았어요. 그걸 알고는 엄마가 키운 꽃을 볼 적마다 눈물이, 뚝뚝. 이게 다 엄마 외로움이었어. 한 송이 한 송이. 아부지 대신 니가 울 엄마를 들여다봤구나. 그 여자를 아꼈어. 그날 음식점에서 아부지 가슴팍을 치면서 이름을 묻던 엄마 눈빛에 서린 설움. 저 밑바닥에 깔려 있다 풀썩이며 올라오는 곰팡내 나는 감정에 싸해지는 코끝. 엄마 아부지. 이제 집 가서 세배 받아야지? 한때 아부지를, 그 남자를 증오

하고 저주해놓고 이 나이가 돼서야 이는 궁금증. 그 남자도 외로웠나? 그랬을까? 그래서… 그랬나? 우린 다 외로운 존재. 언제, 어디서, 누구랑 있든. 몸서리치게.

어느 날 공원에 갔다가 이순예 할머니를 보고 첫눈에 반한 박치규 할아버지.

"이봐요~ 아유… 왜 그렇게 이뻐요… 여기 좀 봐봐요."

자길 어여쁘다 한 그 남자, 박치규 할아버지네로 들어간 이순예 할머니. 짐이라곤 달랑 머리에 인 보따리 하나, 손에 든 장구 한 채. 할머니는 할아버지한테 민요를 가르치고 할아버지는 한글을. 할머니랑 잠자리를 하고 나면 달력에 동그라미를 그리는 할아버지. 꼬박꼬박, 생기 넘치고 촉촉한 동그라미를. 앎과 에로스의 공유.

작가 필립 로스가 그의 소설 《에브리맨》에서 들려준 노년의 삶은 질병과 죽음을 상대로 싸워 이겨야 하는 전투가 아닌 쓰나미처럼 덮치는 대학살. 속수무책으로, 어쩔 수 없이, 무기력하게, 뻔히 알면서도, 당하는. 노년의 삶에 한 뼘의 환상도 허락하지 않는 그의 소설은 어쩌면 노년을 앞둔 이들에게 날리는 무시무시한 경고장. 아픔과 나이 듦이 앗아간 평화와 고요. 그 자리에 날아와 박힌 수치와 구차함, 꺾임, 떠밀림. 나이 들고 병들어 젤 서글픈 건 뭘까요? 더는 자신을 돌볼 수 없는 상황? 그때의 수치심? 그의 소설 《에브리맨》에서 수치심에 자살한 어떤 나이든 여자가 죽기 전에 한 말. 지금 당장 나한테 필요한 건 전기장판도 진통제도 아닌 죽은 남편의 목소리예요. 그 여자를 죽음으로 몰고 간 게 정말로 나이 듦이나 아픔이 불러온 수치심이었을까요? 제가 보기엔 그런 것도 어느 정도 영향을 줬겠지만, 외롭다고 말할 용기가 없어서 죽음을 택한 것처럼 보였어요. 노년의 삶을 다룬 또 다른 영화 <밤에 우리 영혼은>. 밤마다 찾아오는 시린 외로움을 참을 수 없어 어느 날, 이웃사촌인 루이스네 현관문을 두드린 에디. 그날 에디가 루이스한테 한 말. 오늘 밤 우리 같이 잘래요? 필립 로스 소설 속 그 여자한테는 없었던 용기. 자신의 외로움을 들여다보고 자신을 사랑할. 이순예 할머니한테 고백한 박치규 할아버지한테 있었던 그 용기. 보따리 두어 개 들고 박치규 할아버지 집으로 들어간 이순예 할머니한테 있었던 그 용기. 수치심에 자살할 용기는 있어도.

어느 날, 장기 자랑에 나간 박치규 할아버지랑 이순예 할머니한테 행복한 비결을 묻는 사회자.

"어떻게 해서든지 즐겁고 행복하게 살 연구를 맨날 해요. 밥 먹고 그것만 연구해요. 누가 사랑을 갖다 주지 않으니까 우리가 만들고."

그날 장기 자랑에서 우수상을 탄 할아버지랑 할머니의 귀갓길. 딱 보기에도 무거워 뵈는 상자를 들고 계단을 오르면서도 연신 뽀뽀를. 맨날 밥 먹고 행복하게 살 궁리만 하는 사람들은 저렇구나. 저 무거운 상자를 들고 계단을 올라가면서도 인상 한 번 안 쓰고 입을 맞추네. 한여름 감기에 걸린 할머니를 위해 삼복더위에 옥상에서 땀을 뻘뻘 흘리면서 토종닭 모가지를 비트는 할아버지. 그 더운 날 토종닭을 삶아왔다고 눈물을 철철 흘리는 할머니. 맨날 사랑을 연구하는 사람들은 저렇게 사랑을 하는구나. 저렇게 땀과 눈물을 떨구면서.

"연구를 해야 해요. 어떻게 해서든지 즐겁고 행복하게 살 연구를. 맨날 밥 먹고 그 연구를."

어렸을 때 내게 사치라는 것은 모피 코트나 긴 드레스, 혹은 바닷가에 있는 저택 같은 것을 의미했다. 조금 자라서는 지성적인 삶을 사는 게 사치라고 믿었다. 지금은 생각이 다르다. 한 남자, 혹은 한 여자에게 사랑의 열정을 느끼며 사는 것이 사치가 아닐까.
- 아니 에르노, ≪단순한 열정≫ 중에서.

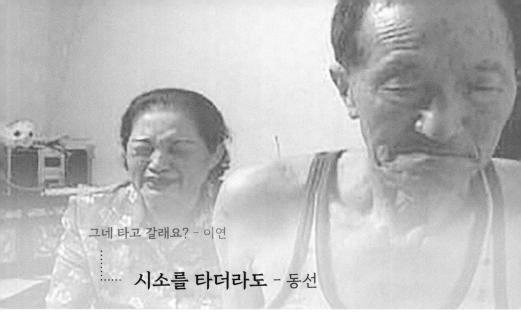

그네 타고 갈래요? - 이연

시소를 타더라도 - 동선

고백하자면, 외로움을 잘 모릅니다. 외롭다는 감정이 어떤 건질 잘 모르겠다는 말이죠. 오십이 넘어서 이렇게 소시오패스 같은 얘기를 하고 있으려니 좀 겸연쩍긴 한데, 그래도 어쩌겠어요. 모르는 걸 모른다고 얘기해야지.

제가 평생 인싸여서, 매일매일 사람들을 만나고 다녀서 그런 건 아니에요. 수다쟁이 아내를 만나서 그런 것도 아니구요. 예전에 오랜 기간 혼자 자취했을 때는 일주일간 말을 열 마디 이상 안 해본 적도 있었거든요. 나중에는 입을 여는 게 힘들 정도로 말이죠. 어느 날은 밥을 조금 먹는데 이상하게 배가 너무 불러서, 한참 생각해 보니 방금 전에 식사를 이미 마쳤다는 사실을 깨닫고 놀란 적도 있었죠. 그렇게 인지장애가 올 정도로 철저하게 고립된 생활을 하기도 했지만, 그때도 외롭다는 감정을 느껴본 적은 없었던 것 같아요. 오히려 만화책들과 영화만 있으면 평생 혼자 살아도 되겠다고 생각했었죠.

뭐, 누군가의 살 냄새와 체온이 그리웠던 적은 있었어도, 그러니까 몸이 타인을 원한 적은 있어도 심리적으로 '아, 외롭다' 했던 적은 없었던 것 같습니다. 아니, 어쩌면 외롭다는 감정이 어떤 건지 몰라서 내가 외로웠었는지 아닌지를 모르고 있는 걸지도 모르겠네요.

혼자 노는 걸 좋아하긴 합니다. 천성이 시소보다 그네 타는 걸 좋아했었죠. 어릴 적에 선배들을 많이 찾아다니면서 재롱떨고 술 얻어먹고 그랬던 건 사실 순수한 마음만은 아니었어요. 빽없는 흙수저 출신이 어떻게든 사회 진출에 도움을 받기 위해 인맥을 만들려는 의도를 부정할 수는 없거든요. 하지만, 사람들과 어울릴 때 에너지를 무척 많이 소비하는 편이어서, 하루 만나고 나면 그 다음날, 혹은 이틀은 꼭 쉬어야 했어요(결코 술에 꼴아가지고 뻗었던 것만은 아닙니다). 20년을 넘게 같이 살았어도 아내와 같이 여행을 다니면 너무 피곤합니다. 딴 거 없어요. 단지 저 혼자만의 시간이 평소보다 대폭 줄어서 그런 거일 뿐이에요. 와이프가 친정 가면 친구들 불러서 파티를 한다는 사람도 있다지만, 저는 그때가 그냥 모든 종류의 인간관계로부터 휴가를 갖는 날이에요. 그렇다고 평소에 다른 사람들 챙겨주느라 항상 마음이 바쁘거나 하는 사람도 아닌데도, 혼자 있는 시간이 없으면 금세 지쳐요. 영화 역시 같이 보는 것보다 혼자보는 걸 좋아합니다. 어릴 적에도 여친과 같이 본 영화를 혼자서 한번 더 본 경우도 허다했죠. 내 에너지를 오롯이 영화에만 집중을 하는 걸 좋아해서 그랬을 거예요. 워낙에 이렇게 살아와서 그런지, 사실 노년의 외로움에 대해 걱정을 해본 적도 없습니다.

외롭다는 감정은 어떻게 오나요? 자신의 생각이나 아픔을 공감, 혹은 이해해 주는 사람이 없을 때? 자신의 불평을 들어주는 사람이 없을 때? 누군가 의지할 수 있는 사람이 곁에 없을 때? 한동안 한국 사회를 지배하던 문화 키워드는 '힐링'과 '위로'였었죠. 그만큼 힘들게 사는 사람들이 많아서였을까요? 그래도 수많은 성인들이 위로 콘텐츠, 힐링 프로그램을 돈을 턱턱 내고 구매하는 건 무척 기괴하게 보였던 것 같아요. 물론 거기서 뭔가 해답을 찾을 수 있을 거라고 아무도 기대하진 않았겠죠. 그냥 자신이 혼자가 아니라는 사실을 확인하려 했다고 합니다. 그런데, 그게 어떻게 확인되는 건가요? 단지 유사한 경험과 고통을 겪고 있다고 하더라도, 누군가의 아픔을 공감하고 위로하는 것이 가능한가요? "(저 사람에 비하면) 이 정도면 난 괜찮은 편이네" 하는 안도감이 전혀 없다고 말할 수 있을까요? 엎어져서 무릎이 까졌을 때 달려와 안아주고 걱정해 주고 땅바닥을 때려주는 엄마 아빠를 바라는 미성숙 때문이 아니라고 말할 수 있나요?

물론 노년의 외로움은 좀 성격이 다를지도 몰라요. 누군가는 노년의 시간이 빨리 지나가는 것에 대해 '기념비적인 사건'이 줄어들어서 그렇다고 하잖아요. 십 대 이십 대 때는 하루에도 몇 차례씩 깜짝 놀라는 일들이 생기고 그게 한 달을 채우고 일 년을 채우고 하는데, 어느 정도 나이가 들고 나면 이 모든 게 이미 겪어 본 일이 되다 보니까, 그만큼 뇌의 기억용량을 작게 점유한다는 거죠. 전두엽에서 나오는 도파민의 양도 현저하게 줄어들 테니, 나이가 들면 흥분

할 일이 줄고 매사에 심드렁해지는 건 어쩌면 당연한 일일지도 모릅니다. 언제 마지막으로 미친 듯이 웃어봤나 기억도 가물하고 말이죠. 이런 상황에서 길거리 아이들이 낙엽이 굴러가는 것에도 까르르 웃는 걸 보면 마음이 헛헛해지기도 하겠죠. 그리고, 단지 외로움만이 아니라 실제로 노인이 되면 사회적으로 고립이 되기도 하잖아요. 저만 해도 어렸을 때를 돌아보면 연장자들이랑은 대화가 힘들던 것 같아요. 말은 안 통하는데 계속 뭔가를 가르치려 드는 것도 힘들었죠. 여기에 체력 저하로 인한 자존감 하락, 주류 트렌드로부터의 소외, 자신이 걸어온 인생에 대한 과도한 애착으로 인해 자신의 잘못을 인정하기 싫어하는 아집 같은 것들이 세대 간 소통을 줄어들게 만든다고 생각했어요. 그런데, 이런 건 지금도 여전하지 않나 싶어요. '갑질', '꼰대', '나때는 말이야 Latte is horse'와 같은 밈이 해외 언론을 통해 소개될 정도니까요.

하지만 노년의 외로움이 더 짙고 깊은 색을 띠는 건, 무엇보다 나이가 들면서 사람이 혼자 살게끔 설계되지 않았다는 걸 깨닫게 되기 때문일 거예요. 누군가는 사회적 동물인 호모 사피엔스가 외로움을 느끼는 이유는 생존본능이라고도 합니다. 예전에는 비혼 선언을 하는 젊은이들이나 독신으로 사는 중년들은 이런 식의 훈수를 들어야 하곤 했었죠. "그래도 늙으면 등 긁어줄 사람이라도 있어야 해." 그리고 상대에게 프러포즈를 하면서 "원숭이 새끼들 서로 등에 벼룩 잡아주는 것처럼 오래 같이 잘 살자" 하며 다짐을 하기도 했습니다. 그때 당시에는 저게 그냥 쓰는 표현이구나 하고 깊이 생각해 보질 않았었는데, 어느 정도 나이가 들고 보니 무슨 뜻인지 알 것도 같더라구요. 등을 긁어주거나 이를 잡아줄 사람이 필요하다는 건 인간 개체가 신체구조부터 무척 불완전한 존재로 태어났다는 것을. 그리고 기다란 숟가락을 쓰는 지옥처럼, 인간사회란 인간이 혼자서 자신의 기본적인 욕구조차 해소하기 어렵게 디자인되었다는 사실을 말이죠. 저처럼 아무리 제 잘난 맛에 사는 사람이라 할지라도 나이가 들고 세상의 오해에 일일이 맞대응할 기력이 떨어지게 되면 결국 자신의 부족함을 인정할 수밖에 없다는 거죠.

하지만 사람을 만나고, 서로의 체온과 생각을 나누고, 비슷한 생각을 가진 집단 속에 있다고 해서 외로움을 덜 수 있다는 기대는 여전히 의아합니다. 설사 그렇더라 하더라도, 단지 자신의 외로움을 달래기 위해 형성된 관계가 얼마나 의미 있는 것인지 역시 잘 모르겠고요. 많은 1세대 이민자들이 처음 한인 교회에 가는 것도 비슷한 이유였어요. 외로워서, 한국인 친구 사귀려, 솔깃한 정보를 얻기 위해. 그렇지만 한국말을 99.99% 쓰는 한국 땅에서도 대화가 통하는 사람을 찾기 힘들었는데, 같은 언어를 쓰는 군중들 속에 있다고 해서 과연 외로움을 덜 수 있을까요?

생각이 같고 말이 쉽게 통하는 사람들끼리만 모여 서로 같이 웃고 격려하고 위로받고 하는 것도 조금 불안하기는 마찬가지입니다. 오프라인보다 온라인으로 사람들을 더 많이 만나게 되고 SNS의 알고리즘이 발달한 요즘에는 '끼리끼리만 모인다'라는 말로도 부족한 뚜렷한 한계가 보이거든요. <나는 꼼수다>로 시작된 정치 / 사회

비평 인터넷 미디어에서 더 적나라하게 드러나기도 했죠. 모두 내 편이라는 사실을 재확인하면서 얻는 안도감. 공동의 적을 희롱하면서 갖게 되는 결속력. 이런 공동 배설 행위에서 얻는 쾌감이 개인이 가지는 외로움을 얼마나 치유해 줄 수 있을지는 의문이라는 거죠. 오히려 제겐 인생에 있어서 '고독'은 삶의 기본값 정도로 봐야 하는 게 아닐지 생각이 듭니다. 스스로 나 자신에 대해 더 관심을 가지고, 자신과 더 많이 대화하고, 사랑하고, 부끄러운 일을 반성하고, 후회하는 일을 곱씹고, 이러면서 사람은 성장을 하는 게 아닌가 싶어요.

알아요. 이연 님이 이 영화를 보고 글을 쓴 이유. 나이와 환경에 구애받지 말고, 남들 눈치보지 말고, 자신의 욕망에 솔직해지자는. 아프고 늙어갈 자기 자신을 행복하게 해줄 용기를 갖고 외로움에 정면 대응하자는. 그런데 결국, 대학살 같은 외로움에 허덕일 때조차 타인의 시선에 더 신경 쓰는 것도 결국 자기 자신의 욕구를 긍정할 수 없어서 그런 게 아닌가 싶다는 거죠. 그리고 자신의 욕구와 정면으로 마주칠 용기가 없는 사람이 타인의 말을 제대로 들을 수 있을 리가 없잖아요. 상대가 꺄르르 웃는 모습을 바라보며 시소를 탈 때에도 그 사람과 나의 몸무게 정도는 알고 있어야 재밌게 탈 수 있을 테니 말이에요.

جدایی نادر از سیمین

ㅣ제작사ㅣ 아시가르 파르하디 프로덕션
ㅣ감독ㅣ 아시가르 파르하디
ㅣ각본ㅣ 아시가르 파르하디
ㅣ출연ㅣ 레일라 히타미, 페이만 모아디
ㅣ수입·배급ㅣ 영화사 진진

씨민과 나데르의 별거

등을 맞대고 - 동선

┊
┄┄┄ 알려는 마음 - 이연

→↔ 딸 교육을 위해 이민을 떠나려던 씨민과 나데르 부부. 갑자기 나빠진 나데르 아버지 건강. 딸 교육과 아버지 돌봄 사이에서 시작된 씨민과 나데르의 갈등. 아버지 간병을 위해 나데르가 고용한 라지에. 그녀의 실직한 남편 호잣. 저마다 종교적 신념과 명예를 지키려다 커지는 거짓말, 거짓말. 법정에 선 씨민과 나데르 부부의 딸 테르메. 판사의 질문. 엄마야, 아빠야?

등을 맞대고 - 동선

.... 알려는 마음 - 이연

저도 순진할 때가 있었거든요. 좋아하는 여자아이의 목덜미만 봐도 심장이 내장탕 천엽처럼 몰랑몰랑거리고, 뽀뽀할 때는 '쪽' 소리만 나는 걸로 알고 있었을 때 말이에요, '스믈텅스믈텅'이 아니라. 그때는 300원짜리 갱지 연습장을 책가방에 넣고 다녔었죠. 그리고 그 연습장 앞표지에는 대개 유명 뮤지션 혹은 영화배우 사진들이 있거나 유명한 시들이 적혀 있고는 했었잖아요. ≪목마와 숙녀≫나 ≪지란지교를 꿈꾸며≫ 같은 고전이나 ≪홀로서기≫나 ≪마주보기≫와 같은 당시 흥행작들. 그러면서 세상에 어딘가 있을 내 단짝을 그리워하고, 그녀를 만나면 어떻게 사랑을 키우고 지켜나가야 할지 궁금해한 적도 있습니다. 네. 하라는 공부는 안 하고요.

그리고 ≪마주보기≫ 시가 유행일 때 그런 논쟁도 있지 않았나요? 진정한(!) 연인이라면, 혹은 천생연분의 부부라면 서로 마주보는 것이 바람직한가, 아니면 나란히 서서 같은 곳을 향해 바라보는 것이 더 나은가 하던 거 말이에요. 지금 생각하면 그게 뭐가 중요한 가 싶기도 하지만 그때는 무척 평화로운 세상이었는지 그런 걸 가지고 코피 터지게 논쟁을 하곤 했었죠. 그러다가 대학에 가서 우연히 청강했던 수업에선 그런 얘길 하더라구요. 밤에 으슥한 공원에서 데이트를 하고 있는데 어디선가 일군의 불량배들이 나타나는 거죠. "어이~ 그림 좋은데~" 하면서요(30여 년 전의 상상력입니다). 한눈에 봐도 거칠어 보이는 놈들인데 수적으로도 저쪽이 우위여서 순식간에 둘러싸이게 됩니다. 이럴 때, 두 연인은 마주봐야 하나요? 같은 곳을 나란히 봐야 하나요? 당시 여성학 강사의 답은 "둘이 등을 맞대고 서서, 서로 반대편을 주시하고, 가드 올리고, 불량배들과 맞서라"였어요.

물론 그냥 비유일 거예요. 마주보면서 같이 걱정을 하든지, 같은 곳을 향해 손잡고 도망을 가든지, 등을 맞대고 각자 전투준비를 한다는 건 말이죠. 하지만 각자가 생각하는 올바른 연인이나 부부상에 대해서 적절하게 반영하는 것 같기는 합니다. 예전에 어느 심야 라디오 DJ가 얘기하길, '결혼은 즐겁고 행복한 일을 같이 나누기 위해서 하는 것이 아니다. 즐겁고 행복한 일에는 연인이나 부부가 아니더라도 축하해 줄 친구들이 많다. 하지만 슬프고 고통스러울 때 자기편이 되어줄 사람은 연인이나 부부밖에 없다고 생각한다. 결국 결혼은 슬픈 일을 같이 감내해 줄 사람과 해야 한다'라고 했었죠. 저로서는 어느 정도 동의를 할 수밖에 없었던 건, 사실 연애시절에는 얼굴만 봐도 기쁘고 즐거울 수 있겠지만 사람이 살면서 맨날 맨날 그렇게까지 행복할 수는 없는 거잖아요. 무리해서 군이 따져보더라도 일 년에 300일 정도는 그럭저럭 무탈하게 살게 되고, 60일은 슬프거나 고통스러운 일이 생기고, 5일 정도 미친 듯이 즐겁고 행복하단 말이죠. 그렇다면 나랑 한집에서 오랫동안 같이 생활할 사람이 어떤 사람이어야 할지는 답이 나옵니다.

사실 처음 영화를 봤을 때는 씨민을 아주 이해할 수 없는 건 아니었어요. 저 역시 한창 이민병에 걸려 있을 때엔 탈한국이 인생 최고 목표였으니까요. 그리고 어쩌면, 씨민이 처음에 이민 준비를 했을 때는 나데르 역시 동의를 했을지도 모르잖아요. 아버지가 급작스럽게 병이 생기고 혼자서 거동을 못하시게 되니까 뒤늦게 말을 바꾼 걸 수도 있죠. 게다가 영화 속 나데르를 보면 마치 '자신이 옳다고 생각하는 걸 상대가 수긍하도록 하는 일이 곧 정의구현'이라고 생각하거나, '명예로운 삶'과 '모욕당하는 걸 참지 못하는 삶'을 혼동하는 태도가 종종 보입니다.

하지만, 부친의 건강 상태 때문에 힘들어하는 남편에게 계속 이민을 가자고 요구했던 그 순간부터 씨민과 나데르의 부부관계는 끝이 났다고 생각해요. 나데르 아버지의 간병이나 그 부자(父子) 관계가 이민보다 더 중요한 사안이기 때문이 아니라, 씨민이 배우자의 고통을 전혀 이해하려고도, 가족의 위기로 받아들이지도 않았기 때문입니다. 그냥 남편의 변심에 본인이 피해를 입었다고만 생각했던 거죠. 그러니 당연히 그 사안을 가지고 설득이나 논쟁, 박치기를 하는 일도 없었고, 차선책을 세우려고도 안 했던 겁니다. '혼인관계'라는 것은 그냥 공적으로 인정받는 타이틀일 뿐이죠. 태권도 1단, 2종 보통면허처럼요. 그걸 가지고 있다고 해서 부부가 진짜 부부로서 생활하고 있다고는 말할 수 없을 거예요. 특히 이 영화에서처럼 위기 상황에서 상대를 의지할 수 없다면, 굳이 그 타이틀을 유지할 이유도 없는 것이겠죠.

전에 아내와 둘이서, 아니 당시 키우던 강아지까지 셋이서 처음 바다에 나가 카약을 탔을 때였어요. 둘이서 같이 탈 수 있는 '텐덤 카약(Tandem Kayak)'의 별칭이 뭔지 아세요? 바로 '이혼 카약(Divorcing Kayak)'이라더군요. 이게 손발이 안 맞으면 정말 배가 바다 한가운데에서 빙글빙글 돌거든요. 사실 친구끼리 같이 탔다면 그냥 낄낄거리며 웃고 넘어갈 수 있는 일일지도 몰라요. 오늘은 웃고 두 번 다시 같이 카약을 안 타면 되니까요. 하지만 부부끼리 이런 일이 생기면 그동안 손발이 안 맞아서 겪었던 모든 설움이, 그리고 앞으로 이 험한 세상을 과연 어떻게 헤쳐 나갈지 걱정으로 대하드라마를 쓰게 됩니다. 게다가 서로 볼 거 못 볼 거 다 본 사이잖아요. 남들은 모르는 상대의 한심한 점을 알고 있으니 그게 가속도가 붙어서 노 하나 박자 맞춰서 딱딱 못 젓는 상대방이 너무 못 미더울 수밖에 없죠. 저희도 바다로 나간 지 5분 만에 그렇게 박치기를 하고 있었습니다. "야이 씨, 나랑 같은 쪽으로 노를 자꾸 저으면 배가 계속 한쪽으로 돌잖아!" 하면서 말이죠.

그런데, 거짓말처럼 날이 순식간에 어두워지더니 먹장구름이 쫙

깔린 거 있죠. 그러더니 두둑두둑 빗방울도 떨어지고 바람도 갑자기 세차게 불기 시작했어요. 파도도 심하게 울렁이고요. 카약 대여점 직원이 자기 배를 몰고 나와 위험하니까 빨리 항구로 돌아가라고 소리치고 다녔어요. 우린 벌써 10분 전부터 돌아가려고 하던 중이었는데도 말이죠. 상황이 너무 급박하게 돌아가는 것 같았고 우리가 바짝 긴장하고 있는 걸 눈치챈 강아지는 계속 배 안에서 낑낑대고 있었어요. 그때가 아마 카약을 처음이나 두 번째 탔을 때였을 거예요. 쌩초보들이 도대체 무슨 배짱으로 바다에 나가 카약을 탈생각을 했는지 지금은 전혀 이해할 수 없지만, 아마… 그냥 멋져 보여서였겠죠. 그리고 아마 제가 무슨 만화책에서 읽었을 가능성이 높아요. 카약이 그나마 1~2인용 소형 배 중에서는 가장 안전한 탈것이라는걸요. 그리고 그 위기 순간에도 그 만화책에 나온 얘길 기억했어요. 거친 파도를 배 옆으로 맞으면 배가 전복될 가능성이 있으니까, 반드시 배 앞뒤로 파도를 맞으라고요.

근데 이론적으로는 완전히 이해했어도, 사실 실전에서 파도를 정면이나 뒤로 받는 건 쉬운 일이 아니었죠. 파도가 뭐, 항상 내가 원하는 방향으로 오는 게 아니잖아요. 옆으로 치는 파도를 피하려고 배를 돌리면 우리가 가야 하는 곳과 완전히 엉뚱한 방향으로 가야 하더라고요. 그래서 일단 이론은 무시하고, 빨리, 가장 최단 코스로 직진하려고 했는데 순간 옆으로 파도가 덮치는 바람에 전복 직전까지… 그래서 다시 겸손하게 이론을 따르기로 했죠. 조금 돌아가더라도 안전하게, 그리고 해안가 근처는 아무래도 파도가 덜 심하니

까 일단은 거기까지 간 후 천천히 카약 대여소로 해안가 따라서 가
려고 했어요. 그런데 나중에 생각해 보니까, 처음 배 타고 나갈 때
는 그렇게 쥐 잡듯이 싸웠었는데, 막상 비 오고 폭풍 치고 하니까
둘 다 군소리 안 하고 묵묵히 노를 젓고 있었다는 거죠. 물론 여전
히 손발이 안 맞아서 헤매긴 했지만 그런 거에 짜증 부릴 상황이 아
니었으니까요. 일단은 해안에 배를 대는 게 중요했거든요. 간신히
해안가에 도착해서 카약을 챙길 때에는 아내나 나나 다리가 완전
히 풀린 상태였습니다.

　'졸혼'이나 '해혼'이라는 얘기가 나오면서 부부관계보다 함께 나
이 들어갈 교우관계를 더 중요시하는 생각들이 있었죠. '예의 바르
고 사이좋은 직장 동료 관계'를 모든 인간관계의 기본값으로 둬야
한다고 생각하는 저로서도 반 정도는 동의할 수 있을 거 같습니다.
친구들끼리 헛소리하면서 낄낄거리는 즐거움, 친구들 간의 관심이
주는 다정함, 같이 어울려 놀 때의 즐거움이 주는 삶의 풍요로움 같
은 건 당연히 있죠. 하지만 삶의 현실 - 슬프고 고통스러운 순간을
친구들과 마음 깊숙히 나눌 수 있는 경우는 그렇게 많지 않다고 봐
요. 특히 내 슬픔을 전달할 때 자신이 부끄러워하는 면을 노출시켜
야 하는 경우가 많은데, 많은 사람들은 대외적으로 보이는 자신의
사회적 이미지를 포기하지 못하잖아요. 그럴 때 내 등을 기댈 수 있
는 곳은 결국 내 찌질함을 속속들이 알고 있는 배우자뿐이 아닐까
생각합니다. 물론 친구 같은 배우자라면 더할 나위 없겠지만… 그
건 무슨 꿈꾸던 일로 밥벌이를 하는 '드림잡'이라든가 '성공한 덕

후'처럼 정말 일부에 한한 거잖아요.

아마 앞으로도 계속 덜컥거리고 쌈질하고 박치기하고 "으이구… 즈응말 안 맞아, 안 맞아아!" 하면서 투덜대며 지내겠지만, 그래도 이민 와서 줄어드는 은행 잔고 보면서 걱정하고, 취업 준비 때문에 같이 고생을 하고, 섬에 있는 슈퍼에서 같이 주 6일 일하고, 밖에서 열쇠를 잃어버리면 같이 찾고, 15년간 키운 강아지를 먼저 무지개 다리 건너 보낼 때 제가 같이 등을 맞댈 수 있었던 사람은 아내밖에 없지 않았나 싶습니다. 그래도 20년 넘게 같이 살면 좀 투닥대는 게 덜해지거나 서로 닮아가지 않느냐구요? 더 잘 맞는 결혼생활을 위해 날 맞추거나 상대를 바꿔 볼 생각은 없냐구요? 뭐 예전보다 말이 더 통하기는 하죠. 아무래도 동일한 경험을 쌓아왔으니까요. 그래도 말이죠. 그래도 왜, 영화 <인생 후르츠> 처음에 나오잖아요. 65년을 같이 살아온 잉꼬부부라고 할지라도 식탁 하나 옮기는 것도 한 번에 딱딱 못 맞추던 장면. 부부는 원래 다른 사람이고, 인간은 안 변하거든요.

등을 맞대고 - 동선

알려는 마음 - 이연

"설탕은?"

20여 년 전, 대구 병원. 이제 막 정신이 든 시아버지 입에서 나온 첫마디. 설탕은 어딨노? 당신 생사보다, 가족 안부보다, 더 궁금한 설탕 행방. 설이라고 노인정에서 나눠주는 설탕 받으러 오토바이 타고 나갔다 돌아오는 길에 트럭이랑 부딪쳐서 집 근처 도립 병원으로 실려 간 시아버지. 도립 병원에서 대구 병원으로 이송. 어머니 전화 받고 부랴부랴 대구 병원에 도착한 자식들. 며칠 뒤 퇴원한 시아버지는 응급차를 타고 서울 우리 집 근처 대형 병원으로. 그날 서울 방향 경부고속도로를 달리는 응급차엔 시아버지랑 시어머니가. 응급차 뒤엔 비상 깜빡이를 켠 우리 차. 우리 차 뒤엔 형님네 차.

설 연휴 전날. 머리한다고 미용실 가서 기다리고 있는데, 걸려온 전화. 전화벨 소리에 괜히 두근거리는 마음. 빨리 와! 아버지 교통사고 났대! 집에 가니 거실에 트렁크를 꺼내놓고 짐을 싸고 있는 그.

"초상 치르고 올 수도 있어. 옷 넉넉하게 넣어."

휙휙, 뒤로 달아나는 옆 차선 차들. 뒷자리엔 잠든 아이들. 금세 새까매지는 어둑하던 하늘. 혼자 발을 동동 구르다 자식들이 도착하고서야 의자에 털썩 주저앉는 어머니. 눈 와서 미끄럽다고 가지 말래도. 좀 있음 쟈들 오니 낭중 가래도 말을 들어먹어야지. 오도바이에 설탕 싣고 오다 트럭이랑 부딪쳤단다. 도립 병원 갔드마 대구 큰 병원으로 가라카대. 시아버지 수술실 들어가는 거 보고 근처 소파에 시커먼 얼굴로 앉아 있는 형님 내외랑 그.

"저희 집에서 영동 세브란스까지 걸어서 5분이에요. 거기로 아버님 모시고 가면 어때요? 어머니 혼자 병간호하기 힘드실 텐데, 서울 오시면 저희 아빠랑 교대할 수도 있고. 어머니도 병원에만 계시는 것보다 왔다 갔다 하시면서 쉴 수도 있고."

뜻밖이라 그런가. 한참을 아무도 대꾸를 안 하더니 시아주버니가.

"괜찮겠어요?"

다른 생각은 없었어요. 잘은 몰라도 서울 병원이 조금 더 낫지 않겠나. 시댁에서 대구까지 차로 2시간. 시어머니 혼자 대중교통으로 왔다 갔다 하려면 힘들게 뻔한 데다 병간호하면서 궁금한 게 있어도 마땅히 물어볼 데가 없으니 답답하지 않을까. 서울 오면 병원 가까이 우리 집이 있으니 잠깐 와서 눈도 붙일 수 있고 씻는 것도 편할 테고 뭣보다 의지할 아들이 곁에 있으니 불안이 덜어지지 않을까. 남들 보기엔 효심 깊은 며느리로 보였을지도 몰라도 저, 그렇지 않아요. 효율성이니 실용성 따져가며 머리 굴릴 만큼 영악하지도 않고요. 그럼 왜 그랬냐고요? 그가 워낙 효자예요. 아버님보다 병원에서 먹고 잘 어머니 생각에 주말마다 대구까지 내려갈 게 뻔한데 그럼 보나마나 피곤할 테고, 매주 피로에 찌든 그를 보는 게 싫었어요. 아무리 그래도 시부모가 집으로 오면 고되지 않냐고요? 당연히. 내가 고되더라도 덜 피곤한 그를 보고 싶어.

내가 원한 건 그것뿐.

결혼은 슬픔을 감내할 사람이랑 해야 한다는, 동선 님 말. 감내한다는 건 참고 견딘단 건데, 동선 님은 그렇던가요? 그래지더냐구요. 어릴 적에야 저도 사랑하면 희로애락쯤은 함께할 줄 알았더랬죠. 막상 살아보니 쉽지 않던걸요, 씨민과 나데르처럼. 슬픔은 고사하고 기쁨도. 나를 낳아준 부모뿐만 아니라 피를 나눈 형제와도 기쁨을 온전히 나눌 수 없던데요. 고통을 포함한 모든 감정은 개별적이고 측량 불가라. 짧게는 20여 년, 길게는 30년 넘게 걸어온 발자취와 써온 이야기가 다른 사람과의 감정 공유? 감내? 글쎄요… 요즘은 슬픔의 공감보다 어려운 기쁨의 공유. 누군가의 기쁨을 온전히 축하하는 거, 동선 님은 가능해요? 전 배 아프고 샘부터 나던데요. 사랑도. 네, 사랑하는 사이에도. 불행이나 슬픔 앞에서 난 어땠더라… 누군가한테 기대어 참고 견디기보단 무통의 기다림. 영화 <플라워 킬링 문> 속 몰리, 그녀처럼. 폭풍이 올 땐 가만히, 납작 엎드려.

투병하면서 생긴 루틴, 저녁 천변 산보. 맨날 11시, 그렇지 않으면 술에 취해 새벽에나 들어오더니 어쩔라고 대여섯 시면 집에 와서 같이 저녁밥을 먹고 산책길에 따라나서는 그. 맨날 뻔한 그와의 대화. 그 여름밤, 처음이자 마지막으로 한 번도 말한 적 없는 서로의 속내를, 시시콜콜하고 내밀한 것까지 다 끄집어내서 얘기한 그 산보. 스무 해 넘게 살을 맞대고 살아도 이렇게 모를 수가 있구나. 그랬어? 정말? 난 몰랐어. 왜 그때 말하지 않았어? 난 그래서 그런 거 아닌데… 수수께끼가 풀리고 그렇게나 찾아 헤매던 미로의 출구가 어렴풋이 보이던 그때 그 산보의 아우름. 부부뿐만 아니라 모든 관계에서 지양할 태도는 넘겨짚음과 떠넘기기. 감정의 깊이나 시간의 길이를 빌미로 한 자유분방한 추측과 서두른 단정. 잘 알지도 못하면서, 다 안다고. 그러다 일이 터지면 책임 떠넘기기 일쑤. 상대의 약점을 트집 잡아 행여 날아올지도 모를 비난에 서둘러 두르는 얍삽한 방어막. 너 때문이야. 니가 그러니까 자꾸 이런 일이 생기잖아. 그때 천변을 걸으면서 얘길 하면 할수록 갸웃해지는 고개. 이렇게 얘길 하면 될 걸 왜 여태 입을 꾹 닫았지?

"니가 좋으면 난 다 좋아."

내 말을 차단한 그의 말. 얼핏 배려처럼 들린 그 말은 눈 감고 귀 막겠단 의지의 표명. 귀찮게 자꾸 묻지 좀 마. 그렇다면 그의 입을 다물게 한 내 말은 뭐지? 동선 님 말처럼 사람 안 변해요. 계곡 상류 모난 돌덩이 하나. 하류로 떠내려오면서 물살에 쓸려 깎이고 깎여 둥그레질 순 있어도 화강암이 대리석이 되지 않듯. 다름에 끌려 시작한 사랑은 다툼과 헤어짐으로. 두 세계를 끌어안은 단어, 다름. 매혹과 권태. 반김과 토라짐. 생기와 시듦. 내 안에도 내가 모르는 것 투성인데, 하물며 타인이야.

동선 님은 시아버지의 건강이 나빠졌는데도 계속 이민 가자는 씨민 때문에 그들 부부 관계가 끝났댔어요. 씨민이 나데르의 고통을 이해하려고도 가족의 위기로도 받아들이지 않고 남편의 변심에 피해를 입었다고만 생각해서. 제가 본 씨민은 좀 달랐어요. 고집불통 나데르보다는 한결 유연했달까. 차 안에서 시아버지 손길에 터진 씨민의 울음. 그건 그렇고 타인 사이의 이해 말이에요, 동선 님은 그게 가능하던가요? 사노 요코의 말. 내가 고양이가 아닌데, 어떻게 고양이 마음을 알아요. 그래도 이해에 관해 얘길 해보자면, 어느 한쪽에게만 부과된 이해야말로 희생이고 무례가 아닐까요. 떠넘김보다는 떠안음일 때 퍼지는 희생의 얼굴. 강제가 아닌 자발의 반김. 내가 가장 아팠던 건 어그러진 이민이 안겨줬을 씨민의 낙심과 아버지의 건강 악화로 나데르가 입었을 고통의 저울질. 무게와 깊이를 잴 수도 가늠할 수도 없는, 그 비정한 저울질. 그 모든 걸 떠나서요, 나데르가 이렇게 말해줬더라면. 당신 마음, 다는 몰라도 아주 조금은 알 것 같아. 지금, 이 상황 받아들이기 힘들다는 거, 알아. 그래도 나는 말이야, 당신이 내 곁에 있으면 좋겠어. 그래 줄래? 당신이랑 테르메랑 떨어지고 싶지 않아. 혹은 씨민이 이렇게 말했더라면. 아버님 때문에 당신이 이민 떠날 수 없는 거, 알아. 난, 당신이 이민 못 가게 된 내 마음을 조금만 알아줬으면 했어. 한 번만이라도. 내가 원한 건 그뿐이었어. 나도 당신 곁에 있고 싶어.

카약 얘기가 나와서 말인데요, 누드 카약이라고 들어봤어요?

어느 해 여름. 제주도로 여름휴가를 가기로 해놓고 하루 전날 못 가겠다는 그. 돌아누운 제 귀에 들리는 그의 속삭임. 혼자 갈 수 있지? 자긴 잘할 거야. 공항을 나와 렌터카에 앉자마자 뭐라 뭐라 설명하는 렌터카 직원. 끄덕끄덕. 네, 네. 출발 안 해요? 네? 아, 네. 그때 난 운전면허 따고 막 연수를 끝낸 쌩초보. 허둥지둥 공항을 빠져 나와 얼마나 달렸을까요? 한치 앞도 보이질 않았어요. 안개가, 안개가. 차 앞 유리창에 흰 물감을 확 부은 듯, 희고 흰. 더듬더듬 도착한 숙소. 짐은 풀지도 않았는데 침대 위에서 폴짝폴짝 뛰며 깔깔거리는 애들을 보고 있으려니 오는 길에 본 희고도 흰 안개가… 흐려지는 방 안 풍경… 그래도 명색이 휴가라고 왔는데 숙소에만 있을 순 없어서 차를 몰고 간 쇠소깍. 거기 누드 카약이 있대서 강사랑 애들만 태우고 저는 어디 카페라도 들어가 잠깐 숨 좀 고르려고.

"어른 한 명에 애 둘이요?"

"저… 혹시 저 대신 강사랑 타면 안 되나요?"

"네. 보호자랑 같이 타야 해요."

물이라면 질색을 넘어 공포스러운데 시커먼 물밑이 훤히 보이는 누드 카약을 타야 한다니. 해수와 담수가 만난 깊은 웅덩이라는 쇠소깍은 멀리서 보기엔 잔잔한 호수 같았어요. 아무리 파도가 없대도 둘이 노를 저어도 힘든데 애 둘을 태우고 나 혼자? 카약도 처음인 데다 노를 저어본 적도 없는 내가? 아니나 다를까 배는 점점 절벽으로. 어… 어? 이게 왜 이러지? 이쪽으로 가면 안 되는데? 내 말에 잦아드는 애들 웃음소리. 굳어가는 회색빛 얼굴. 배에 부딪히는 물살에 출렁이는 공포. 엄마… 어, 어… 결혼생활이요? 그는 어땠을지 몰라도 난 그날 그 쇠소깍 누드 카약. 끝이 보이지 않는 검은 물밑을 보며 노를 젓고, 저어야 했던. 비명을 지를 수도, 노를 내팽개칠 수도, 검푸른 바다에 뛰어들 수도 없던. 공포로 진땀 나도 맞댈 등이 없어 뒤가 서늘한.

236

어제 병원 진료 끝나고 도서관으로 가서 읽은 책 속 문장. 안다는 것과 알고 싶은 것… 그 글귀에 멈춰 선 마음. 사랑에도 농도나 밀도가 있다면, 알려는 마음이 더 진하고 빽빽하지 않을까. 마음은 고임이 아니라 흐름. 웅덩이가 아닌 강물. 책을 읽으려는데 단풍 물든 잎새 사이로 언뜻언뜻 노을이. 저기, 서쪽 하늘에. 냉큼 책을 반납하고 올라간 도서관 언덕. 수크령도 있고 빨갛게 물든 화살나무도 있어서 노을이랑 정말 잘 어울리는 그 언덕. 거기 서서 노을을 보는데, 문득 인 궁금증. 맨날 말하지 않아도 다 안다는 그는 내가 이 언덕을 얼마나 좋아하는지 알까? 여기 오를 때 내 마음이 어떤지, 여기서 내가 무슨 생각을 하는지… 알기는 할까? 마주보든 같은 쪽을 보든 등을 맞대든, 알고 싶을까? 아직도, 여전히, 나를?

눈은 모든 결점을 지웠어.
구겨지고 버려진 것들,
진흙과 아스팔트, / 결함과 균열과 작은 배신들.
저마다 품고 있던 비밀들은 사라졌고
모든 것이 뒤섞였지.
처음부터 하나였던 것처럼.

푸르게 빛나던 담장이 있던 자리에서
지금 우리는 함께 흰 눈을 덮고 있어.
손을 맞잡고 / 천천히 걷고 또 걷다가
지나온 길을 되돌아보며 깨닫는 건
걷는 동안 우리가 함께였다는 것.
- 아주라 다고스티노, 《눈의 시》 중에서.

토니 에드만

니 인생 살어 - 이연

조언의 조건 - 동선

I 제작사 I 콤플리젠 필름,
       쿱99 필름 프로덕션
I 감독 I 마렌 아데
I 각본 I 마렌 아데
I 출연 I 페터 지모니셰크, 잔드라 휠러
I 수입·배급 I 그린 나래 미디어

→ 나랑 닮은 듯 다른, 가까운 듯 먼 존재, 피붙이. 가까워지려야 가까워질 수 없는(?) 아버지와 딸. 일에 치여 웃음기 사라진 딸 이네스가 딱한 아버지 토니. 진지한 구석이라곤 없이 장난에 목숨 거는 아버지가 못마땅한 딸 이네스. 예고 없이 일상에 끼어든 아버지를 부록처럼 달고 다니는 딸. 자세히 보면, 곳곳에 딸이 흘린 아버지 DNA의 흔적이. 아, 이런 유전!!

니 인생 살어 – 이연

...... 조언의 조건 – 동선

　'밤 깊은 마포 종점. 갈 곳 없는 밤 전차. 비에 젖어 너도 섰고 갈 곳 없는 나도 섰다~'

　쩌렁쩌렁 울리는 트로트. 두 뺨에 와닿는 찬 공기. 으으으… 몸을 잔뜩 웅크려 돌아눕는 언니랑 오빠. 붕 뜨더니 팽팽해진 이불. 쑥 들어와 옆에 눕는 찬 공기. 매일 아침이면 전축 위에 트로트 레코드판을 올리고 온 집안 창문을 활짝 열어젖히는 아부지. 일어나라 어째라, 말하지 않고. 그래서였을까요. 거부감 없는 트로트. 없다뿐인가요. 봄이면 잘근잘근 씹히는 '찔레꽃 붉게 피~는 남쪽 나라 내 고향' 가사, 가슴팍에 피어나는 '해당화 피고 지는 섬마을에 철새 따라 찾아온 총각 선생님'이나 '앵두나무 우물가에 동네 처녀 바람났네' 멜로디 아지랑이. 이래서 조기교육, 조기교육 하나 봐요. 실랑이 붙거나 그럴 조짐이 보일라치면 냉큼 지는 쪽에 서는 아부지. 우리 삼남매 키울 적에도 따끔하고 매운 매보다 부드럽고 뜨거운 기도로 마음을 적시던 아부지 훈육 방식. 방으로 와. 방 가운데 둥그렇게 무릎 꿇고 앉은 아부지랑 우리 삼남매. 주여, 이 아이들을 용서하소서… 회초리보다 무섭고 아팠던 기도. 굵고 낮은 아부지 목소리. 꿇은 무릎 위에 올려진 아부지 손깍지. 도드라진 굵고 퍼런 핏줄. 홀쩍홀쩍, 흐르는 눈물 콧물. 더디고 저렸던 그 시간. 축축하고 어둑했던 그 방.

지난 유월, 가평 휴양림 가는 길. 찻길 옆 길가, 눈길 닿는 데마다 밤나무, 밤나무. 산이면 산 동네 어귀면 어귀, 온 데 다 흰 밤꽃, 비릿한 밤꽃 향. 가평 하면 잣인 줄 알았더니 밤나무가 이렇게 많았어? 휙휙 지나가는 밤나무 사이로 국수역. 아, 국수역. 아부지랑 둘이서 기차 타고 밤 주우러 간 그 국수역. 까마득하게 오래 돼서 잊은 줄 알았는데.

대학 입학하던 해에 '88올림픽'이 열리는 바람에 그해 신입생을 부르던 별칭, 88 꿈나무. 불리기는 '88 꿈나무'여도 이름만큼 녹록지 않던 학교생활. 어거지로 '꿈'이랑 연결 짓자면 몽롱함과 가위눌림. 등굣길에 깔딱 고개를 지나다 보면 게시판 앞에 삼삼오오 서서 새로 붙는 대자보를 읽는 학우들. 하루가 멀다 하고 노천극장에서 열리는 집회. 교정에 은은하게 밴 매캐한 최루탄 냄새. 이 모든 게 어리둥절한 '88 꿈나무' 머릿속은 뒤죽박죽, 어질어질. 하굣길에 정문에서 시위대랑 전경이랑 대치라도 하고 있으면 의대나 호텔 경영대 쪽으로 도망치듯 빠져나와 버스 정류장까지 담박질. 그때 그 기분은 배신자나 방관자가 된 것 같아서… 그렇게 학교를 빠져나와도 온전히 피할 수 없는 최루탄 냄새. 나무라듯 옷에 배어 끈덕지게 집까지 따라온 그 냄새. 근데 왜 꼭 그런 날마다 현관문을 열면 아부지가 거실에서 떡하니 뉴스를 보고 있는지. 그것도 대학생들이 던진 화염병이 퍽퍽 깨지면서 불꽃이 튀고 안개 같은 최루탄이 터지는 장면을. 저, 저, 썩을 놈들. 에미 애비가 기껏 키워 돈 처들여 대학 보내놨더니 저 지랄들을 하고 자빠졌네. 현관문 여는 소리에 한바탕 욕을 퍼붓다 고개를 돌려 저를 쓱 훑는 아부지. 벌렁이는 아부지 콧구멍. 시위에 참여하지도 않았는데, 불심 검문에 걸린 것마냥 쪼그라들어서 제 방으로 후다닥. 잘못한 것도 없이.

제가 대학에 다닐 땐 어른들이 대학생을 바라보는 시선이 그리 곱지만은 않았어요. 날이면 날마다 열리는 시위로 뉴스가 도배되던 시절이라 그랬는지. 1987년 박종철 고문치사사건과 6월 9일 연세대 이한열 열사 최루탄 피격 사건이 6·10 민주항쟁과 6·29 선언으로 이어지고 그 이듬해 입학해 벚꽃이 피기도 전에 단대 문화부장이 됐어요. 그 바람에 뭣도 모르고 사방팔방 뛰어다니다 홀랑 지나간 1학년. 가슴에 불덩이를 안고서. 1989년 6월 한국 외대 임수경 학우와 문익환 목사의 북한 방문에 맞춰 전대협 집회가 열리면서 온 세상이 들썩일 즈음, 점점 사그라들던 그 불덩이는 시커먼 숯덩이로. 밤 주우러 가자. 둘이서 밤 주우러 가자는 아부지 말에 싫다고도 않고, 따라나섰어요. 바람은 한풀 꺾여 선선해도 햇살은 기세 등등하던 초가을 어느 날.

화창한 날씨. 청량리역에서 탄 기차. 입석표였나, 객차에 올라타서 좁은 통로에 아부지랑 나란히. 대학 시절엔 학교 행사에서 단체로 맞춘 티셔츠를 즐겨 입었어요. 그날은 청바지에 파란색으로 학교 이니셜이 새겨진 흰색 반팔 티셔츠 위에 하늘색 반팔 볼레로를. 아부지랑 제가 탄 칸엔 아부지랑 연배가 비슷하거나 아부지보다 나이 들어 뵈는 승객들이 많았어요. 기차가 청량리역에서 출발하고 얼마쯤 갔으려나. 울렁울렁 대는 기차 안. 볼레로 안쪽 흰 티셔츠를 후벼 파는 집요한 눈동자들.

"대학생인가벼."

"이잉. 저기, 저. 핵교 이름이자너. 저기 써 있는 글자."

"암튼 요즘 것들은, 죄 빨갱이여."

"젠부 모다 놓고 총살을 시켜야 혀. 아주."

일부러 들으라고 목소리를 낮추지도 않은 그 대화를 저만 들었을 리 없어요. 티 안 나게 볼레로를 여미고 곁눈질로 본 아부지는 창밖만 멀거니. 창밖을 봤어요. 슉슉, 지나가는 먼 산이랑 논밭. 저게 뭐라고, 아부지는 저것만 보고. 기차가 국수역에 도착할 때까지 이어진 앙칼지고 찰진 수덕거림. 쑥덕쑥덕, 칙칙폭폭. 쑥덕쑥덕, 칙칙폭폭. 국수역에 내려서 밤 주우러 가기로 한 산까지 가는 길. 정수리랑 팔뚝에 내리꽂히는 따가운 가을 땡볕. 가뜩이나 화딱지 나 죽겠는데. 왜 아부지는 가만있었지? 내가 그런 말을 듣고 있는데 왜 아무 말도 안 해? 당해도 싸다는 거야? 당신 할 말을 대신해 줘서? 그래서 잠자코 있었나? 아부지 뒤를 따라 걸으면서 생각하고 또 생각하고. 가을볕은 따가운데 그늘은 없고. 바람 한 점 불지도 않고. 다리는 아프고. 골은 나고.

"배 안 고파?"

"몰라. 빨랑 밤이나 줍고 가!"

빼곡한 밤나무. 밤나무가 만든 그늘. 어둑함. 서늘함. 축축함. 밤나무 밑으로 수북한 밤송이. 아부지는 밤송이를 어떻게 까라는 말도 없이 저벅저벅 걸어가더니 밤송이 한 개를 두 발 사이에 끼웠어요. 그러고는 어디서 주워 왔는지 나뭇가지로 그 틈을 벌려 반질반질한 밤을 꺼냈어요. 아부지 하는 걸 보고 저도 적당한 나뭇가지를 주워 따라했어요. 아얏! 힐끔 돌아보는가 싶더니 저만치 걸어간 아부지는 밤을 주워 까기만. 가시 조심하란 말도 안 해주고…

잔소리라면 듣는 것도 하는 것도 싫어한 아부지한테 딱 한 번 들은 잔소리. 첫애 낳고 병원 있을 적에 애 보러 온 시어머니. 사돈 왔다고 병원에 온 아부지랑 엄마. 사돈 보는 앞에서 애 배냇저고리를 화들짝 열어젖힌 시어머니가 한 말. 담에 놓으면 아들이다. 시어머니 그 말에 아부지가 한 말. 애는 하나면 됩니다.

"니 인생 살어."

한 고집하는 아부지는 내내 그 소리만.

"니 인생 살어."

나를 오래전 그때 그 저녁으로 데려다 놓는 아부지 그 잔소리. 시위대를 피해 버스 타고 집에 와 현관문 열다 아부지랑 눈 마주쳤던 그날 저녁. 나도 몰랐던 속내를 들킨 것 같아 영 찜찜하던 그 저녁. 아부진 다 알았구나. 다 알고 있었어.

"아부진 우리 땜에 아부지 인생 못 살았어?"

내 눈 피해 고개 돌리고 빙글빙글 웃기만 하는 아부지. 지금보다 어렸더라면 철없단 핑계로 되바라지게 따졌을지도 모르겠어요. 그렇게 평생 놀고먹었으면 아부지는 아부지 하고 싶은 거 다 하고 산거 아니야? 근데 그럴 수 없었어요. 어쩌면 아부지도 '아부지' 말고는 한 '남자'로, 한 '사람'으로는 맘껏 살지 못했나 부다… 그랬을지도 몰라. 그래, 어쩌면. 이제야 그런 생각이.

지난 추석, 엄마 아부지랑 집 근처 식당에서 밥 먹고 돌아오는 길. 차 안으로 비스듬히 들어오는 가을볕. 오래전 그때 그 가을처럼. 노골노골해진 마음에 튼 트로트. 음악이 나오자마자 조수석에 앉아 손뼉치는 아부지. 살랑살랑. 양 손바닥이 마주칠 듯 마주칠 듯 마주치지 않는, 아부지 빈 손뼉.

"어머, 아부지 좋아?"

아부지 대신 대답하는 엄마.

"데이케어센터에서도 음악을 틀어주나 봐. 음악만 나오면 저렇게 손뼉을 쳐."

"아… 그런 줄 알았으면 아까 오면서도 틀어줄걸. 이렇게 좋아하는데."

갑자기 옛 생각이 났어요.

"엄마, 생각나? 우리 어릴 적에 맨날 아침마다 아부지가 트로트 틀어놓고 집 안 창문 활짝 열어놓고 깨웠잖아."

"어. 그거? 아부지 아니고 내가 틀었어."

"그래? 난 아부지가 튼 줄 알았는데."

"아니야. 내가 틀었어."

엉성한 편집력, 소홀한 관리, 함량 미달 기억. 나랑 엄마가 기억을 맞춰보는 동안에도 아부지는 연신 음악에 맞춰 손뼉을. 양 손바닥이 닿을락 말락 열 손가락이 스칠 듯 말 듯. 그 가벼운 동작마저 힘에 부치는지 노란 가을볕 내려앉은 허벅지 위에 손바닥을 올려놓고는 손가락만 까딱까딱. 그렇게 계속 까딱까딱.

영화 <토니 에드만> 속 아버지 콘라디의 말. 모든 건 지나고 나서야 깨달아. 살아보니 정말 그래요. 죄 한 발 뒤에 와요. 감정도, 욕망도, 꿈도, 그리고 인연도. 뭐든 늦된 저한테는, 더.

잉걸불. 장작불이 핏빛이 되도록 타는 그 순간의 불.
얼마 전, 40년 지기가 한 말. 요즘 널 보면 잉걸불같어. 핏빛이 되도록 타는 그 순간. 저는 이제야 제 인생 살아볼 참이에요. 사그라들었던 불씨 살려내어. 속깨나 썩인 막내딸이 이제라도 당신 말 듣는 줄 알면 울 아부지 참말 좋아할 텐데.

이제야 말 들어서 미안해, 아부지.

그러니까, 언제나 내 꿈을 짓밟아오기만 한 인생아, 마지막으로 한 판만 재미있게 잘 풀려줄래? 그러면 그다음에 내가 고이 죽어줄게. 꽃처럼 피어나는 모가지는 아니지만, 고이 꺾어 네 발밑에 바칠게. 이번에도 네가 잘 풀려주지 않으면 도중에 내가 먼저 깽판 쳐버릴 거야. 신발짝을 벗어서 네 면상을 딱 때려줄 거야. 그리고 절대로 고이 죽어주지 않을 거야.
- 최승자, ≪시를 뭐 하러 쓰냐고? ≫ 중에서.

조언의 조건 - 동선

　현재 캐나다 비씨주에서 냉동 기사 자격증 시험을 보기 위해선 수련공(Apprentice) 과정을 6,210시간, 또 학교에서 33주 과정을 수료해야 합니다. 근데 막상 일을 할 때는 선임 기사가 아니라 인터넷을 통해 그때그때 필요한 정보를 얻는 경우가 많거든요. 그럴 때마다 이런 도제 시스템만큼 현 실정에 안 맞는 것도 없는 것 같은데 아직까지 유지해 두는 이유가 뭔지 궁금해집니다. 솔직히 새로운 경쟁 인력 유입을 까다롭게 하려는 기득권자들의 농단 정도로밖에 해석이 안 돼요. 요즘은 하루가 다르게 기술이 바뀌는데, 이제까지의 경험을 바탕으로 다른 사람을 가르칠 수 있다고 생각하는 것 자체가 얼마나 큰 착각인가요. 물론 도무지 원인을 알 수 없는 고장을 손님 모르게 대충 수습하는 법, 화가 난 손님을 다독여 대금을 지불하게 만드는 법같이 책에 나오지 않는 걸 배우기도 했습니다만, 그런 것도 유튜브를 검색하다 보면 언젠가 나올지도 모를 일이거든요.

사실 연장자의 지혜나 인생 경험을 존중해야 한다는 사회적 합의는 한참 시대착오적이라고 생각합니다. 농경시대, 중세시대에는 합리적이었을지 몰라요. 일기예보나 달력 같은 것이 없었을 때는 몇십 년 동안의 경험이 농사를 잘 짓는 능력치로 바로 연결되었겠죠. 하지만 지금은 아니잖아요. 경험이나 지식의 양보다 필요한 정보가 어디 있는지 찾아내는 것이 더 중요한 생존능력으로 인정받는 시대거든요. 오히려 대부분의 노령자들이 새로운 기술과 문화를 제시간에 받아들이지 못하는 모습을 많이 보이죠. 하지만 창작자나 연구직, 의료진에 있는 노인들은 여전히 자신의 직무를 잘 해내고 있는 걸 보면, 이해력, 기억력, 상상력과 같은 사유 능력의 경우 60세까지는 퇴화하지 않는다는 최신 연구에 신뢰가 갑니다. 어쩌면 60대 이전의 장년층 중 새로운 문화나 기술에 적응하지 못하는 사람들은 단지 게을러서, 혹은 체력이 뒷받침 안 되어서 그런 걸지도 모르겠어요. 그것도 아니면, 그런 걸 받아들이지 않아도 충분히 안락한 생활을 유지할 수 있는 기득권이 있기에 보수화된 걸지도 모르고요.

사실 인터넷 검색 능력이 떨어진다든지, IT 기기 사용을 못 한다든지 하는 건 무척 작은 부분일 수 있어요. 그런 건 정말로 자신에게 필요한 때가 오면 스스로 어떻게든 익힐 수 있다고 봅니다. 보통 최신 기술일수록 좀더 사용자 친화적으로 디자인되어 있잖아요. 그러니 세상의 빠른 변화에 불평만 늘어놓으며 자식들 혹은 눈에 띄는 아무 젊은이들에게 무턱대고 의존하려는 습관을 부끄럽게 생각할 줄 안다면, 그리고 느리게 익히는 걸, 금방 까먹고 다음번에 또 배워야 하는 걸 남들 앞에서 수치스럽게 생각하지 않는다면 쉽게 익숙해질 수 있다고 생각해요. 그렇잖아요. 느린 걸 왜 부끄러워해야 하나요. 자기 스스로 해볼 생각도 안 하는 게 부끄러운 거지. 그보다 더 심각한 건, 변화한 사회규범을 받아들이지 못한다는 것에 있겠죠. 기술도 그렇지만 사회에서 합의하는 규범들도 빛의 속도로 변화하고 있는데, 예전에 자신들이 겪고 배운 인생 철학만을 계속해서 간직하고 젊은이들에게 강요하고 있잖아요. 절차와 안전보다는 속도와 능률을 중요하게 생각하는 사람들이 여전히 떵떵거리고 사는 세상이 유지되고 있는 것이겠죠.

그래서 전, 이렇게 연장자의 지혜가 바쁘게 살아가는 현대 젊은이들을 개심시키려 드는 영화들이 불편합니다. 그런 영화들은 보통 일 중독의 현대 젊은이들에게 여유를 가지고 자기 인생을 즐기라는 메시지를 던지는데, 누가 그런 게 하기 싫어서 안 하겠어요? 이미 한국에서는 '욜로'니 '소확행'이니 하는 트렌드가 있었잖아요. 하지만 그게 비현실적이라는 걸 깨닫고 다시 주식, 코인, 부동산 재테크로 몰리는 데까지는 2~3년도 채 걸리지 않았어요. 이제는 대학만 나오면 평생 삶이 보장되는 시대가 아니거든요. 아버지 세대보다 경제는 성장했지만 부의 양극화는 더 심해지고 중산층은 사라지게 되었습니다. 아버지 세대에선 5년간 돈을 모으면 근교에 자녀를 키울 수 있는 주택을 마련할 수 있었다면 지금은 50년을 모아야 아파트에 간신히 들어갈 수 있어요. 물론 지금보다 30년 전 노동강도가 훨씬 높았을지 모르죠. 특히 한국 사회는 노동자의 권리가 인정받기 시작한 지 얼마 되지 않았으니까요. 그래도 그때는 성공의 잣대가 가족 굶기지 않는 것이었고, 열심히만 하면 중산층에 진입하여 내

집을 마련해서 아이를 양육할 수 있다는 기대감이라도 있었겠지만, 아무리 달려도 계속 뒤처지는 자신을 발견하는 현시대의 젊은 노동자들은 열심히 살 동기를 얻기 힘들게 되었어요. 이런 상황에서, 어떻게든 살아보려는 딸의 일을 계속 방해만 하려드는 아버지의 행동을 어떻게 정당화할 수 있을까요? 다 좋아요. 여유도 좋고 자기 인생도 좋습니다. 하지만 그런 훈계를 하기 전에, 세상을 이 모양 이 꼴로 만든 어른의 일원으로서 사죄부터 해야 하는 게 맞지 않나요?

콘라디 씨가 딸을 사랑하지 않았다고 얘기하는 게 아닙니다. 영화를 본 사람이라면 그가 이네스에 대해 얼마나 애틋한지 모를 수 없죠. 문제는 그만의 독특한 방식의 사랑을 딸에게 강요하는 폭력성에 있습니다. 자신이 좋아한다고 해서 비빔국수를 상대의 입에 억지로 처넣는 것처럼요. 영화 속에선 변장을 하고 허무맹랑한 거짓말을 하는 등 코믹 요소가 많이 섞여서 그렇지, 딸의 출장지까지 따라와 스토킹을 하는 이야기가 얼마나 무시무시한가요. 세상의 많은 부모들은 자신의 아이를 자신의 방식대로 사랑합니다. 그리고 종종 사랑한다는 사실을 면죄부로 삼아요. 좋은 대학에 가면 남은 인생에 꽃길이 펼쳐지는 거라 믿었던 저희 세대의 부모들은 아이가 대입 수험에만 집중하도록 감시 / 감독하며 두 번 다시 돌아오지 못할 아이의 청소년기를 깡그리 망가뜨리는 일이 흔했어요. 왜냐구요? 아이가 성인이 되었을 때 유복하게 살기를 바라서. 그게 아이를 사랑하는 방식이라 굳게 믿고 있어서죠. 어떤 부모들은 아이에게 시장 경쟁력만을 강요하는 일이 결코 제대로 된 양육이 아니라는 걸 알지만 그들의 사회의식은 "하지만 현실이…"라는 마법 주문에 걸려 앞으로 나아가지 못해요. 경쟁에 도태된 사람들에게 징벌적인 사회가 문제라는 걸 알지만, 사회를 뜯어고치는 것보다 아이들에게 사회에 맞춰 살라고 강요하는 게 쉬울 테니까요.

제 아버진 삼시세끼 굶긴 적이 없는데도 자식들이 왜 공부를 못 하는지 궁금해했었죠. 당신이 공부를 하고 싶었을 때는 집안 생계를 걱정하지 않아도 되는 형편이면 대학에 갈 수 있었던 시대였지만, 80년대 후반 학력고사에선 응시생의 20%만 전기대에 합격할 수 있었어요. 그런 얘길 하면 되려 성질을 버럭 내면서 "20%의 정상적인 놈이 될래, 80%의 병신 새끼가 될래!" 하며 윽박을 지르기 일쑤였죠. 기본적으로 모든 대화를 말대꾸라고 생각하는 사람이어서, 그와 말을 한다는 것 자체가 무척 겁이 나는 일이었어요. 근데 지금 제가 경제적으로 안정된 가정에서 태어나 문화적 혜택을 흠뻑 받고 자란 젊은 감독들이 만든 영화를 보고 "이야아… 그렇게 환상적인 환경에서 자랐으면서도 저런 시시한 영화밖에 못 만드냐?"라고 비난하고 있으니, 경박하게 함부로 남을 판단하는 태도가 유전되는 건 무척 쉬운가 봅니다. 이런 제가, 단지 나이 짬이 더 찼다는 이유만으로 젊은 사람들에게 인생의 진리를 전할 수 있을까요?

그럼 나이 들어서 깨닫는 인생의 지혜 같은 건 전혀 없느냐? 어릴 적과 비교해 보면 인생 짬밥으로 깨닫게 되는 게 있기는 합니다. 이런 건 깨닫게 되니까 사는 게 훨씬 편해지더라, 젊었을 때 알았다면 더 좋았을걸, 하는 거 말이죠. 대표적으로 '인생은 짧다'는 것. 20대엔 향후 5년과 10년이 어마어마한 차이가 있겠지만, 나이 들어

보니 그거나 그거나 모두 '젊었을 때'로 퉁쳐진다는 것. 그러니 인생의 목표를 일 년 단위로 나누어 조급하게 굴 필요가 없다는 거죠. 그리고 '인간은 기본적으로 남들한테 별로 관심이 없다'는 것. 물론 많은 사람들이 겉모습만 보고 타인을 희롱하거나 심판하는 걸 즐기지만 그건 지금 당장 자신의 오락을 위해서일 뿐 금방 잊고 만다는 것. 그러니까 대형 사고를 쳐서 오늘 밤 이불킥을 수백 번 하더라도, 몇 년 후면 아무도 기억 못 할 거라는 것 말이죠. 또 하나가 있다면, '세상은 우연에 의해 많은 것들이 결정된다는 것.' 그러니 자신이 뭔가 성취를 못 했다고 해서, 0.04초 차이로 금메달을 놓쳤다고 해서 그게 노력 부족을 의미한다는 것이 아니라는 점. 실제 경쟁자에 비해 노력을 못 했다고 하더라도 그게 인생의 실패를 의미하는 게 아니라는 점. 삶을 사는 건 그림을 그리는 것과 같아서 '망쳤다'라는 건 있을 수 없고, 그냥 자신을 둘러싼 세상을 깊게 관찰하고 그걸 자신의 방식으로 해석하는 행위 자체에서 행복을 얻을 수 있다는 점 같은 것들이요.

하지만, 내가 이제 이걸 알고 편해졌다고 해서 지금 젊은 사람들이 미리 깨달아야 한다고 생각하는 건 지나친 오만이잖아요. 내가 원하지 않는데도 강요받는 조언은 폭력이구요. 누가 보기에도 내 삶의 방식이 남들에게 충분히 멋져 보인다면, 그래서 닮고 싶어진다면, 그렇다면 상대가 언젠가는 마음을 열 거라고 생각해요. 상대를 위하고 사랑한다면 그가 그렇게 마음을 열 때까지 기다려 주는 것이 좋지 않을까요?

이연 : 맞아요. 상대가 마음을 열 때까지 기다리기. 그래서 저는 돼지우리가 된 딸 아이 방문을 조용히 닫고 나옵니다. 그 아이 마음이 열리길, 그럴 때가 오길 기다리며… 언젠가는 열리겠죠? 안 열려도 할 수 없고요. 그 방에서 자는 건 제가 아니라, 딸이니까요.

동선 : 그게 말이죠. 다 나름대로 정리가 되어 있는 거라구요. 뭐가 어디에 있는지 딸은 다 알고 있습니다. 단지 현대미술을 응용해서 전시해 둔 것일 뿐.

500일의 썸머

박치기 – 동선

.... 난 사랑을 아직 몰라
(feat. 이지연) – 이연

ㅣ제작사ㅣ 서치라이트 픽처스, 워터마크
ㅣ감독ㅣ 마크 웹
ㅣ각본ㅣ 스콧 뉴스테터, 마이클 H 웨버
ㅣ출연ㅣ 조셉 고든레빗, 조이 데이셔널
ㅣ수입·배급ㅣ 20세기 폭스 코리아,
팝 엔터테인먼트

➙ '한 남자가 한 여자를 만난 이야기지만, 사랑 이야기는 아니다.' 내레이션으로 시작하는 영화. 사랑이 아니면, 무슨 이야기를? 운명론자인 남자 톰과 현실주의자인 여자 썸머, 그 둘의 고집스런 밀당과요란한 삐걱거림. 그 어긋남에서 삐져 나온 온갖 노래와 단어와 술과 표정과 냄새와 기다림과 소란과 찌질함. 그리고 찾아온 계절, 가을. 또 다른 계절, 또 다른 사랑.

박치기 - 동선

    ⋮
    ⋮⋯⋯ 난 사랑을 아직 몰라 (feat. 이지연) - 이연

　맞아요. 저도 금사빠였어요. 그것도 찐으로. 금사빠 측정 시험이 있다면 아마 90점은 손쉽게 넘었을 겁니다. 그리고 대개의 금사빠들이 그렇듯이 '거부할 수 없는 운명의 사랑'이 존재한다는 것도 믿었어요. 그러니까 군대 간 친구의 여친이랑도 덜컥 사귀었던 걸 정당화할 수 있었겠죠. 그 당시에 뿜어댔던 수많은 감정들을 죄다 일일이 기억할 수는 없겠지만 적어도 하나는 또렷합니다. 나 또한 '운명의 상대의 운명'이 되기 위해선 타이밍이 제일 중요했다는 거 말이죠. 깊은 감정이 시작하는 순간도, 그렇게 변해가는 속도도 서로 달라요. 그녀가 나의 운명이라고 할지라도 내가 그녀의 운명이 되기에는 너무 일렀다든지, 이미 늦었다든지 하는 상황이 생깁니다. 그 타이밍은 사람의 성숙도, 취향의 변화, 군대 문제 등 여러 가지와 연관되어 있을 거예요.

　한 번은 정말, "와 이 사람이닷!" 하면서 첫눈에 반한 적도 있었

256

죠. 그리고 그녀 역시 똑같은 생각을 했더라구요. 아침에 해장국집 가면 저는 순댓국을, 그녀는 북엇국을 먹는 걸 제외하고는 완전히, 모든 취향과 생각이 완전 일치했어요. 사람들이 우리가 쌍둥이처럼 생긴 것도 닮았다고 할 정도였으니까요. 10여 개월 동안 매일 만나고 매주 여행을 다니고 해도 질리지 않았어요. 그녀가 몇 해 전부터 미리 계획해둔 어학연수를 떠나기 전까지는 말이죠. 가기 싫다는 그녀를 밤새 달랜 후 공항까지 배웅해 주고 왔죠. 인터넷도 메시징 서비스도 휴대전화도 없던 때였어요. 마치 무라카미 하루키의 손바닥 소설 ≪4월의 어느 해맑은 아침, 100퍼센트의 여자아이를 만나는 일에 관하여≫에 나왔던 것처럼, 운명의 상대를 만났더라도 그 운명을 시험해 보거나 해서는 안 되었던 거였죠. 지금은요? 100퍼센트까지는 아니라 하더라도 취향이나 성격면에서 비교적 잘 통하는 사람이 존재하는 건 사실이라고 생각합니다. 하지만 "아, 이 사람이 내 운명이다" 하지는 않을 것 같아요. 일부일처제 사회에서 기혼자이기 때문에 그런 건 아니고, 그냥 제가 제 운명을 잘 모릅니다. 제법 안다고 생각했는데 쥐뿔도 몰랐단 말이죠. 하지만 지금도 여전히 어떤 사람에게 더 호감을 가질 수는 있고, 그 감정이 어느 선까지는 발전할 수 있을 거라고 생각해요. 영화 <500일의 썸머>에서 나왔던 것만큼은요.

이 영리한 영화는 연인이 왜 헤어지는지 그 원인을 알려주지는 않습니다 (그러고는 러브스토리가 아니라고 처음부터 못을 박죠). 근데 사실 시간이 지나고 나면, 사람들이 만나고 헤어지는 데 그 이유가 딱히 중요한 건 아니었다는 걸 알잖아요. 어차피 그럴 운명이라서 헤어졌다는 게 아니라, 그 이유가 있고 그걸 분석한다고 하더라도 관계를 회복하는 데 전혀 도움이 안 된다는 거죠. <이수일과 심순애>처럼 경제적인 이유로 헤어졌다고 해서, 이를 악물고 고리대금업으로 대부호가 된다고 하더라도 그게 이전 관계를 그대로 이어받을 수는 없습니다. 그 시간 동안 그녀 역시 달라져 있을 테니까요. 과민성 대장 증상 때문에 헤어지거나 탈모 여부, 성격 차이, 여타 다른 이유 모두 마찬가지예요. 이유를 알고 고친다고 해서 예전 관계가 그대로 돌아오지는 않습니다. 서로 다투면서 쌓였던 수많은 아픔보다 결별 하나로 데인 상처의 골이 훨씬 깊고 크기 때문이겠죠.

대신, 이 영화는 사람들이 만나고 호감이 생기는 일반적인 과정을 귀여운 남녀 주인공을 통해서 보여주기로 합니다. 연인 관계에 있어서 서로 비슷한 사람과 서로 다른 사람, 두 관계 중에 어느 관계가 더 지속 가능한가… 뭐 이런 질문도 있었던 것 같은데, 아시다시피 보통 맨 처음 호감을 느낄 때는 나와 다른 부분보다 나와 통하는 점을 발견할 때가 많아요. '톰'과 '썸머'가 같이 흘러간 영국 밴드 '스미스'를 좋아한다든지, <전격 Z 작전> 주제곡을 좋아한다든지 하는 공통점 말이죠. 그러고 나서 말이 좀 통하면서 대화가 즐겁고 이 사람 내 편이다… 하는 마음이 들어 가드가 어느 정도 내려가고 나서는, 나와 다른 상대의 개성이 너무나 매력적으로 보이게 됩니다. 하나하나 호기심을 불러일으키고 말이에요. 다른 성격, 다른 지식, 다른 인생관, 다른 식성, 심지어 사투리 억양마저 상대를 근사하고 똑똑하고 재미있는 사람으로 만들어 줍니다. 하지만 나중에는 결국 이 차이점이 싸움의 원인이 되고 말지만요.

이렇게 다툼과 반목이 계속 누적되다 보면 나중엔 헤어지게 되겠지만, 그래도 어느 선까지는 화해를 하면서 회복하기도 하잖아요? 수많은 연인들이 연애 과정에서 다투고 금방 또 화해하기를 반복하는 힘은 뭘까요? 일단 '사랑'이라는 답은 너무 식상하니까 미뤄두기로 해요. 두 사람의 인간관계 밖의 다른 조건들 - 가문 간의 채무관계가 있다거나 경제적으로 종속되어 있다거나, 혹은 자녀가 볼모로 잡혀 있다든지 하는 이유도 제외하고요. 전 솔직히, 현실 세계에서는 두 연인 간의 '비대칭적인 지위'가 화해를 반복할 수 있는 주요 동인 중 하나라고 생각합니다. 말하자면, 더 사랑하는 사람, 혹은 상대를 더 측은하게 생각해서 더 많이 참거나 더 많이 상대에게 맞추고 살아주는 사람 덕분에 대부분의 관계들이 유지되고 있다는 거죠. 사실 무척 안타까운 일이죠. 박연선 작가의 <연애시대>에서는 이렇게 미화를 했지만 말이죠. *"한번 사랑했던 사람과 다시 시작하는 데에는 불타는 사랑 같은 건 없어도 됩니다. 그저 그의 엄마가 된다 생각하시면 됩니다. 엄마 같은 심정으로 그 남자의 못난 점까지 감싸 안으면 된다는 말입니다."*

냉동 수리 기사 1년 차 일을 할 때 주로 갔던 곳은 패스트푸드 식당이나 커피숍이었는데, 그러다 보면 한국어를 하는 여성들이 모여 앉아 담소를 나누는 걸 건너 듣기도 했습니다. 그런데 어쩌면 그렇게, 본인들에 대해 얘기하는 경우를 본 적이 없는지 모르겠어요. 대부분 주부로 보였던 그 여성들의 주된 주제는 남편 직장, 자녀 성적, 진학과 같은 일들뿐, 자신이 어떤 걸 좋아하고, 어디에 갔었으며, 앞으로 어떻게 놀고 싶고… 에 관한 이야기는 전혀 없었던 거예요. 그러고 보니 예전에 동네 지인들과 같이 한 책 모임도 생각이 납니다. 폴 칼라니티의 ≪숨결이 바람될 때≫를 읽고 얘기를 나누던 중, 누군가 갑자기 책의 주인공처럼 '자신이 조만간 죽게 된다는 사실을 안다면 어떨 것인가?'라는 질문을 던진 적이 있었거든요. 그때, 생각보다 많은 여성 멤버들이 자신이 떠난 후 남아 있을 가족 (남편과 자식)의 안위를 걱정하며 슬퍼하는 걸 보고 깜짝 놀랐죠. 어쩌면 전업주부로 사는 많은 여성들이, 자기 인생의 가치를 다른 가족 구성원의 보조로 규정지어버린 것이 아닌지, 그래서 더 남편의 승진이나 자식의 진학을 통해서 자기 삶의 성적표를 내고 있는 게 아닌지 하는 생각이 들어 우울해지더라구요.

물론 비대칭적인 사랑이 언제나 관계를 유지할 수 있는 건 아니겠죠. 썸머처럼 일방적으로 관계를 종결지으면서 "그래도 넌 여전히 내 베스트 프렌드야!"라고 하는 사람도 있으니까요. 하지만 동양이든 서양이든 여전히 많은 사람들이 연인 관계의 종착역이 결혼이라고 생각하는 것처럼, 역시 많은 사람들이 혼인관계의 종착역 혹은 모범을 '백년해로'라고 생각해요. 한눈팔지 않고, 헤어지지 않고, <인생 후르츠>의 슈이치와 히데코처럼. 여러 가지 의미에서 혼인관계를 죽을 때까지 지켜내는 것은 아주 훌륭한 일이라고 할 수 있다 하더라도, 그게 한 사람이 일방적으로 참고 양보해서 지켜내야 할 정도로 인생에서 가장 중요한 덕목이라고 생각하지는 않습니다. 관계를 유지하기 위해 서로 어느 선까지 양보하고 맞춰주는 건 미덕이겠지만, 그게 '나 하나 참으면 가정이 다 평화로워지는데…' 식은 이제 좀 아니지 않나요? 살다 보면, 더 이상 상대에 대한 관심이 없어진다든지, 또는 더 이상 상대의 행동을 참을 수 없는 경우가 생기기 마련이잖아요. 근데 싸우거나 변화에 대한 합의점을 찾을 생각 없이, 단지 가정을 지키기 위해서 내가 더 많이 참고 참아내는 것은 나 자신에게나 상대에게나 아주 무례한 거라고 생각합니다.

사랑이 남아있는 연인끼리 다투는 일은 보통 서로에게 같은 크기의 충격을 줍니다. 한 사람이 주먹으로 다른 사람의 명치를 때리는 것이 아니라, 서로의 이마와 이마가 맞부딪치는 박치기처럼요. 나의 고통 때문에, 그리고 고통으로 일그러지는 상대의 모습을 보는 것이 힘들기 때문에, 보통 더 많이 사랑하는 사람이 박치기를 먼저 포기하며 살아요. 전 그런 일방적인 희생으로 유지되는 평화가 못마땅합니다. 차라리 싸움을 포기하지 않으면, 혹여나 그렇게 해서 관계가 깨지는 일이 있더라도 적어도 박치기라면, 더 많이 참고, 더 너그러운 사람이 마지막까지 링에 남아 서있을 테니까요.

박치기 - 동선

난 사랑을 아직 몰라(feat. 이지연) - 이연

　빵 좋아해요? 무슨 빵 좋아해요? 전 뜯어먹는 빵을 좋아하는데요. 앙꼬 든 건 별로. 자르지 않은 식빵을 뜯어 먹는 걸 좋아하는데, 요즘은 크루아상을 주로 먹어요. 자주는 아니고 어쩌. 빵이 움직이지 않게 오른손으로 잡고 왼손 엄지랑 집게손가락으로 빵 껍질을 잡고 쭉 당겨 얇고 길쭉하게 벗겨 먹거나 뚝 두툼하게 끊어서. 다른 빵과 달리 결이 살아있는 크루아상. 어떻게 뜯느냐에 따라 미묘하게 달라지는 질감이랑 식감. 일정하고도 다른 맛. 영화 <500일의 썸머>도 그런 얘길 하고 있지 않나요? 일정하고도 다른 사랑 맛. 남자랑 여자가 만나 사랑에 빠지고 투닥거리다 심드렁해지고 멀어지는 게 다 고만고만해 보여도 어떤 사랑도 같지 않다는. 그러니까 우유랑 버터, 설탕, 이스트, 밀가루를 일정한 비율로 반죽해서 예열한 오븐에 구워내도 모양도, 맛도, 색도, 질감도 같은 듯 미묘하게 다르다는. 누가, 언제, 어디서, 어떻게 먹느냐에 따라서 달라지는 맛. 지금 내 앞에 있는, 세상에 단 하나밖에 없는, 빵 한 덩이. 영화 <500일의 썸머> 주인공 이름처럼 사랑은 어쩌면 계절. 때 되면 돌아오는 게 당연한 것 같아도 한 번도 같은 적 없는, 유일무이함. 작년에도 여름은 왔고 내년에도 올 테지만 방금 떠난 여름은 아닌. 그렇게 쌓인 사랑. 크루아상처럼… 겹겹이.

대학 새내기던 봄. 노천 집회 끝나고 흩어지던 무리에서 눈에 들어온 어떤 애. 한 번 눈에 들어오더니 자꾸만 보이는 그 애. 설레는 것 같으면서 아닌 것도 같고. 걜 보러 학교엘 가는지 학교에 가니까 걜 마주치는지. 걜 스치거나 먼발치에서 본 날마다 수첩에 그려 넣던 빨간 하트. 풍선처럼 자꾸, 자꾸만 부풀던 마음. 2학기 즈음인가. 복도에서 그 애랑 얘기하고 있는 과 선배. 며칠 밤낮을 끙끙 앓다가 우연히 그 복도에서 마주친 선배. 지난번에 걔 누구예요? 누구? 그… 지난번에 여기서 얘기하던 키 큰 애. 규현이? 동아리 후배. 선배 덕에 하게 된 소개팅. 더 부풀지 않고 사륵사륵 쪼그라들던 마음. 규현이랑은 오며 가며 인사만. 그러는 사이, 규현이 짝사랑하는 찌질한 여자애가 있대. 물결처럼 퍼진 소문. 그 다음해 봄, 만난 빈이. 아니, 본. 공강 시간에 2층 학생회의실 창틀에 앉아 있다가 본, 흩날리는 벚꽃잎 사이로 걸어오는 그 애. 좋대요. 그때나 지금이나 이유 같은 거 없이, 그냥. 무슨 과에 다니고 어떤 아이인지도 모르면서. 써클룸이 있던 학생회관 7층 복도에서, 그 건물 현관을 들어오고 나가면서, 계단을 올라가고 내려오면서 몇 번인가 스치면서 그 애도 공연 동아리에서 활동하는 걸 알았어요. 방학이면 농활이나 간부수련회에서 만나기도 하고. 그 애한텐 손짓 한 번이면 한달음에 달려 갈 첫사랑이… 먼 데에. 그런데도 자꾸 제 주위를 맴도는 빈이. 그런 그 애를 모른 척. 먼발치에서, 가까이에서… 서로를 알아볼 틈도 없 이 줄곧 엇갈리고 삐걱대기만 한 빈이.

　학교 앞에서 자취하던 연극부 선배 주현 언니. 내 자취방에 놀 러 갈래? 네. 학교 정문을 나와 삼거리 파출소를 끼고 돌면 나오는 골목. 그 골목 양쪽으로 쭉 이어진 오래된 한옥. 그 골목에 있던 주 현 언니 자취방. 삐걱대는 나무 대문. 대충 발라 갈라지고 깨진 시 멘트 마당을 가운데에 두고 디귿자로 모여 있던 방들. 주현 언니 방 에 들어가서 구경하고 있는데, 다른 방에서 언니를 부르는 목소리. 주현 누나!
　"같이 갈래?"
　고개를 끄덕이고는 방에서 나와 신발을 신고 마당을 가로질러 맞 은편 방으로 갔어요. 날이 더웠나. 열린 방문으로 보이는 방 안. 벽 을 따라 놓인 책상이랑 지퍼 달린 연둣빛 옷장, 방 한가운데 놓인 동그란 밥상. 왜 있잖아요, 꽃이랑 초록 이파리 같은 그림이 그려진 은빛 밥상. 벽엔 갈색 나무 테두리로 두른 직사각형 거울이 걸려 있 었던 것도 같고. 신발을 벗고 들어서려는데 벽에 기대앉은 두 사람 이 보였어요. 어, 너는? 거기, 빈이랑 그 애가. 볼 적마다 수첩에 빨 간 하트를 그려 넣던 규현이. 신발을 벗다 말고 방문 앞에 우두커니 서서 가구도 별로 없는 방을 쳐다보고만.
　"이연아. 뭐해? 들어와."

먼저 들어가서 밥상 앞에 앉아 손짓하는 주현 언니. 밥상 위에 놓인 물컵 두어 개.

"네? 아. 네."

같은 과 동기에다 한방에서 먹고 자는 단짝이라는 규현이랑 빈이. 그날 그 방 공기는 찰랑찰랑, 물컵에 담긴 물처럼.

"언니, 그만 갈게요."

"벌써?"

"네."

일어서는데, 따라 일어나는 빈이. 방을 나와 주현 언니한테 손 인사하려고 돌아서는데, 따라 나와 신발 신는 빈이 뒷모습을 쳐다보는 규현이랑 주현 언니.

"버스 정류장까지 데려다주고 올게."

요란하게 열리는 나무 대문. 삐걱~.

"너였어?"

살에 달라붙는 끈끈한 여름밤 공기.

"…"

"그 여자애가 너였구나."

"…"

"그게 너라니."

넋두리 같은 빈이 혼잣말. 더운 모래바람이 부는 사막을 걸으면 이럴까. 정수리엔 불에 달군 바늘 볕이 내리꽂히고 앞으로 나가지 못한 두 발은 뜨거운 모래알 사이에서 눈 감고 더운 바람에 길은 자꾸 지워지는데… 갑갑해. 설운 목마름. 아무리 머리론 그러지 말자

해도 사람 맘이란 게 어디 맘대로 되나요. 빈이랑은 겉으로야 가까워지지 않았어도 늘 붙어 있었어요. 한몸인 양, 어딜 가나 항시. 한참 지나서야 알았어요. 빈이가 문리대 앞에서 몇 시간씩 절 기다린 걸. 내가 어딨는지 묻고 다닌 걸. 날 보고도 다가오지 못하고 주위만 맴돈 걸. 술만 마시면 아무나 붙잡고 내 얘길한 걸. 그래놓고도 나한텐 아무 말 못 한 걸. 너도 나만큼 무진장 애썼구나. 내내. 그때 그 애 눈빛, 깊고 얕은 숨, 스치던 손의 온기, 그 감촉. 여기저기 떠돌던 조각 말을 주워 퍼즐 맞추듯 그때 그 애를 짐작만. 이날 이때까지 내 연애의 전형이 된 빈이와의 그 모든… 아무 일도 일어나지 않아도 충만한, 그 꽉참.

이 나이에 이런 얘기 좀 뭣하지만, 사랑… 그거 잘 모르겠어요. 사랑은 마음이라던 굳은 믿음. 몸이 모든 걸 통제한다는 걸 알고 나서 금 간 그 단단한 믿음. 마음은 어딨을까. … 통증처럼 몸에서 일어나는 마음. … 몸에서 발화하는 사랑. 저릿한 손끝, 붉어지는 뺨, 빨라지는 맥박, 통제 불능의 달뜸. 지금까지 내가 한 사랑, 머리로 한 그건 다 쭉정이. 사람들은 곧잘 취향이나 관심사, 식성 같은 게 비슷해서 사랑에 빠진 줄 알던데, 순서가 바뀐 게 아닐는지요. 사랑에 빠지고 나서 그들을 이어준 연결고리를 찾아 나서는. 사랑을 꾸미고 치장해 줄 무언가를. 사랑을 돋보이게 하고 그들 사랑의 접착력을 높여줄. 영화 <500일의 썸머>에서 톰과 썸머가 노래랑 밴드를 찾아낸 것처럼. 제가 보기엔 톰이 썸머를 보자마자 반한 것 같던데요. 그렇지 않나요? 노래랑 밴드는 핑계고.

동선 님이 말한 '박치기.' 한 사람의 일방적 희생으로 유지되는 평화가 못마땅하다면서, 관계가 깨지더라도 더 많이 참고 더 많이 너그러운 사람이 마지막까지 링 위에 서 있을 수 있다는 그 '박치기.' 근데, 관계가 깨진 후에 링 위에 서 있는 게 무슨 의미가 있나요? 거기 그렇게 서 있는 게? 저는 영화 <인생 후르츠>에서 히데코 할머니가 슈이치 할아버지를 위해 희생하거나 참는 것처럼 보이진 않던데요. 영화 <씨민과 나데르의 별거>에서도 희생에 대해서 말한 것 같은데, 희생이나 참음은 제 3자가 아닌 당사자 얘길 들어봐야 하지 않나. 저는 평소에도 이성보단 감성에 치우친 데다 사랑만 했다 하면 넘실대는 감정을 어쩌지 못해 절절매는지라 내 행복보단 상대를 살펴요. 그걸 두고 '희생'이나 '참음', 혹은 '견딤'이라 말해도 될는지. 저 좋아서 하는 걸 두고. 사랑에 빠진 나는 사랑의 기울기나 세기를 재고 따지고 할 정신 같은 건 아예 없을 뿐더러 서운하고 답답하고 분하면 투덜대고 토라지고 억지 부리다 제 설움에 겨워 울긴 해도 설령 상대로 인해 몸이, 마음이 고달파도 그걸 희생이라고 생각해 본 적은 별로 없어서. 고달픔, 분함, 애씀, 토라짐, 지침은 사랑의 다른 얼굴, 또 다른 표정. 결혼하고도 몸과 마음의 힘듦에 가정의 평화나 참음과 견딤을 대입해서 저울질하진 않았던 것 같아요. 그럴 이유도 없거니와 그렇게 따지고 들면 가족 울타리 안에서 희생을 감수하지 않는 구성원이 있을까요? 남편은 남편대로, 아이는 아이대로, 아내는 아내대로, 저마다 어느 정도 희생을 감내하지 싶어요. 말을 안 하고 내색을 안 할 뿐. 저는… 더 기울래요. 지고 말래요. 그걸 박연선 작가가 드라마 <연애시대>에서 말한 '엄마 같은 심정'이라고 부르든 말든, 분명한 건 가정의 평화나 관계의 수평을 맞추기 위해서는 아니라는 거. 그런 제 마음 저 밑바닥까지 파헤쳐 들어가면 그건 어쩌면… 이기심. 내가 원해서, 오로지 나만을 위한. 제아무리 사랑 앞에서도 인간은 나밖에 몰라요. 아니, 다른 사람은 몰라도 나는… 그래요. 그렇더라고요. 제가 사랑한테 바라는 이기심은 나랑 있을 때만이라도 사랑하는 이의 모든 세포가 느슨해지게 해달라. 풀풀풀, 한없이, 풀어지게. 그리하여 우리 함께 고유시(固有時)에 이르게. 사랑, 그 테두리 안에서 마주볼 서로의 얼굴.

궁금하긴 해요. 왜 어떤 사랑은 금방 시들해지고 어떤 사랑은 내성 없이 오래 갈까. 그 비결이 뭘까? 저 말고도 그 이유가 궁금했던 과학자들이 있었던 모양이에요. 2000년 초, 미국 코넬대학 인간행동 연구소의 신시아 하잔 교수팀이 다양한 문화 집단에 속한 남녀 5천 명을 상대로 설문 조사한 걸 보니. 조사 결과에 따르면 사랑의 유지 비결은 호르몬. 구체적으론 호르몬의 지속과 주기. 그러니까 호르몬의 지속과 주기는 사람마다 다른데, 사랑을 오래 유지하는 연인은 그게 비슷하다는 말. 말하자면 함께 뜨거워지고 함께 식는달까. 사랑이 의지나 노력으로 바꿀 수 없다는 건 알았어도, 호르몬이라니. 백날 박치기하면서 희생하고 참아봐야 호르몬 주기가 다르면 다 소용없다는 거잖아요. 연구 결과를 백 프로 믿자면, 누가 봐도 찰떡인 연인들은 달랑 호르몬 주기가 비슷해서 같이 달아올랐다가 같이 사그라들었다 하는 거고, 사랑하는데도 허구한 날 만났다 헤어지길 반복하는 커플은 한쪽이 달 뜨면 다른 쪽이 냉랭해지고 한 사람이 차가워지면 상대가 펄펄 끓어오르는 거고. 톰과 썸머는 말해 뭐해요. 정말이지 인체의 신비는 끝이 없어서 빙산의 일각은 커녕 그 일각의 눈꽃송이만큼도 모르는 게 인간은 아닐는지요. 고로, 사랑은 호르몬의 농간. 몸에 깃든 마음. 몸에서 발화하는 사랑.

너를 다시 만나면 네가 있는 우주에서 깨어나지 않기 위해 최선을 다할 것이다. 그러면 우리 함께 있는 동안에 다 웃고, 다 울고, 너무 환한 우주 복판을 천천히 걸어 다니며, 따뜻한 밀크티와 단단한 복숭아 조각을 나눠 먹으며, 노래도 하고 춤도 추겠다고 다짐했어.
- 권누리, ≪한여름 손잡기≫ 중에서.

OUT OF
ROSENHEIM

Ⅰ 제작사 Ⅰ 펠레멜레 필름, 프로-젝트 필름 프로덕션
Ⅰ 감독 Ⅰ 퍼시 아들론
Ⅰ 각본 Ⅰ 엘레노어 아들론
Ⅰ 출연 Ⅰ 마리안느 세이지브레트, CCH 파운더
Ⅰ 수입·배급 Ⅰ 피터팬 픽처스, 팝 엔터테인먼트

바그다드 카페

→⬥ 사막 한복판에 자리잡은 카페 바그다드. 주 고객은 트럭 운전수, 어쩌다 묵는 장기 투숙객. 수입은 변변치 않아도 할 일은 산더미. 일할 사람은 카페 사장이자 아내이자 엄마이자 할머니인 브렌다뿐. 사막만큼이나 메마르고 쓸쓸하고 거친 브렌다 마음 한구석. 땅바닥에 주저앉아 눈물 찔끔거리는 브렌다를 향해 걸어오는 야스민. 그녀가 카페 바그다드에 일으킨 진짜 마술은?

나의 야스민, 선희 언니 – 이연

...... 아줌마의 길 – 동선

선희 언니.
잘 있죠?

두어 해 전 겨울 이사 온 동네엔 옥수수 가게가 있어요. 집 근처
지하철역 앞 상가에. 여름 아침, 상가 근처를 지날 때면 가게 앞에
부려놓은 옥수수 포대 자루랑 자루에서 흘러나온 옥수수가 보여요.
옥수수를 손에 들고 퍼질러 앉아서 껍질을 까고 있는 주인아저씨의
굽은 등허리. 가마솥에서 올라오는 흰 김. 채반에 사이좋게 누운 옥
수수. 가마솥에서 막 건진 옥수수에서 전해지는 더운 김. 탱글탱글
노란 알갱이. 그 쫀쫀함과 달달함. 여름 한 철 내 주식. 왕창 사다 냉
동실에 얼려두고 겨우내 먹어야지. 먹을 때마다 별렀어요. 벌써 10
월이고 지난주엔가 수확량이 반으로 뚝 떨어졌다길래 어제 장 보
고 돌아오면서 길가에 차를 세우고 들른 가게. 솥에서 막 건진 옥수
수를 퍼렇고 둥근 채반에 올려놓고 비닐봉지에 담고 있는 주인아

272

저씨. 한 봉지 주세요. 한 봉지요! 언제까지 팔아요? 이번 주면 끝나요. 벌써요? 그럼요. 음… 5만 원어치 주세요. 이 얘기 왜 하는지, 언니는 알죠? 재작년인가. 정말 오랜만에 숲에서 언니한테 카톡 보낸 날. 잘 있어, 언니? 응. 잘 있었어? 예사로 묻는 언니 인사말. 잘, 있, 었, 어. 그 글자를 뚫어지게 보다가 아팠다고 답을 보냈더니 언니가 득달같이 전화한 그날. 어디가, 얼마나?

"비 오면 언니 생각나."

"왜? 내가 비 좋아해서?"

"어."

"난 옥수수 먹을 때마다 자기 생각나는데."

"왜?"

"자기 옥수수 좋아하잖아."

아, 왜 하필 옥수수야. 그거 말고도 폼 나고 좋은 게 얼마나 많은데. 다른 사람들은 향수나 비, 책이나 영화. 이딴 걸로 기억하던데. 옥수수가 뭐야, 촌스럽게. 사람들이 젤 많이 다니는 길목 벤치에 앉아 전화 끊자마자 터진 울음보. 그날따라 요란한 새소리. 머리 위에서 바스락대는 나뭇잎. 데크 바닥에 어룽대는 그림자.

선희 언니. 어떤 인연은 특유의 맛과 향으로 기억에 배어서 함께한 장면을 꺼내서 잘근잘근 되새김질만 해도 그때 그 감각이 살아나요. 맛으로, 향으로. 미국으로 가고 얼마 안 된 언니가 한 말. 윤아가 미국 생활에 적응하는 게 힘들어서 그러는지 한국에서 있었던 일을 밀어내는 거 같아. 그 어린 게 얼마나 힘들면… 짠함이 퍼지기도 전에 덮치던 서운함의 쓰나미. 살갗이 쓸린 듯, 아린 마음. 그도 그럴 게, 여기 남은 우린 매일 언니랑 함께한 추억을 돌보고 있어서. 화초 키우듯, 한 잎도 떨구지 않으리라, 뿌리 하나 죽이지 않겠다… 살뜰히. 언니, 우리가 언제 처음 만났는지 기억나요? 윤아랑 지희 네다섯 살 때 다니던 음악 학원 '엄마랑 아기랑' 프로그램에서 만났잖아요. 그때 언니가 나랑 가까워지려고 수업 시간이면 옆자리에 앉아서 말 걸었다고. 이 머리핀은 어디서 샀어요? 어머, 이 스타킹 이뻐요. 날씨 참 덥죠? 그때 내 대답이 죄 단답형이라 언니가 애먹었다고. 뭐 이런 여자가 다 있어. 심한 낯가림 탓인 줄 모르고. 다른 건 몰라도 언니 붙임성 하나는 정말. 언니네 가족 모임에 나랑 지희를 끼워 넣을 정도였으니.

"이따가 작은오빠 우리 집 와서 저녁 먹을 건데, 괜찮지?"

낯선 사람이랑 밥 먹는 거, 내키지 않아도 언니도 있고 윤아랑 지희도 있으니… 그래요. 이따금 윤아 보러 오는 윤아 외할아버지랑 외할머니랑은 진즉에 인사했고, 얼떨결에 저녁 같이 먹는 바람에 작은오빠랑도 튼 얼굴. 어느 날은 머리핀을 유달리 좋아한다는 언니 큰올케랑 밥 먹은 지 얼마 안 돼서 언니네 가족 모임에 우리 모녀가 가족인 양 떡 허니 앉아서 밥 먹었잖아요. 그날도 언니는 그랬죠. 가서 밥이나 먹고 오자. 놀이터에서 애들 놀리자, 그런 말투로. 이제 와 말이지만, 매번 갈등했어요. 우리가 껴도 되나? 그런 내 속을 빤히 읽고 망설임의 꼬랑지를 확 자른 언니 말. 다 아는 사람이 잖아. 내 눈을 바라보며 생글생글 웃던 언니 얼굴. 그때 언니 웃음소리. 맞아요. 다 아는 사람이죠. 가자. 오늘 지희 아빠 일찍 와? 어차 피 밥은 먹을 거잖아. 지희 아빠 왜 맨날. 미국간 지 얼마 안 돼서 윤

아 외할아버지 돌아가셨다고 전화한 언니. 영주권 문제가 해결 안
돼서 한국 갈 수 없어. 나 대신 가줄래? 네…. 장례식장 가는 내내 차
에서 얼마나 울었는지. 그거 알아요, 언니? 장례식장 갔더니 죄 아
는 얼굴이. 언니 여기 있을 적에 같이 밥 먹던. 언니가 입만 열면 말
하던 '아는 사람들.' 윤아 외할머니, 언니 작은오빠, 큰오빠, 큰올케,
작은올케, 조카들. 아직 미국 들어가기 전이던 윤아 아빠. 육개장을
앞에 두고 그 사람들 틈에 앉아 있는데, 목이 메어서. 뚝뚝, 테이블
위로 떨어지는 눈물. 저 사람은 누군데, 저렇게 울어요?

　언니 가고 나서야 알았어요. 나한테 언니가 어떤 사람이었는지,
어떤 사람인지. 장기가 쑥 빠져나간 것처럼, 늦은 밤이나 새벽녘이
면 빈속에 바람이. 환청인 듯 꿈결인 듯, 우웅… 햇살이 낮은 보폭으
로 기어들어오던 겨울. 소파에 누워 반짝반짝 허공에 떠다니는 먼
지를 보다가 문득, 둘째나 낳을까. 지희가 동생 낳아달라고 통사정
해도 못 들은 척 밍기적거려 놓고는.

　둘째 지연이 낳고 돌 지나서 이사 갔어요. 언니 살던 아파트 길
건너로. 전에 살던 빌라는 서향이라 노을을 볼 수 있어 좋았다면 새
로 이사한 아파트는 남향에 주방이랑 거실이 트인 구조라 소파랑
식탁을 어디에 둬도 하늘이 보였어요. 전에 살던 집에 비하면 코딱
지만 해도. 그 집 베란다에선 아파트 정문이 보이고 그 너머로 작
은 공터가. 그 길 따라 쭉 걸어가면 봄이면 벚꽃 흐드러지게 피던
천변. 아파트 길 건너엔 야트막한 산. 언니가 운동 삼아 종종 올라
가던. 기억나죠, 언니? 아스팔트가 지글지글 끓던 한여름. 여느 날

처럼 베란다에 서서 밖을 내다보는데, 공터 안쪽이 핏빛이에요. 벌
겋게. 저게 뭐지? 며칠 전까지만 해도 빈 공터였는데. 낼 아침 산책
길에 가봐야겠다.

선희 언니. 언니 가고 없는 날들은 흐리멍덩했어요. 펑펑 울 일도
소리 내 웃을 일도 없이, 뿌옇게. 아침에 눈 떠서 세끼 밥 먹고 애들
뒤꽁무니 따라다니면서 먹이고 치우고 쓸고 닦고 널고 개키고 씻
기고 재우고… 그러다 보면 어둑해지는 사위. 또 저무는 하루. 끝날
기미가 보이지 않아 수채통에 시간을 확 쏟아붓고 달아나고만 싶던
날들. 달갑지 않은 젊음. 빨랑빨랑 늙기나 해라. 핏물 밴 웃음. 딱히
어디가 아파서라기보단 몸살기로 한 달에 보름은 약을 달고 산. 독
한 약으로 주세요. 나를 지운 그때 그 알약. 엄마도 나도 아닌, 있어
도 없고 없어도 있는 허깨비.

공터에서 붉은 빛덩이를 본 다음 날. 지희랑 그가 나가고 둘째 지
연이를 유모차에 태우고 나선 아침 산책길. 어제처럼. 그제처럼. 일
주일 전처럼. 한 달 전처럼. 12층에서 엘리베이터를 타고 내려와 아
파트 정문을 나와 공터를 지나 사거리 횡단보도 건너 야트막한 산
둘레를 따라 걷다가 돌아오는 산책길. 그날은 공터 앞에서 걸음을
멈췄어요. 거기, 핏빛 맨드라미가. 언제 누가 왜 심었을까? 저절로
피었나? 꽃씨가 날아와?
"저기 봐. 맨드라미야. 이쁘다. 그치?"
선희 언니. 그때 전 알았을까요? 지금 제가 그 맨드라미를 그리
워할 줄. 아무 데서나 잘 자라고 여간해선 꺾이거나 시들지 않는 맨

드라미. 나도 그랬으면. 그때도. 그리고 지금도.

선희 언니. 영화 <바그다드 카페> 봤어요? 주유소랑 숙박 시설을 겸한 고속도로 옆 바그다드 카페. 주 고객은 장거리 트럭 운전수. 손님이 많진 않아도 일은 산더미. 남편도 있고 자식도 있지만, 일하는 사람은 카페 사장이자 아내이자 엄마이자 할머니인 브렌다뿐. 있으나마나 한 남편 샬. 온종일 피아노만 치는 아들 살로모. 밖으로만 도는 딸 필리스. 거기에 젖먹이 손자까지. 자기 세계에 빠져 모래알처럼 흩어진 가족. 말다툼 끝에 흙먼지를 일으키며 멀어지는 남편 샬의 차를 보다 바닥에 떨어진 깡통을 줍나 싶더니 낡은 의자에 털썩 주저앉아 눈물을 찔끔거리는 브렌다. 그때, 저쪽에서 걸어오는 여자. 뾰족구두에 트렁크를 질질 끌고서. 방금 고속도로 갓길에서 남편이랑 헤어진 그녀, 야스민.

"아니, 이렇게 말 잘하는 사람이 그동안 어떻게 참고 살았대?"
쉴 새 없이 재잘거리는 날 보며 언니가 한 말. 참은 건 아니에요. 마음 통하고 나눌 만한 이가 없었달까. 야스민이 오고 확 달라진 바그다드 카페. 야스민이 부린 진짜 마술은 곁에 있기, 마음으로 들어주기, 그리고 토닥임. 야스민은 아무도 듣지 않던 살로모의 피아노 연주를 들어주고 밖으로만 돌던 필리스랑 놀고 바그다드 카페 장기 투숙객인 화가 루디의 모델이 되어줘요. 브렌다 말에 귀 기울이고 그녀 마음을 토닥여요. 그때 언니가 나한테 그랬던 것처럼. 그때 우린 장도 같이 보고 목욕탕에서 서로의 등도 밀어주고 품앗이하듯 아이도 봐주고 밥도 같이 먹고. 맨날 맨날. 그러면서 내 말문이 트이고 뭉쳤던 근육이 풀리고, 무채색이던 일상이 무지갯빛으로. 그때 우린 흡사 망망대해를 떠돌다 만나 부표처럼 서로를 부둥켜안고 살아남은 생존자. 이제 살았구나, 했는데 미국으로 떠난 언니… 또다시, 허방에 빠진 나. 야스민을 떠나보낸 브렌다처럼.

"언니. 나 아팠어."

그날 숲에서, 몇 번이나 연락하려다 아파서 망설였단 내 말에 언니가 오래 머뭇거리고 한 말.

"자기 힘들었겠다. 근데… 지금 내 맘이 너무 아프다."

수천 킬로미터를 날아와 고막에 울리던 젖은 언니 목소리. 꼴깍 꼴깍, 익사 직전이던 날 구한 나의 야스민, 선희 언니. 언제 연락해도 반가운 게 친구야… 친구는 그런 거야. 망망대해를 떠돌던 표류자였던 날 뭍으로 끌어올려준 언니랑 함께해서 즐거웠어요. 언니가 있어서 내 삶에 있을 수 있었던 제2, 제3의 야스민. 다시 만나는 그날까지 몸 성히, 잘 있어요. 선희 언니.

메라키 : 어떤 일이 진행되는 과정에 깊이 녹아 들어가 진심과 영혼을 쏟아 붓는 상태. 무슨 일이든 메라키의 대상이 될 수 있다. 이를테면 사랑을 담아 누군가를 위해서 커피를 내리는 일. 우리는 이런 작은 일상에도 온 정성을 다하곤 한다.
- 마리야 이바사키나, ≪당신의 마음에 이름을 붙인다면≫ 중에서.

나의 야스민, 선희 언니 - 이연

아줌마의 길 - 동선

처음 자취를 시작한 곳은 학교 뒤쪽 산동네였어요. 복학생 선배 한 명이랑 같이. 왜 정류장에서 골목 입구까지 30분 정도 걷고 나면, 그 골목 입구에서 또 가파른 비탈길을 15분 정도 걸어 올라가게 되는 그런 동네 있잖아요. 헐벗은 노지나 엉성한 수풀을 듬성듬성 지나다 보면 잊어버릴 때쯤 하나씩 민가가 나타나는 그런 골목길. 근데 무슨 이유인지 맨 꼭대기까지 가면 오래된 집들이 대여섯 채 모여 있었죠. 친구 자취방이 곧 모든 이들의 아지트가 되던 학창 시절. 그 방의 별명은 하늘과 가깝다고 해서 '천방'이었어요. 그런데 아무리 밤늦게까지 술을 마셔도 우리 집에 올 생각들은 못하더라구요. 저 역시 술을 많이 마신 날이면 차라리 학생회관에서 잘지언정 집까지 걸어갈 엄두가 안 나긴 했지만요. 그래도 겨울이 되면서 연탄불 꺼뜨리지 않으려고 꼬박꼬박 귀가는 했어야 했습니다.

뭔가 거창한 인생수업을 하기 위해서 그런 동네를 고른 건 아니었어요. 당장 융통이 가능한 보증금 목돈이 그렇게밖에 안 되었기 때문이겠죠. 그래도 그땐, 얼마 전까지 집에서도 아궁이가 있고 연탄 때고 살던 시절이었으니, 더운물 안 나오는 자취방에서 사는 것이 결코 힘들거나 두렵다고 생각한 적은 없었죠. 요리도 마찬가지. 내가 가진 손재주에 어느 정도 자신감도 있었고, 성인이라면 자기 입에 들어가는 것 정도는 자기가 알아서 할 줄 알아야 한다고 생각했어요. 콩나물무침이니, 콩자반이니, 무생채니 일주일 반찬을 만들어 놓으면 동거인 선배가 숟가락으로 막 퍼먹어 하루 만에 동이 나기도 했었지만, 그런 건 반찬 먹을 때는 반드시 젓가락을 사용하기로 합의하는 걸로 절제할 수는 있었죠. 아르바이트를 마치고 집에 오면 고무 다라이에 쌓여 있는 설거지가 대신 반겨주는 것만은… 끝까지 적응하지 못했지만요.

하지만 자취생활 - 성인으로서 독립한다는 건 요리나 설거지, 난방 관리보다 훨씬 더 많은 걸 의미한다는 걸 서서히 깨닫게 되었죠. 나의 이익과 존엄성을 위해 진흙탕 싸움을 해야 하는 게 쌓여 있는 설거지를 보는 것보다 백만 배 더 힘든 일이라는걸. 하루하루 살아간다는 건 정말 챙겨야 할 게 너무 많잖아요. 하루에도 수만 가지 예측불허의 상황이 터지다 보면, 이건 우리 집인지 아니면 종합병원 응급실인지 구분이 안 가죠. 잘못된 요금 고지서나 동파된 수도 등 다른 문제가 생기면 집주인과 연락을 해야 하는 일, 한밤중에 담벼락에 소변 보는 택시 기사 아저씨와 다투는 일 같은 것 말이죠. 이런 뒤치다꺼리를 하고 있다 보면… "아놔, 이릉 걸 왜 나 혼자 하고 있지?"라는 불만이 안 나올 수 없습니다. 나도 고상하고 품격있게

살고 싶은데. 나도 평등사회와 도시빈민들의 생활개선을 위해 앞장
서 나서고 싶은데, 옆집 아줌마한테 빌려줬던 연탄 몇 장을 돌려받
으려고 악을 쓰고 있으니.

　자취하기 전까지 순탄하게 살았다는 것, 생활이나 생계에 대한
고민 없이 사회정의, 민주주의, 삶의 의미, 예술 등을 바라보면서 고
상하고 아름답게 살았다는 건, 반대로 그 수많은 욕지거리와 똥 덩
어리들을 가족 구성원 누군가가 대신 감내해야 했다는 뜻이겠죠.
대개의 가정에서는, 엄마들이 그런 역할을 하고요. '아줌마'라는 단
어가 가지는 '억척스러움', '생활력', '악으로 깡으로', '가족이기주
의', 뭐 이런 느낌들은 그냥 생긴 게 아니라는 거죠. 생활의 무게가
그들을 그렇게 몰아붙였다고 볼 수밖에. 그래서 전 야스민과 친해
지기 전 브렌다가 너무 이해가 간 거 있죠. 어쩌면 그녀도 예전에
는 (어쩌면 지금도) 아들 살라모보다 훨씬 피아노를 잘 칠지도 몰라
요. 평생 피아노만 치면서 살고 싶다고 생각했던 적이 있을지도 모
르고요. 만인에 대한 만인의 투쟁과 같은 삶을 겪다 보니까, 자기 새
끼는 방치한 채 피아노 앞에서 딴따라 짓만 하는 아들을 너무 한심
하게 볼 수밖에 없게 된 것일지도. 그런데, 식자재, 커피 머신 사러
간 남편이 커피 머신은 까먹고 이상한 보온병 하나 주워왔다고요?
나 같아도 쫓아냅니다.

　물론, 이런 삶 속의 악다구니들은 대부분 돈으로 해결할 수 있습
니다. 중앙난방 시스템이 갖춰진 곳에 살면 이웃끼리 연탄 몇 장 가
지고 얼굴 붉힐 일이 없죠. 24시간 경비 시스템이 있다면 담벼락에

소변을 보는 사람을 내가 직접 상대해야 하는 경우도 없을 테고요. 박찬욱 감독의 단편 <컷>에는 '(과연) 부자들이 악해져야 하는 경우가 얼마나 있는가?' 하는 대사가 나오잖아요. 브렌다 역시 그랬을 거예요. 남편 살이 땅에 굴러다니던 보온병을 가지고 오는 게 아니라 매일 천 불씩 현금으로 가지고 왔다면 그렇게까지 모든 사람들에게 짜증을 부리는 일이 없었을 겁니다. 커피 기계가 고장 나면 새로 사면 되는 일이죠. 당연히 야스민에게도 처음부터 상냥했을 거구요. 내가 일일이 신경 쓰지 않아도 돈 받고 일하는 사람들이 자동으로 가사 챙기고, 비즈니스 운영해 주고, 싸울 일 있으면 대신 싸워주고 하면 내가 나쁜 사람 될 일이 뭐 그리 많겠어요.

그런데 말이죠. 이민을 오면 또 다른 성장기가 펼쳐집니다. 한국에서 안정된 삶을 살던 사람들이 이민 와서 처음 가장 힘든 게 자신이 직접 남들 앞에서 아쉬운 소리를 해야 하거나 악랄한 소리를 해야 하는 순간을 맞이해야 할 때일 거예요. 그것도 잘 안 되는 엉터리 영어로 해야 하기 때문에, 아쉬운 소리를 하든지 악랄한 소리를 하든지 그냥 바보처럼 보일 때가 많거든요. 정말이지 처음 몇 년간은 왜 그렇게 원하는 걸 제대로 따지지 못했는지 잠자리에서 이불 킥을 수도 없이 하게 됩니다. 이제 혼자서도 잘 살 수 있는 어른인 줄 알았는데 다시 처음 자취하던 시절로 돌아가는. 나를 둘러싼 세상과 일일이 투쟁하며 살게 되면 사나운 브렌다가 될 수밖에 없죠. 이런 걸 잘 견딜 수 없는 초기 이민자들이 선택하는 방법은 일단 한인 비즈니스만 이용하는 걸 거예요. 서투른 영어를 쓰지 않고 상대와 얘기하면서 자신의 품위를 지킬 수 있어서. 그런데, 아무리 한국어를 쓴다고 해도 한국처럼 고객 서비스를 하는 경우는 많지 않습니다. 예를 들어 한국계 이민자가 운영하는 보험 회사에 보험을 가입한다고 해서, 한국 보험 설계사들처럼 가족 행사에 꼬박꼬박 연락하고 그러는 법은 절대 없거든요. 컴퓨터 업체라고 해서 문제가 생길 때마다 밤낮으로 전화상담을 해주는 것도 아니구요. 한국어로 서비스를 할 뿐 캐나다 노동 표준에 맞춰 일을 하는 거니까. 이렇게 되면, 지들도 영어가 안 되니까 한인 손님들만 상대하면서 신규 이민자를 등쳐 먹는다는 오해들도 하게 됩니다.

그렇게 불만이 쌓이다가 결국 현지인 비즈니스와 거래를 시작하게 되는데, 여기서부터는 자녀 찬스를 쓰는 경우가 많아요. "니들은 어리니까 아직 머리가 핑핑 돌아가서 영어도 빨리 배울 것 아니니", "넌 그래도 학교에서 영어만 쓰니까 영어를 잘 할 것 아니야" 하면서 말이죠. 슈퍼에 가서 환불을 받을 때도 그렇고, 관공서나 의사한테 전화를 할 때도 이런 일이 생기는데, 이건 사실… 자신의 언어소통 능력 부족을 핑계로 벌어지는 아동학대라고 생각합니다. 스무살이 넘고도 정신없이 부딪히는 삶의 질곡들을 상대하는 게 힘들었는데 아직 초등학생, 중학생 아이들에게 이런 걸 시키고 있잖아요. 그리고 캐나다 사람들도 아무래도 어른을 상대하는 것과 달리 어린아이들은 만만하게 보거든요. 그리고 아이들도 압니다. 자기들이 이미 무시당하고 시작한다는 걸. 한국 사람들만 이러는 건 아니에요. 예전에 한 번은 출장 서비스 다니다가 골목길 주차 차량 사이드 미러를 친 적이 있었는데, 연락처를 남겨뒀더니 어느 아이가 전화를 하더라구요. 회사 보험으로 처리를 해야 하니까 상대방 정보를 좀더 알아야 하는데, 수화기 너머로 채근하는 어른의 외국어가 들리고, 막상 통화를 하는 아이는 계속 한숨만 쉬는 거예요. 이러다 보면 <에브리씽 에브리웨어 올 앳 원스>에서의 모녀관계처럼 점점 부서질 수밖에 없는 거죠. 어른들이 자존심을 지키려다가 아이들의 자존감이 망가지는 수많은 경험 때문에.

아내와 같이 처음 물건을 환불받았던 날을 아직 기억합니다. 슈퍼에서 토마토를 샀는데 우리가 진열대에서 봤던 가격이랑 다르게 찍혔거든요. 계산원에게 따졌더니 유기농 과일이라서 원래 비싼 거라고 하더군요. 가격은 그냥 삼백 원 정도 차이였는데… 왠지 순순히 수긍하고 물러나면 안 될 것 같았어요. 쩨쩨해 보이는 게 두려워 그냥 웃으며 돌아선다면 앞으로 영어로는 절대 항의하면서 살아가지 못하겠구나, 하는 위기감. 결국 매니저를 부르고 같이 진열대에 가서 확인을 했죠. 특별 할인 이벤트 기간이 지났는데도 가격표를 떼지 않았던 부분이 있었더라구요. 어쨌건 그들에게는 삼백 원에 목숨 거는 짠돌이 아시안으로 찍혔겠지만, 우린 그날 처음, 독립된 성인이 된 것 같은 기쁨에 잠겼습니다. 다들 이렇게 아줌마가 되어가는 건가… 싶기도 했지만, 그래도 억울한 일이 있으면 벌떡 일어나 대응을 할 수 있을 거라는 자신감을 갖게 되었어요,

동선 : 결혼을 하고 자신의 가정이 생기고 나면 이전 친구관계나 '우정'이라는 감정이 옅어지는 건 사실이죠. 아무래도 기존 친구 관계가 공감하거나 공동 대응할 수 있는 공통 화제도, 어떤 공동 이벤트도 없기 때문일 거예요. 그리고 어릴 적 친구들과 나누던 교분은 (공통 화제가 있는) 직장 동료들 간의 관계, 혹은 아이 친구 학부형들과의 관계로 자연스럽게 넘어가기 마련이죠. 우정이라는 감정 / 관계는 사람들의 기대처럼 영원할 수 있다고 하더라도, 동일 인물과 꾸준하게 우정이 이어지게 되는 경우는 힘들어요. 어쩌면 사람의 인연이란 그렇게 만들어진 걸지도 몰라요. 어떤 사람에게 받은 위로, 은혜, 우정은 나를 더 나은 사람으로 만들어줬으니, 그게 또 다른 인연에게 전달되는 일은 당연하다는 거죠.

이연 : 으이그… 증말. 댓글로 사람 울리는 재주는…

'인연에 유통기한을 적어야 한다면 만년으로 하고 싶다.'

굿바이 레닌

한번 있었던 것은
없어지지 않는다 - 동선

깜장 비닐 봉다리 - 이연

ㅣ제작사ㅣ엑스 필름 크리에이티브 풀, WDRI
ㅣ감독ㅣ크리스 버틀러, 샘 펠
ㅣ각본ㅣ볼프강 베커, 베른트 리히텐베르크
ㅣ출연ㅣ다니엘 브륄, 카트린 자스
ㅣ수입·배급ㅣ동숭아트센터

⟶ 깨어보니 내가 알던 세상이 아니다? 베를린 장벽 제거 시위 도중 끌려가는 아들을 보고 쓰러져 통독 후에 깨어난 동독 공산당원이자 교사인 엄마 크리스틴. 약해진 그녀 심장은 작은 충격에도 위험할 수 있다는 의사 말에 시작된 아들 알렉스의 하얀 거짓말. 세상을 통일 이전으로 돌려놔라! 엄마의 그리움 맛 찾아 오토바이를 타고 달리고 또 달리는 아들 알렉스. 그 시린 안녕.

한번 있었던 것은 없어지지 않는다 - 동선

...... 깜장 비닐 봉다리 - 이연

형, 그곳에서 잘 지내고 계시죠?

전 아직도 펄럭이는 깃발을 보면 형 생각이 제일 먼저 나요. 대학
들어가서 참가했던 첫 집회. 형이 그때 써클 깃발을 들었었거든요.
깡마르고 새까만 피부, 곱슬머리에 눈빛만 반짝반짝했었어요. 열린
입술 사이로 살짝 보였던 앞니에서는 왠지 결의가 느껴졌던 것 같
구요. '아… 이 사람은… 찐 빨갱이구나' 싶어서 좀 겁이 나기도 했
었죠. 그러고 나서 몇 개월 후, 형 하숙집에 놀러갔을 때 정말 깜짝
놀랐잖아요. 방에 가득했던 헤비메탈 밴드 포스터며 나뒹구는 카세
트 테이프, 《건강 다이제스트》와 《핫윈드》와 같은 성인 잡지를
보고 있자니, 그렇게 극렬하고 강퍅해 보였던 형의 이미지는 온데
간데 없어지더라구요.

그리고 청계천에서 중고로 4만 원에 사 왔다는 TV. 알바비를 털

어 남대문 수입상가에서 샀다는 도시바 4헤드 VCR. 늦깎이 가출 소년으로 형 하숙집에서 기생 생활을 할 때가 인생에서 가장 영화를 많이 봤던 시기였어요. 하숙집 골목 근처에 있던 비디오 가게에선 한 편에 250원씩 해서, 주말이면 5천 원을 내고 양손에 깜장 비닐 봉다리를 가득 채워 빌려 왔잖아요. 완전 쓰레기부터 숨어 있는 명작까지 죄다 말이죠. 토마스 하우엘과 룻거 하우어가 나왔던 <힛처>를 보며 비명을 지르고, 같이 술 마시며 <터미네이터> 속편 시나리오를 쓰기도 했었죠. 막판에 스카이넷이 직접 타임머신을 타고 돌아온다는 형의 발상은 제법 멋졌어요. 그러고 보면, 우리가 발견했던 터미네이터의 매력은 과학적 개연성이나 CG가 아니라, 끝날 때까지 끝나지 않는 그 끈질김이었나 봐요. 그래서 <터미네이터 2>를 봤을 때 T-1000의 설정이나 액션, 시각효과에서만큼은 입이 딱 벌어졌었지만, 마지막 추격전은 그냥저냥 예상할 수 있어서 실망했었더랬죠. 그렇더라 하더라도 제임스 카메론 영화를 볼 때마다 형 생각이 나는 건 어쩔 수 없어요.

1991년 한 해, 한국에선 수많은 사람들이 보다 나은 사회를 만들기 위해 싸웠어요. 많은 사람들이 스스로 불꽃이 되기도 했구요. 하지만 어찌 된 일인지 가을이 되면서 분위기는 점차 잦아드는 형국이었죠. 그리고 12월이 되고, 소련이 끝나버리더군요. 그땐, 이게 무슨 일인지, 앞으로 어떻게 될지 아무도 몰랐어요. 누구 하나, 뭐라고 말하기가 어려웠죠. 한국 사회가 조금 더 정의롭고, 조금 더 평등하고, 사회적 약자들에게 더 따뜻한 시선을 보낼 수 있기를 바라는 마음에서 사회과학 책을 읽긴 했었지만, 사실 우린 소련이나 북한과 같은 관료 중심의 권위주의 사회가 우리나라의 대안이 될 수는 없다고 다들 공감했었잖아요. 특히 '예술'을 한답시고 폼을 재고 다니던 우리에게 있어서, 일당독재에 의해 문화가 정치나 이념에 지배를 받는 재난은 절대 반대할 수밖에 없었죠. 하지만 그렇다고 해서, 그것 참 쌤통이다,라고 조롱할 수도 없었던 상황이었어요. 그때, 제 기억이 맞다면, 써클에서 유일하게 소련의 몰락에 대해서 말을 꺼낸 사람이 형이었어요.

"아무리 그래도 있잖냐. 뭐, 소련이 진정한 사회주의였건 아니건 간에, 그 사회 시스템이 현실적으로 바람직했건 아니건 간에 말이다. 그래도 그건, 인민들이 더 나은 사회를 만들려고 힘을 모아 만든, 그런 새로운 경제 시스템이었잖아. 근데, 그런 노력이 70년이 안되어 무너진 거잖냐. 그건, 좀, 서글픈 일 아이가?"

그동안 왜 그리 술이 입에 썼었는지 이유를 알 수 없었는데, 그 말을 듣자마자 깨닫게 되었어요. '아… 그거였구나… 서글픔…'

<굿바이 레닌>이라는 영화가 있어요. 통일 전후의 독일을 배경으로 하는데, 침대에서 시한부 삶을 사는 열성 공산당원인 엄마를 위해 가짜 뉴스를 만드는 아들의 이야기예요. 급속하게 자본주의에 먹혀 들어가면서 피폐해지는 사회 현실을 엄마가 혹여 목도하기라도 한다면 충격으로 그만 쓰러져 영영 못 일어날지도 모르는 상황이었거든요. 이웃들이 쓰레기통을 뒤지고, 어제의 우주 영웅이 오

늘의 택시 운전사가 되어 버린 시대였으니까, 솔직히 상상만 해도 벌써 갑갑해지는데 이걸 블랙 코미디로 잘 풀어냈더라구요.

뒤늦게 이 영화를 보면서 형 생각을, 그리고 지나간 90년대 생각을 많이 했어요. 그리고 무엇보다 IMF 구제금융 이후 뭐에 홀린 듯이 재테크에 올인하게 된 한국 사회의 초상을 떨쳐버릴 수가 없었어요. 왜, 예전에 8-90년대, 한국 경제가 융성하기 시작하고 부동산 경기가 폭발하기 시작한 그 당시, TV나 신문에서는 개나 소나 '황금만능주의'에 대한 우려를 표하고 있었잖아요. 수많은 노동자들의 피땀을 밟고 재벌기업이 돈을 모으고 있었지만, 뻔뻔스럽게 국민들에게는 돈 너무 좋아하면 안 된다고 계몽하고 있었던 거죠. 부동산 투기를 하는 사람들을 '복부인'과 같은 경멸적인 표현을 써가면서 '사회 경제 혼란' 혐의로 처벌하기도 하구요. 그런데, IMF를 겪고 난 다음부터는, 이젠 어디서나 돈이 최고라는 사실을 의심하지 않아요. 명절이 되면 서로 "부우자 되세요"라고 덕담을 하고, 아기 돌잔치를 하면 모두들 자기 아이가 돈을 잡기를 바라는 세상이 되었어요. 40년 전에는 공부는 잘하지만 밉상인 얌체 친구를 보면 "공부만 잘하면 다냐? 먼저 인간이 돼야지"라고 험담을 했지만, 지금은 "저런 공부는 아무리 잘해봐야 돈 못 벌어" 하며 이죽거리기도 하구요. 초등생 아이의 경제 조기교육을 위해서 6학년쯤 되면 주식 계좌를 만들어 주고, 방송에서 주식투자로 성공한 부자들을 위인 취급해서 그의 인생역정을 경청하는 세상이 되었죠.

90년대 초 동구권과 사회주의의 몰락을 맞이했을 때, 수많은 사회과학 연구가들이 향했던 곳은 '포스트 모더니즘'이었죠. 거기까진 뭐… 현실 사회주의의 대안을 찾으려는 모습이라고도 볼 수 있었지만, IMF는 그런 연구마저 이어나갈 밥줄을 끊어버린 셈이 되었어요. 생활고로 인한 자살이 치솟고, 보험금 수령을 위해 스스로의, 혹은 자식의 신체를 훼손하는 일이 매일매일 뉴스에서 흘러나오던 그 시절. 그래서 세상을 바꾸는 일은 잠시 쉬어가고 자기 밥벌이에 나선 사람들을 비난할 수는 없었어요. 하지만 1년도 채 안 되어 그들이 향했던 곳은 벤처 투자와 코스닥 열풍, 그리고 신도시 투자의 현장이었죠. 스스로 자신과 자신 가정의 생계를 책임지려 하는 모습은 그렇다고 하더라도, 한때 더불어 사는 세상을 꿈꾸던 사람들이 본격적으로 치부 행위에 앞장서는 건, 형 말대로, 너무 서글픈 장면이었어요. 그러면서 시민단체에 월정액을 납부하는 것으로 마음의 죄책감을 상쇄하려는 모습도 서글펐구요.

그리고 이제 그들의 아이들이, 개방된 사교육 시장 속에서 엄혹한 서바이벌 게임을 치르고 나와 사회에 자리를 잡고 있어요. 대학 입시공부가 자기 인생 최고의 노력으로 대변되고, 의치한설카포연고서성한중경시… 등 예전보다 훨씬 세세한 골품제도를 만들어서 출신 학교가 자신의 능력을 대변한다고 생각해요. 기균(기회 균등 전형)과 지균(지역 균등 전형)으로부터 자신들을 구분하고, '평등한 사회'보다는 '공정한 경쟁'을 선호하며, '패배자 새끼', '능지(지능) 처참'이라는 단어를 가장 큰 욕으로 받아들여지는 시대가 되었어요.

만일, IMF의 고통 속에서, 그 누구 한 사람이라도, 그 어떤 한 이론가, 한 언론사만이라도, 행복한 삶에 대한 다른 철학을 제시해 주었다면 어땠을까요? 그때 넘쳐 흐르는 주식 투자를 통해 한몫 잡는 것 말고도 사람들이 재밌고 행복하게 살 수 있는 방법이 있다는 게 모든 사람들에게 알려졌다면 어땠을까요? 나이를 먹어감에 따라 차를 바꾸고, 집을 넓히고, 매번 새로운 신상품을 사들이는 것보다 즐거운 일이 있다는 걸 알게 되었다면 어땠을까요? 누군가가 말했듯이 "한번 있었던 것은 절대 없어지지 않는다"라고 하잖아요. 비록 실패한 경제체제 실험이었지만, 더 정의롭고 더 평등하고 더 평화로운 세상을 만들기 위한 사람들의 노력이 있었는데, 그 기억이 쉽게 사라질 리는 없지 않겠어요? 우리가 살고 있는 이 세상이 지옥이라는 걸 다 안다고 하더라도 굳이 앞에 나서서 괴물이 될 필요는 없는 거잖아요.

언젠가 상업영화를 다시 하게 되면, 형이랑 같이 이 영화의 리메이크를 가장 먼저 하고 싶었어요. 통독 과정에서 변화된 독일 사회를, IMF를 거치면서 각자도생으로 바뀐 한국 사회로 바꿔서 말이죠. 언제쯤 만들어질지, 과연 투자를 받을 수 있을지 모르는 영화이지만….

그래도, 엔딩 크레딧에 맨 처음 나오는 이름은 형 이름이 될 거예요. 형. 정말, 미안했고, 고마웠어요.

한번 있었던 것은 없어지지 않는다 - 동선

깜장 비닐 봉다리 - 이연

책을 읽고 영화를 보다 보면 감전될 적이 있어요. 어떤 단어 어떤 장면에서, 찌릿.

'깜장 비닐 봉다리.'

이번 동선 님 글을 읽다 만난 단어, 깜장 비닐 봉다리. 그 한 단어가 심폐소생술로 살려낸 기억 속 한 장면. 여태 잊고 살아서, 그리워해놓고도 그런 줄도 모른.

작년 여름 광화문에서 만난 대학 써클 후배, 모란이랑 유리. 우리가 마지막으로 만난 게 언제지? 글쎄요… 학교 졸업하고도 영화도 보고 밥도 먹고 술도 마시면서 자주 어울리고. 결혼하고 애 낳고 살면서도 계절이 바뀔 적이면 우르르 애들까지 데리고 한집에 모여 복작복작 놀기도 했는데. 지방으로 해외로 뿔뿔이 흩어지는 바람에 서울 올라오거나 한국 들어오면 한 번씩 얼굴 보다가 그마저도 뜸해지더니 무소식이 희소식이 되고… 서로를 잊고도 살아지대요. 지

지난 가을, 우연히 연락 닿은 일본 사는 모란이. 그 가을 내도록 카톡만 주고받다가 처음으로 통화한 날. 오랜만이라 그런가. 모란이 목소릴 듣자마자 코끝이 찡해지더니 뻐근해져 오는 가슴… 안 되겠다, 모란아. 일단 좀 울자. 네… 한 손엔 핸드폰을, 한 손엔 휴지를. 모란이는 도쿄에서. 나는 서울에서. 그렇게 한참을.

　학교 앞에서 자취하던, 같은 과 단짝 모란이랑 유리. 어느 해던가. 학교에서 버스로 20분 남짓 떨어진 우리집 1층으로 이사 온 애들. 그날부터 수업 마치고 집에 오면 어느 날은 따로, 어느 날은 셋이서 저녁을 먹고 밤이 이슥하도록 뒹굴뒹굴, 노닥노닥. 과자 같은 걸 까먹으면서. 주로 후배들 방에서, 이따금 내 방(옥탑방)에서. 비디오테이프가 생기고 골목마다 하나 둘 비디오 가게가 들어서면서 꼭 극장에 가지 않아도 영화를 쉽게 볼 수 있던 그 시절. 저도 동선 님처럼 '깜장 비닐 봉다리'를 흔들면서 비디오테이프를 자주 빌려다 봤어요. 단골로 드나들던 집 근처 초등학교 앞 사거리에 있던 비디오 가게. 그 건물이랑 바로 옆 다세대 빌라 주인이 같은 사람이라 주인 아들이 비디오 가게를 운영하면서 건물 관리도 한다는 소릴 어디선가 듣고는 와, 부럽네… 하기도 한. 돈 많은 것도 그렇지만 맨날 맨날 영화를 공짜로 볼 수 있어서. 비디오 가게 맞은편에 있던 구멍가게는 후배들이랑 들락거리며 군것질을 어지간히 하기도 했었는데. 안쪽에 살림방이 딸려 있어 비좁은 데다 북향이라 종일 어두컴컴하고 허름했던 그 가게. 모란이랑 연락이 닿고 수납장 깊이 넣어둔 앨범을 꺼냈어요. 거기, 초등학교 운동장에서 찍은 그때 우리 사진이.

날이 흐렸나, 구름사다리랑 철봉 앞에 서 있는 얼굴엔 먹구름이 잔뜩. 세상 고민 다 짊어진 그 표정이라니. 그땐 왜 그렇게 죄 못마땅했는지. 세상 돌아가는 꼴도 사람들 사는 꼬라지도. 유일한 낙이라곤 영화 보고 책 읽고 말 통하는 사람들이랑 수다 떠는 거. 그런다고 세상이 나아지는 것도 아니고, 사람들 사는 게 달라지는 것도 아닌데, 방구석에 틀어박혀 시간만 죽이고. 그 아까운 시간을 깡그리.

어느 날인가. 비디오 가게에 갔는데, 올망졸망한 여자애 세 명이 오종종. 서너 살에서 대여섯 살 정도 됐을라나. 아빠! 어? 총각인 줄 알았는데, 애 아빠구나. 햇빛 그을음 하나 없는 멀끔한 얼굴에 뽀얗고 흰 가래떡 닮은 손가락. 그 주인아저씨한테선 덜 나던 돈 냄새. 그리고 그 주인아저씨한테선 볼 수 없는 끈덕짐과 모질음, 응어리. 평생 몸으로 먹고산 사람한테서 맡아지고 보이는 삶의 옹이. 그 대신 그 자리엔 후한 인심이. 필 꽂힌 날, 앉은 자리에서 비디오 여섯 편을 몰아 보고 벌건 눈으로 슬리퍼 찍찍 끌고 비디오테이프 반납하러 가면 양 볼을 씰룩이면서 묻는 아저씨, 영화 어땠어? 뭐, 좋았어요. 그래? 그럼 이 영화도 볼래? 그땐 몰랐는데, 그때 그 아저씨가 권한 영화 중엔 괜찮은 영화도 꽤 많았어요. 그 덕에 조금이나마 트인 옹졸하고 좁은 시야. 일없이 따분한 주말, 재미난 영화 좀 들어왔나, 가게를 기웃거리면 나비 날개 같은 원피스를 입은 주인아저씨 딸들이 와있곤 했어요. 그런 날은 평소랑 다른 가게 안 공기. 콕 집어 말할 순 없어도. 주인아저씨랑 딸들 사이에 투명막이 있달까. 보이지도 만져지지도 않는, 얇아도 찢길 일 없는 탄성 좋은 막이. 햇살 쏟아지는 가게 안을 고만고만한 여자애 셋이 나풀나풀 뛰어다니고 가게 한 귀퉁이 소파엔 애들 엄마로 보이는 여자가 앉아서 입꼬리 올리며 비디오테이프 서가 사이로 나타났다 사라지는 애들을 바라보는데, 저만치 밀려나는 주인아저씨. 환하고 평화롭고 온기 가득한데 왠지 싸아하고 간당간당… 팽팽한. 금방이라도 툭, 끊어져 추락할 듯. 그런 날은 비디오만 빌려서 도망치듯 가게를 빠져나왔어요. 시시껄렁한 잡담이나 인사도 없이.

"언니는 엄마 되고서 힘들지 않았어?"

광화문에서 모란이랑 유리를 만난 날, 근처 호텔방에서 하룻밤 지샌 우리.

"힘들다기보단 무서웠어."

"뭐가?"

"내가 이렇게 부족한데, 한 사람을 키워야 하는 게."

"난 몸이 힘들단 생각만 들던데."

"책 한 권 읽을 시간 없고 불어터진 라면으로 끼니를 때워도 그런 건 그럭저럭 참아졌어. 근데 잠든 애 얼굴을 보고 있으면 어쩔 수 없이 내가 보고 듣는 세상만 보여주겠구나. 그게 그렇게 겁나더라고. 아무리 노력해도 애가 보는 세상은 주관적이겠구나."

"뭘 생각을 그렇게 복잡하게 해?"

"그러다 어느 날은 세상을 다 보여주진 못해도 세상을 읽는 자기만의 눈을 갖게 해줄 순 있지 않을까. 어떤 현상이나 상황에 맞닥뜨렸을 때 흐름을 읽고 자기만의 해석을 할 수 있게. 자기가 틀릴 수 있단 걸 알고 이 길이 아니다 싶으면 방향을 틀 수 있는 용기를 내면 더 좋고. 그런 생각이 드는 날은 겁이 덜 나기도 하고. 근데 그게 말처럼 쉽나. 이 나이 먹도록 나도 그러질 못하는데…"

첫째 지희가 대여섯 살 무렵에 보낸 집 근처 영어학원. 흔한 동네 학원인 줄 알았더니 꽤 유명한 학원. 아이들 수업이 끝나면 학부모를 교실로 불러서 수업 피드백을 해주던 그 학원. 그때마다 앵무새처럼 같은 소리만 하던 선생님. 늦었어요. 늦은 거, 아시죠? 이러다가는 늦어요. 선생님이 그 말을 할 적마다 고갤 끄덕이는 엄마들. 나만 무슨 소린지 몰라 어리둥절. 어느 날, 못 참고 물었어요.

"뭐가 늦었다는 거예요, 선생님?"

순간, 멈칫하는 교실. 날 보는 한심한 선생님 눈빛.

"어머니. 특목고 가려면 이 속도로는 안 돼요. 늦었어요."

특목고? 그게 뭐길래 겨우 여섯 살밖에 안 됐는데 늦었대? 아이가 자라면서 학원을 옮길 때마다 똑같은 소리. 늦었어요. 이러다 늦어요. 한 번도 들은 적 없는 '빨라요', '딱 좋아요.' 요즘은 동선 님 말처럼 모든 가치 기준이 돈이에요. 오로지 돈, 돈, 돈. 돈이 목표이고 능력이고 힘. 친구이자 재능이자 꿈. 삶이고 존재 그 자체. 어느 방송인의 말. 사기치는 놈도 사기치는 줄 모르고 사기당하는 놈은 사기치는 놈을 우러르는 세상이에요. 맨날 욕하다가도 막상 기득권층이 되면 세속적 욕망으로 눈깔 뒤집히는 게 자본주의. 더 교활하고 견고하게 진화할 이 시스템. 그 방송을 듣고 분개할 이들이 몇이나 될까요? 모르긴 해도 각오를 다질 이들이 더 많지 않았을까요?

반성보다는 치밀한 꾀냄. 더 눈치채지 못하게, 더 교묘하게, 더 머리를 굴려야겠다. 손해 보지 않으려고. 경쟁에서 밀리지 않으려고. 지지 않으려고. 우리 지금 그런 세상에서 살고 있지 않나요? 그러면서 살지 않나요? 왜죠? 왜 그렇게 살고 있죠? 뭐 때문에, 누구 좋자고 그렇게까지 기를 쓰고 있나요? 어쩌면 우리는 우리가 왜 이렇게 사는지, 그래서 어디로 가려는지… 그것도 모르면서 죽을힘을 다해 눈 감고 달리고 있는 건지도 모르겠어요. **늦지 않으려고**. 오직, 그러지 않으려고.

　엄마는 아직 그 집에 살아요. 내가 살았고, 모란이랑 유리가 살던 그 집에. 초등학교 앞 사거리 비디오 가게가 있던 자리에 들어선 새 건물. 1층엔 24시간 무인 아이스크림 가게랑 학원. 그 위로는 다세대 빌라. 맞은편 구멍가게가 있던 자리엔 다세대 빌라. 예전 비디오 가게 주인아저씨랑 지금 주인이 같은 사람인지는 모르겠어요. 초등학교랑 정문 앞 문방구, 짜장 떡볶이 가게는 그대로던데. 오래전 비디오 가게 안을 짓누르던 그 공기. 그건 뭐였을까요? 그건 어쩌면 생활인과 한량인 틈새에 낀, 그 사이를 오갔을 주인아저씨한테서 떨어져 나온 감정의 불순물은 아니었을까. 생활을 흐리는 탁하고 딱한 감정 부스러기. 그에게도 어느 한 시절 있었을 꿈 한 자락. 미처 쓰지 못한 페이지가. 끝내 그리지 못한 한 폭이. 어딘가로 날아가고픈, 어딘가 내려앉으려던. 그러고자 했던 땅이. 꿈을 부려놓으려던 세상이. 그랬던 그를 사각 비디오 가게에 가둔 건 뭐였을까요? 누구였을까요? 생활인과 한량인 사이에서 어정쩡하게 금을 밟고 섰던 그 아저씨는 지금 어디에 서 있을까요? 금 안쪽일까요, 바깥일까요?

통제 불능에 구제 불능인 암 환자인 나를 딱 돌려세운 영화 <굿바이 레닌>. 자신이 살던 세상이 아니라 영 딴판인 세상에서 깨어난 엄마, 크리스틴. 그녀가 애타게 찾는 스프레발트 피클병. 찾고 찾아 헤매다 오토바이 뒤에 스프레발트 피클병을 매달고 달리는 아들 알렉스. 영화 보는 내내 알렉스 오토바이 뒤에 낑겨 달렸어요. 아, 시원해. 뺨이랑 팔다리를 훑고 달아나는 쌩한 독일 바람. 깨어나는 세포, 세포들. 그렇게 신나게 달리고 있는데 갑자기 획 돌아보더니 냅다 소릴 지르는 알렉스. 우린 어차피 다 시한부 인생이야! 다 죽는다고! … 고만 눈물이. 알렉스 말에 눈물이 난 건 아니고요. 바람이. 눈에 자꾸만 바람이. 찬 독일 바람이.

저한테 '깜장 비닐 봉다리'는… 그 안에 담긴 비디오테이프는 딴 세상에서 깨어난 크리스틴이 그토록 먹고 싶어한 스프레발트 피클이었는지도 모르겠어요. 다시는 돌아올 수도 없고, 돌아갈 수도 없는 지난 시절의 어떤.

동선 님이 말한 것처럼 무너지긴 했어도 언젠가 한 번 우리 모두 뭉친 그 흔적이 어딘지도 모르고 달리는 속도를 그나마 늦춘 방지턱이 아니었나 싶어요. 이 영화 리메이크하게 되면 꼽사리 끼워줄래요? 눈 감고 질주하는 이 세상 속도 늦출 수만 있다면, 감은 두 눈을 뜨게 할 수만 있다면 뭐라도 할 테니.

문틈으로 스며드는 빛을 보았다 아주 가까이에 있는 빛을 보았다

빛의 산이 멀리 있다는 생각 때문에 한 번도 들어가 보지 못했다는 사실
을 깨달았다
- 안희연, ≪빛의 산≫ 중에서.